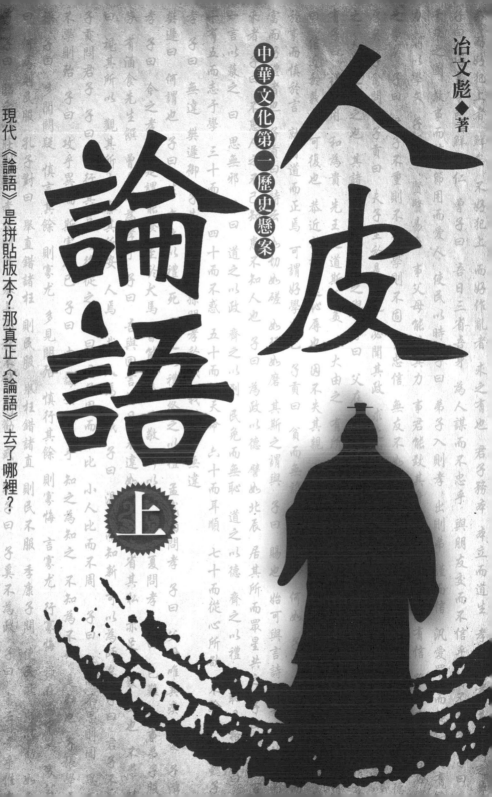

人皮論語

中華文化第一歷史懸案

上

治文彪◆著

現代《論語》是拼貼版本？那真正《論語》去了哪裡？
探尋《論語》版本流傳真相，向中華文化的中樞神經開刀。

目錄

第一章　汗血託孤

「宮中汗血馬被盜！」

杜周①聽到急報，面上不動聲色，嘴角卻不禁微微抽搐。

去年，漢軍西征大宛，奪得汗血寶馬一共才十匹②，天子愛如珍寶。

杜周身為執金吾③，掌管京城巡邏防盜，自然首當其責。他略一沉思，隨即吩咐：「關城門，搜。」

左丞④劉敢領命下去，急傳口諭，調遣人馬。

杜周則獨坐府中，拈住一根鬍鬚，不停扯動，令其微微生痛。他鬍鬚本就稀疏，身體髮膚受之父母，但每逢大事，倘若沒辦好，就揪掉一根，引以為戒。好在為官多年，一共只拔掉幾根，都存在一個盒子裏，妻子都不知曉。

---

①杜周：漢武帝時期著名酷吏，參見《史記・酷吏列傳・杜周》。

②太初元年（前一〇四年）漢武帝因遣使赴大宛購馬被拒，先後兩次發兵西征大宛，歷時四年，大勝，奪得汗血寶馬十匹，中等以下三千匹。

③執金吾：掌管京城巡察、禁暴、督奸、防盜等任務。

④丞：丞是佐官，輔助之職，漢代中央和地方官吏的副職。執金吾有兩丞。

不久，衛尉與太僕⑤一起趕到。兩人失責更重，無比惶急。杜周平素不愛多語，仕途之上，多講一個字，便多一分危險。見二人失了方寸，他微有些鄙夷，更知道這馬若追不回來，兩人必定會推諉罪責，因此越發不願多語，只道了句：「莫慌，等信。」便請兩人坐下，靜待消息。

不多時，信報紛至遝來——

「十二座城門盡都關閉！」

「長安八街九區、一百六十閭里，盡數封閉，已在挨戶搜查！⑥」

「盜馬者為未央宮大宛廄馬卒，名叫硃⑦安世。」

「硃安世盜取了宮中符節，才得以帶馬出宮。」

「西安門城牆下發現汗血馬御製鞍韉！」

「西安門門值報稱：清晨城門才開，有一軍吏身著戎裝，單騎出城！那馬渾身泥汙，但身高頸細，腳步輕捷。」

「四年前，硃安世因盜掘皇陵，被捕下獄，適逢徵發囚徒，西征大宛，硃安世免於死罪，隨

⑤《漢書‧百官公卿表》：衛尉，掌宮門衛屯兵。太僕，掌輿馬。

⑥《漢書‧武帝紀》：（天漢元年）「秋，閉城門大搜。」「閭里」：平民聚居的街巷。

⑦硃（ㄓㄨ）：姓，後通用為「朱」。

軍出征。他因善馴烈馬，被選為天馬侍者，護養汗血寶馬。大軍凱旋回京，宮中新增大宛廄，硃安世留在大宛廄中為馬卒，仍舊護養汗血寶馬。」

＊＊＊＊＊

天漢元年⑧，秋。

天色漸晚，扶風⑨街市上人漸散去，只見天燒暮雲、風掃黃葉。

市西頭，蔣家客店樓上，硃安世被一聲馬嘶吵醒，他是個魁梧的漢子，年過三十，兩道濃眉，一部絡腮濃鬚。

聽得出是自己那匹馬，硃安世忙跳起身，扒到窗邊，透過窗櫺四下查看：街市上一片寂靜，稀落幾個路人；客店裏卻人聲喧嘩，正是暮食時分。再看馬廄邊，並無人影，廄裏十幾匹馬，其他馬三五聚在一處，低頭吃草料，唯有他的馬傲然不群，獨在一邊，雖然滿身泥汗，卻昂首奮尾、四蹄踢踏，看來已經恢復了元氣。

硃安世伸出拇指，在唇髭上一劃，朝那馬點頭笑笑，才放心回去穿衣。

前日，劉彘試乘汗血馬，選的便是這一匹。當時這馬金鞍玉勒、錦妝繡飾，身負劉彘，列在

⑧天漢元年：「天漢」是漢武帝劉徹年號。天漢元年為西元前一〇〇年。

⑨扶風：位於今陝西省寶雞市東部渭河流域，西漢時為京畿右扶風轄區治所。

馬隊之首，身後百餘名樂府騎吹樂工，擊鼓吹簫、奏角鳴笳，高唱劉彘所作《西極天馬歌》⑩，威震宮苑，聲動天地：

天馬徠兮從西極，經萬里兮歸有德。
承靈威兮降外國，涉流沙兮四夷服……

兩側臣僚、護衛、黃門、宮人列隊侍從，上千人盡都恭肅屏息，除歌樂聲和馬蹄聲，聽不到半點其他雜響。硃安世平生第一次親歷這等皇宮威儀，如同身陷一派汪洋，頓時茫然自失。

汗血馬性烈認生，所以才命硃安世在一旁牽著韁繩、安撫天馬，護從天子。他距離劉彘只有咫尺距離，能嗅到劉彘身上熏的香氣。然而，他的頭竟也像所有其他侍從，一直低垂著，頸背像是被人施了咒，根本直不起來。這是他生平從未有過的事，第一次森然感到權勢逼人竟如此可怖。

心裏一股傲氣激起，他才回過一點神，眼角偷瞥了劉彘一眼：這個身為天子的人，騎在馬上，高昂著頭，鬚眉稀疏、雙眼凹陷，不過是一個年近六旬的尋常之人。但不知為何，渾身似乎罩著一層無形之氣，讓人如臨絕壁，似履危岩，浩蕩寒風，撲面而至。尤其是那目光，幽深漆黑，竟隱隱發燙，越過宮殿苑宇，遠眺前方，像是在巡視世外無人能見的某處奇渺之所。

⑩《漢書・武帝紀》：（太初）四年春，貳師將軍廣利斬大宛王首，獲汗血馬來。作《西極天馬之歌》。

回想起這目光，硃安世心中一陣翻湧。他之所以留在宮中做馬卒，本是想等這一機會刺殺劉彘，然而真的到了那一日，身臨其境，四面八方盡是莊肅之氣，將這念頭逼得無影無蹤，直到騎遊快結束，才猛然記起。這時，距歟馬之處只有十幾步，幾個黃門已經躬身候在天子下馬用的腳榻邊。

硃安世深吸一口氣，攥緊韁繩，準備動手，心卻猛地狂跳起來，比樂工的鼓聲更加震響，胸口起伏、呼吸急重，更不由自主大大嚥了一口唾沫，聲音響得恐怕連馬上的劉彘都聽得到。他一向自負無所畏懼，以前聽人講荊軻刺秦王，燕國勇士秦武陽慨然隨行。秦武陽十二歲就曾殺人，目光兇悍，無人敢和他對視，及至見到秦王，卻恐懼變色。硃安世曾對此嘲鄙不已，此刻感同身受，才終於明白，當日荊軻從容應對之氣慨古今少有，讓他由衷歎服，自愧遠遠不及。

稍一遲疑，距離歟馬處只有八、九步了。

*****

杜周立即下令，驍騎出城，急速追趕。

他想：汗血寶馬身形駿逸、引人注目，這硃安世是積年大盜，必定塗飾偽裝過，又假扮軍吏，可免於盤查。盜賊狡猾，事關重大，他不敢信任何人，隨即吩咐左丞劉敢在城中嚴搜細查，又命人備駕，自己親自出城追擊。

平日，杜周出行巡城時，緹綺一百人，持戟五百人，威儀烜赫，聲震道路。今天，他只挑了五十名精幹吏士，精選快馬，輕車上路。

衛尉與太僕一起送至城門外，兩人連聲道謝，將全部身家寄於杜周。杜周越發煩膩，此刻這兩人看似手足無措、毫無張致，一旦與己無關，能置身事外時，則又是一番模樣，能不腳下使跘、背後螫刺，已是大仁大義。因此，他仍只淡然道了句「好說」，隨即下令驅車急趕。

出西安門不久，先遣巡查就來回報：向東二里驛道邊，一處水窪裏發現幾個馬蹄泥印，清晰可辨「尚方」及「天馬」字樣。

杜周即命前往，到了那裏，他下車來到水窪邊，泥中果然有幾個蹄印。昨夜下過秋雨，清晨路上又少有人行，故而這蹄印異常醒目。他俯身細看，馬蹄鐵上刻字凹印在泥中，果然是宮中御製，為汗血寶馬特製蹄鐵。天子珍愛汗血寶馬，極少騎乘，所以蹄鐵未損，刻字如新。

杜周站起身，正要上車，忽覺不對，又回身細看，猛然想起：硃安世為逃避追趕，自然是快馬疾駛，馬踏泥窪，泥水必定四處飛濺，蹄印也應前深後淺、左右不勻。但現在泥中這幾個蹄印，深淺一致、左右勻稱、邊沿齊整。馬速極慢，才能留印如此。顯見是硃安世有意留下，以為誤導。

杜周立即上車，命人掉頭反向，往西追趕，同時又遣快馬在前面先行查看。

果然，沒走多遠，另一處泥窪裏又見半個蹄印，雖然印跡模糊，仍能隱約辨認出一個「尚」字，蹄印是自東向西。杜周下車過去一看，「哼」了一聲，這才是賊人不小心留下的。因這灘泥窪太寬，占滿半邊路，賊人雖然小心閃避，但還是留下這半個蹄印。

杜周立即命令四個得力騎衛急速西追，自己也隨即率人向西急行。一路上，又相繼發現幾處蹤跡，一直追向扶風城。

*****

硃安世穿好衣服，下了樓，來到客店前堂。七八張席案，坐滿了人，大半是漢地客商，小半是西域商販。案上樽盂杯箸、羔豚雞魚，席間胡語漢音、大呼小叫。只有靠門側一張食案還空著，硃安世便過去坐下，要了一壺酒、二斤狗肉，邊吃邊飲，邊暗暗算計：他清晨離開長安，午時趕到這裏，睡了兩個時辰，若是杜周親自追查，再過一兩個時辰，追兵大致就該到了。

很快，一壺酒喝盡，他欲開口再要，想了想，還是忍住，只吩咐店家備些胡餅、乾肉包好，放在手邊，預備帶走。又要了一碗麥飯，蘸著豉醬，吃剩下的狗肉。不時望著門外，等約定之人。

不久，客店門外走進一位老人，牽著一個小童。老人來到門邊，先打眼向裏張望，一眼看見硃安世，便脫了麻履⑪，又彎腰幫小童脫掉鞋子，牽著小童走進來。店主上前招呼，老人像沒聽見，逕直走到硃安世面前，彎腰低聲問道：「請問可是硃先生？」

⑪ 漢代居室內鋪席，席地而坐，進屋普遍脫鞋穿襪。

硃安世聽他漢話裏雜著羌音，抬眼打量：老人頭戴舊葛幘，身著破葛袍，一手提著一個小包袱，一手緊緊牽著身邊小童，神色警惕。小童約七、八歲，髮辮散亂，衣裳髒爛，神色睏倦。兩人布襪都已磨破，露出腳趾，滿是塵垢，看得出長途奔波、一路勞頓。

見他們滿臉塵灰、衣衫敝舊，硃安世有些詫異：日前受故人之託，順路接了這件差事，說是付重金送一樣東西。所以二百里犯險趕過來，看老人這副窮寒模樣，應該不是事主，但為何又能說出自己的姓？他點點頭：「是我，你是？」

店主跟過來，又招呼老人，老人照舊像沒聽見，又小心問道：「這裏說話不便，可否找個僻靜處？」

店主聽見，識趣走開。硃安世又問：「是你找我送東西？」

老人回頭環顧店裏，偷偷指指手中包袱，低聲道：「酬金已經帶來，還有一些事要交代，請先生移步店外說話。」

硃安世越發納悶，但還是站起身：「那就去樓上。」

「也好。」

硃安世起身，引著老人和小童上樓，進到客房，關了門。

「你要我送什麼東西？」

「這孩子。」

硃安世更是詫異，低頭向童子望去，童子也正望向他，臉雖睏倦，卻眼睛黑亮，目光如冰，像是要將他看穿。盯得硃安世有些不自在，便扭過頭，又問：「送到哪裏？」

「京城，御史大夫⑫兒寬⑬。」

「御史大夫？京城？」

聽到「御史大夫」四字，硃安世心裏一刺，再想到「京城」，又忍不住笑起來。

老人不解其意，滿眼惶惑。

硃安世不願多説，收起笑：「這孩子這麼貴重？送一下就付那麼多酬金？你某非是在耍笑？」

老人忙打開手中包袱，裏面一個漆盒，揭開蓋子，整齊排放著四枚大金餅，一斤一枚；六枚小金餅，一兩一枚。

老人小心道：「信裏説定五斤。傾盡全力，只湊到這四斤六兩。還請硃先生寬緩一步，日後定當補齊。」

見老人居然能拿出這麼多金子，硃安世很是意外：「這是誰家孩子？到底什麼來路？」

「硃先生還是不知道為好。」

⑫御史大夫：官名。《漢書・百官公卿表》謂「副丞相」。秦代始置，負責監察百官，代皇帝起草詔命、接受百官奏事，管理國家重要圖冊典籍等。與丞相、太尉合稱三公，官秩為中二千石。

⑬兒寬：西漢名臣，官至御史大夫，卒於太初二年（前一〇二年）。生平參見《漢書・兒寬傳》。

「此去長安不遠，你為什麼不自己送過去？」

「這孩子不能再繼續跟著我，我也找不到其他可信之人，才寫信求告樊先生。樊先生舉薦了硃先生，他舉薦的人自然也是義士名俠。老朽懇請硃先生仗義援手、施恩救助，送這孩子去長安——」說著，老人俯身便要跪下。

硃安世忙伸手扶住：「老人家萬莫要這樣，若在平日，這不過是順手之勞。只是有一件，我還有急事在身，不能馬上進京。」

老人為難起來，低頭想了半晌，才道：「先生辦事能否帶他一起去？只要離開此地、保他安全，晚幾日到京城倒也無妨。不過，必須親見到御史大人，當面交付。」

硃安世見老人滿眼殷切，又看那孩子瘦弱可憐，便點頭道：「成。」

老人如釋重負，蓋好漆盒，包起來遞給硃安世。

硃安世知道這些金子得之不易，忙謝絕：「這點小事，費不了什麼力氣。這錢你還是自己留著。」

老人執意道：「這是早已說定的，怎麼能改？況且這點錢算得了什麼？先生若能將孩子安全送到，大恩勝過黃金萬兩。」

硃安世推拒不過，只得接過，隨手放到案上。

老人轉過身，輕撫小童雙肩，又替他掠齊額頭鬌角亂髮，溫聲囑咐道：「驩⑭兒，我不能

⑭ 驩：同「歡」，現統一簡化為「歡」。

再陪你了，你自己要當心留意，凡事要聽硃先生安排，不要違拗他，到了兒大人府上，你就安全了。」

小童一邊聽一邊不住點頭，淚珠大顆大顆滾下來。

老人也忍不住落下淚來，哽咽半晌，才強忍住，在小童耳邊輕聲又交代了幾句，硃安世知道這些話不願被聽到，便轉身到窗邊，向外張望。

這時霞紅將褪，暮色漸臨，扶風城裏，到處炊煙冉冉，四下愈發寂靜。

一陣風過，涼意滲人，硃安世不由得打了個冷顫。

汪汪汪！

東邊市口忽然傳來一陣狗吠，接著便是一串馬蹄聲，相鄰的狗也接連叫起來。

硃安世忙向東邊窺望，隱約見一隊人馬正穿過市門，急急奔來。再仔細辨認，依稀可見馬上人皆穿官府捕吏之服。

＊＊＊＊＊

落霞，長安城。

秋風如水，刷洗這座繁華富麗之城。

一片黃葉飄飛，落在司馬遷肩上，他卻渾然不覺。

他立在自己宅子後院，看著衛真埋書。衛真是他的侍書僮僕，正手執鐵鍬，彎著腰在院中那棵大棗樹下挖土。挖好一個方方正正的小坑後，衛真放下鐵鍬，雙手捧起坑邊一個木盒，小心放進坑裏，然後又拿起鐵鍬，鏟土掩埋。

那木盒中，放著一卷竹簡，是司馬遷剛剛寫就的一篇史記⑮。

一顆棗子忽然落下，砸在衛真頭上，彈到地下，衛真看見，笑道：「棗子都熟了，得趕緊收了。」

這棵棗樹是司馬遷新婚那年所種，他得知妻子愛吃棗，就託人從河間稍來一棵棗樹苗，親手種下，如今這棵棗樹已經十分粗壯茂盛，每年都要結不少棗子。

司馬遷抬頭望著樹上棗子，正在沉想，妻子柳氏忽然急步走出來道：「外面有人在敲門！」

「哦？全城都在大搜，這時辰會是什麼人？」司馬遷一驚，忙催促衛真道，「我出去看，你趕緊埋好！」

他走到前院，外面有人正在叩門，聲音很輕，御夫伍德站在門邊側耳聽著，司馬遷示意開門，伍德忙拔開門閂，拉開了門。

門外一個年輕男子，看衣著是個僕役，神色略有些緊張。

⑮司馬遷《史記》最初命名學界至今未有定論。「史記」本是古代史書通稱，從三國開始，才由通稱逐漸成為《史記》的專稱。為小說敘述方便，文中採用通稱。

伍德問：「你有何貴幹？」

那人道：「我是御史大夫延廣家人，有事求見太史令大人。」

司馬遷忙走到門邊：「找我何事？」

那僕人忙道：「我家主公讓我來送一件東西。」

「什麼東西？」

那僕人左右望望，道：「大人能否讓我進去？」

司馬遷心中納悶，便讓他進來，伍德忙關起門。

「我家主公命小人將這這個交給大人。」那僕人從懷中取出一個小帛卷兒，雙手呈給司馬遷。

司馬遷接過，展開一看，是一方帛書，只有巴掌大小，上寫著幾行小字：

星辰下，書卷空
高陵上，文學燔
九河枯，日華熄
九江湧，天地黯
鼎淮間，師道亡
啼嬰處，文脈懸

司馬遷讀了幾遍，只覺詞氣悲慨，卻不解其意，納悶道：「這是什麼？該當何解？」

「小人不知。主公只說務必要親手交給大人。」

「他為何要送這個給我？」

「主公沒說。」

＊＊＊＊＊

杜周先遣騎尉一路疾趕，黃昏時到了扶風。

進城之後，直奔府寺⑯，參見右扶風⑰減宣⑱。

減宣聽了騎尉急報，心下大驚：天下這麼大，這賊別處不逃，偏偏逃到我這裏！何況又事關汗血馬？再想到杜周這頭老狼，越發悚然。本來事發長安，是杜周失責，現在這賊逃到扶風，正好給杜周卸罪的由頭。自己與杜周暗鬥多年，雖說互有輸贏，但杜周比自己更能沉得住氣，始終隱隱占上風。

他忙問：「執金吾現在哪裏？」

騎尉道：「也正趕往扶風。」

⑯寺：古代官署的名稱。秦漢以官員任職之所，通稱為寺。

⑰右扶風：漢時長安京畿劃為三區，分設京兆尹、左馮翊、右扶風三個官職，合稱三輔。

⑱減宣：漢武帝時期著名酷吏，參見《史記・酷吏列傳・減宣》。

減宣一聽，才稍安心，既然杜周親自來追查，他就脫不掉干係。雖然這晦氣來得冤，但事已至此，只有盡力而為，我兩人合手協力，料必能捉到那盜馬賊，只要捉到，彼此也就相安無事。於是他拋開疑慮，立即下令關閉城門，同時急召賊曹掾史⑲成信，吩咐道：

「那盜馬賊若仍在扶風，料必會藏身在兩個地方：或去民宅區投靠朋友，或在市中客店歇腳。你將手下分為三撥，一撥去民宅區通告所有里長，分別搜查各自里巷，你自己率領另一撥，速去市中搜查！那盜馬賊見四處大搜，必定要設法逃出城，第三撥人去城牆周圍尋堵出城秘道。」

成信領命出來，急忙分派人手，自己率人趕往市⑳中。

到了市東門，成信喚來門值詢問。但這一整天，市裏來往人流不斷，那門值想了半天，也想不出是否有個騎了匹棕色好馬的軍吏。倒是一個市吏聞聲趕過來，說在市西的蔣家客店見到一匹馬，雖然渾身骯髒，但毛色應該是棕色，頭小頸長、身形駿逸，他最愛馬，一眼看到，便知是匹極好的馬，過目難忘。不過沒見到馬主人，不知是不是逃犯。

成信聞言，即命市吏關閉四門，自己帶人急急趕向市西蔣家客店。

---

⑲賊曹掾史：官名，主捕盜賊。漢代中央及各郡縣皆置掾史，分曹治事。曹：分科辦事的官署；掾（ㄩㄢˋ）原為佐助的意思，後為官署屬員的通稱；掾為各曹之正，史為副，合稱掾史。

⑳市：集市，市場。漢時，各商鋪集中在城中一處，以圍牆圈起，有市吏督管，早晚定時開關。

*****

硃安世從視窗看到捕吏飛馬奔來，忙道：「來的這麼快！我們得馬上離開！」

老人聽到，頓時慌張起來，不由得伸臂護住小童，小童也滿眼驚懼。

硃安世一愣，他們也在逃避官府追捕？但此時已經無暇細問，便向小童伸出手，小童卻緊緊抓住老人，向後縮著。

老人安慰道：「驩兒莫怕，硃先生是信得過的人，公公才把你交給他。」說著，把小童送到硃安世身邊。

「硃先生，孩子就託付給你了。」

「放心。」

他俯身抱起小童，向老人點點頭，開門快步下樓，奔到前堂，從囊中抓了一把錢，扔給店主，急急穿上靴子，小童自己也飛快蹬好鞋。硃安世挾著小童，奔到馬廄，牽出馬，將小童抱上馬背，隨即自己翻身上馬，吆喝一聲，驅馬來到院前。

這時，外面馬蹄聲越來越近，很快將到門前。

硃安世拍馬就要向門外衝，這時老人也已經趕下來，顧不上穿鞋，竟氣喘吁吁奔出來阻攔，險些被馬撞翻，幸好硃安世急勒住了馬。

「硃先生，前門已經不能出了！」

「不怕，我這馬快！」

「被捕吏看到，終究麻煩。我走前門引開他們，你們走後門！」

「公公！」小童叫起來。

老人沒有答話，只是望著小童慈愛一笑。

硃安世看老人神情坦然，心中頓生敬佩，但事情緊急，不容爭執，便攬轡掉頭，店主也跑到門首來看。

硃安世大聲問道：「後門在哪裏？」

店主一時惶急，說不出話，只用手向身後指指。

硃安世拍馬就衝進前堂，臨進門，一眼瞥見老人強掙著奔向馬廄，顧不得多想，逕直帶馬躍進前堂，接連踢翻幾張案席，踢倒幾個客商，一路杯盤翻滾，湯汁四濺，店裏一陣驚叫。轉眼之間，穿過廚房，越過後廳，來到後院，院門閂著。硃安世跳下馬，打開門，牽馬出去，帶好門，左右看看，一條窄巷，寂無人影，便又翻身上馬，打馬向西疾奔。

到了巷口，左轉回到正街，客店那邊傳來陣陣蹄聲和呼喝之聲，硃安世無暇細看，催馬疾速奔向市西門。

第二章　石渠天祿

成信趕到客店街口時，暮色已昏，一人騎馬從客店中急奔出來，見到捕吏，帶馬便逃。成信見其可疑，急忙率人追趕。追到市南門，市門已關，賊人見無法逃脫，竟拔出劍，先向自己臉上左右連割幾劍，而後橫向脖頸，意欲自刎。

成信見到，忙將手中的劍一把擲過去，擊中那人手腕，那人手中之劍隨之脫手。其他捕吏立即趕過去，將那人一把掀下馬，將他生擒。

這時才看清是個老人，追錯了人，成信大怒，朝那老人重重一腳，命人押他回去，自己又帶人急奔回客店。

盤問了店主，才知道有一軍吏剛才從後門逃出。成信忙命人分頭趕往市四門，確認賊人是否出了市門，並調人挨戶細搜，又將店主及店中所有客商羈押歸案。

*****

硃安世趕到市西門時，見門已經關閉。

遠遠看見兩個人影在門邊張望，應是門吏，想來是聽到了動靜。硃安世放緩馬速，徐馳到門邊。

門吏攔上來：「市門已關，要出，明早吧。」

硃安世賠笑說：「多貪了兩杯酒，誤了時辰，請兩位行個方便。」

「過時禁出入，觸了禁律，方便了你，受罰的是我們。」

硃安世翻身下馬，從囊中掏出兩串銅錢，塞到兩個門吏手中，笑著說：「兩位辛勞了這一天，也該買點酒解解乏。」

兩個門吏互相看看，又見硃安世身著軍吏戎裝，就沒多推卻。

其中一個看到馬上的小童，問道：「這小兒是誰？」

硃安世笑道：「是我老友之子，老友醉倒在客店裏，動彈不了，就睡在客店裏，他怕家裏妻子擔憂，託我送這孩子回去，順道傳個口信。」

門吏轉問道：「小兒，你家住哪裏？」

硃安世沒防備這一問，正要開口遮掩，沒想到小童竟不慌不忙回答道：「午井鄉，高望里。」

「午井鄉出南門更近，為何要走西門？」

硃安世忙道：「本要走南門，剛巧碰到一隊捕吏往南門追人，怕擾了公幹，就避開走這邊了。」

「追什麼人？」

「像是個胡人，違例偷買了些鐵器，藏在布帛中，想私帶出關外㉑。」

「怪道剛才嚷聲一片。」

㉑漢代為防匈奴兵力，禁止鐵器出關。

門吏不再多問，打開了門，硃安世連聲道謝，牽馬走了出去，隨即翻身上馬，加速向西奔去。到西城門時，天色已黑。

城門已關，一隊兵吏，明火執仗，在門樓下巡守，看來已接到京城詔捕令。

＊＊＊＊＊

長安城，未央宮。

司馬遷自北闕緩步走進未央宮㉒，書侍衛真緊隨身後。

進了宮，迎面便是天祿閣，其西相隔二十餘丈，則是石渠閣。

抬頭南望，椒房殿、溫室殿、清涼殿、宣室殿……四十三座殿閣㉓，一殿高過一殿，重軒疊閣、雕金砌玉。紅日在簷下，樓臺在雲中。

「這未央宮建成到今年，居然整巧一百年了呢㉔。」衛真忽然道。

司馬遷點頭笑了笑，衛真這些年倒也讀了些書、記了些史。

㉒北闕：未央宮北面門樓，是大臣等候朝見或上書奏事之處。《漢書．高帝紀》顏師古注：「未央宮雖南向，而上書、奏事、謁見之徒皆詣北闕。」

㉓《西京雜記》：未央宮「周回二十二里，九十五步五尺。街道周回七十里。臺殿四十三……宮池十三，山六，池一，山一，亦在後宮。門闥凡九十五。」

㉔未央宮建成於漢高祖七年（西元前二〇〇年）。

衛真見左右無人，壓低聲音：「當年是蕭何督造的未央宮，他也是一代賢臣，那時，高祖稱帝才兩年，戰亂未休、成敗未定，天下凋敝、百姓困窮，未央宮卻建得如此奢華……」

司馬遷歎息道：「蕭何也算一片苦心，他正是怕後世奢侈，特意使未央宮之壯麗無以復加，一次建成，讓後繼帝王無須再費財力㉕。」

「可見貧者不知富者心。當年瞧著奢華已極，到了當今天子，卻嫌它窄陋，增飾了多少回了。高門、武臺、麒麟、鳳凰、白虎、玉堂、金華這些殿都是後來增修。更不用說未央宮外，又新建北宮、桂宮、明光宮、建章宮……還有上林苑、昆明池、到處的離宮別館……」

司馬遷忙喝止，衛真也立即警覺，嚇得伸伸舌頭，趕緊閉嘴。

司馬遷長喟一聲，心想：高祖既把天下視為自家產業㉖，當今天子窮奢極欲，也只當是花銷自家私財而已，又可奈何？

他不願多想，向西行至石渠閣，拾級而上。

石渠閣下，深水靜流。

㉕《漢書・高帝紀》：蕭何營建未央宮，劉邦見其壯麗，大怒，蕭何說「天子以四海為家，非令壯麗亡以重威，且亡令後世有以加也。」

㉖劉邦年輕時為無賴，其父常責罵他不能治產業，劉邦登基後，反問其父：「現在我的產業和你相比，誰的多？」（見《漢書・高帝紀下》）

當年，秦始皇為滅天下異心，杜絕諸子百家之學，禁民藏書，遍搜天下書籍，大都焚之一炬，少數藏於皇宮內府，天下文獻滅絕殆盡。高祖攻入秦都咸陽，諸將都去爭搶金帛財物，唯有蕭何收藏圖書律令。營造未央宮時，蕭何又特建了石渠閣、天祿閣，專藏文獻典籍，才算保住一線文脈。

建石渠閣時，下鑿石渠，引入宮外潏水，環繞閣下，因名「石渠閣」㉗。司馬遷不由得感歎：這石渠當是為防火災，便於就近取水。蕭何惜護典籍之心，可謂深細。

登上臺基，憑欄四望：未央宮裏到處金玉炫耀、紅紫紛擾，宮人穿梭、黃門往來。唯有天祿閣和石渠閣，地處最北，平日極少有人出入，此時秋風寂寂、落葉寞寞，愈發顯得蕭疏隔絕。但兩閣畢竟深蘊文翰之氣，清寂中自具一派莊重穆然。

衛真又小聲說：「當年阿房宮和這未央宮相比，不知道哪個更甚？」

司馬遷不答言，但心想：當年秦始皇發七十萬人建三百里阿房宮，殿未及成，而身死國滅；他鉗民口、焚典籍，欲塞萬民之心，到如今，卻圖書重現，文道復興。可見有萬世不滅之道義，無千年不朽之基業。

未央宮又何嘗不是如此？看眼前雖繁盛無比，若干年後，恐怕也難免枯朽灰敗，無跡可尋。而天理人心，則千古相續，永難磨滅。

想到此，司馬遷豪情頓生，衛真見他面露笑意，有些納悶，又不敢問。

㉗《三輔黃圖・閣》：「石渠閣，蕭何造。其下礱石為渠以導水，若今御溝，因為閣名。所藏入關所得秦之圖籍。」

司馬遷轉身走向閣門，迎面見幾個文史護擁著一個官員出來。

那官員年近六旬，枯瘦矮小，卻精幹矍鑠，一雙眼精光銳利，如一隻老瘦禿鷲，是光祿勳㉘呂步舒。

司馬遷與呂步舒都曾師從名儒董仲舒，但兩人年紀相隔近三十歲，呂步舒又官高位重，因此從未說過一句話。司馬遷忙退到路側，躬身侍立，呂步舒並未停步，鼻中似乎哼了一聲，算作答禮。

等呂步舒下了閣走遠，司馬遷才舉步走進石渠閣。

*****

天黑時，杜周車騎趕到扶風。

扶風有減宣在，讓他略為安心。他與減宣故交多年，曾共事於張湯㉙門下十數年，二人為官效法張湯，都以嚴刑敢殺著稱。減宣尤其精於深究細查，張湯被誣自殺、淮南王劉安謀反等大案，都是由減宣查辦，曾官至御史，和自己一樣，減宣也經過宦海浮沉、幾度升降，年前被廢，

㉘光祿勳：官名。本名郎中令，秦已設置。漢武帝太初元年（前一〇四），改名光祿勳，為九卿之一，掌守衛宮殿門戶，後逐漸演變為專掌宮廷雜務之官。

㉙張湯：漢武帝時期著名酷吏。官至御史大夫，用法嚴酷，但為人清廉簡樸，後被誣陷獲罪，被逼自殺。

新近重又升至右扶風。

杜周在車上暗想：盜馬賊逃到扶風，倒是幫了我，這樣便稍有了些轉寰餘地。減宣查案最為精細，只要盜馬賊還在城中，減宣必能捉到；就算捉不到，盜馬賊是在扶風逃走，正可藉此轉些罪責在減宣頭上，再加上衛尉與太僕失責於前，或者可以免去死罪……

車駕剛到東城門下，如杜周所料，城門打開，減宣果然親自率眾出來迎接。

杜周特意端坐著，並不急於下車，減宣步行來到車前，深深躬身，拱手致禮：「減宣拜迎執金吾大人。」

兩年前，減宣身為御史，是杜周稱減宣為「大人」，而減宣稱杜周為「杜兄」。現在杜周官秩雖略高於減宣㉚，但仍屬平級，杜周見他如此恭敬，知道他已有防備，有意做出這番姿態。當務之急，是要同心協力捉住那盜馬賊。於是，他等減宣拜了一半時，才急忙下車，伸手挽住，臉上扯出些笑意：「你我之間，何必多禮？汗血馬失竊，事關重大，還望減兄能鼎力相助。」

減宣忙道：「此是卑職職分所在，當然該盡心竭力，不敢有絲毫懈怠。」

兩人相視點頭，心照不宣。

減宣隨即道：「盜馬賊還在城中，正在細搜。已捉到一個與那盜馬賊相識之人。請大人上

㉚ 漢代官秩以糧食計算，執金吾為中兩千石，每月一百八十斛；右扶風為兩千石，每月一百二十斛。（參見唐代杜佑《通典・職官》）

車，進城親審。」

兩人進城到了府中，杜周顧不得勞累，馬上命掌燈，同減宣提犯人審訊。

犯人提上來，杜周一看，只見犯人臉上血肉模糊，縱橫幾道劍傷，猶在滴血，滿襟血水濕漉。雖然如此，卻挺身而立，並無懼意。

減宣道：「這老賊怕被認出身分，先割傷自己臉面，然後才要自刎。」

「搜出什麼沒有？」

「只有一個水囊，幾塊乾糧，兩串銅錢。」

杜周轉頭吩咐身邊長史：「衣物再細查。」

減宣聽見，忙命吏役將老人渾身上下剝光，全都交給杜周長史。

老人披頭散髮、赤身露體，跪在地上，木然低首，聽之任之。

杜周隨行令丞知道慣例，一向是先打再問，便命道：「笞五十！」吏役將老人俯按在地上，壓住手足，刑人手執五尺竹笞，揮起便抽。這刑人是慣熟了的，知道這五十笞是用來威懾犯人、逼其就範，所以並不用全力，只尋最怕痛處，笞笞觸骨。那老人卻始終忍痛不叫，只在喉嚨裏發出悶哼之聲。

五十數滿，令丞等老人緩過氣來，問道：「你和那硃安世可是舊識？你們在客店會面所為何事？」

老人趴在地上，閉著眼睛，喘著粗氣，像是沒有聽見。

令丞問了幾遍，怒道：「再笞五十！」刑人舉笞又抽，這次下手加力，招招狠準，務使極痛，又不要他命。老人再忍不住，痛叫出聲，卻並不喊饒。

五十笞又完，老人已疼昏過去。

減宣令人抬回獄房。又命提客店店主與客商審問。店主、客商都驚慌至極，搜腸刮肚，把所見的一切細枝末節盡數交代。

眾人退下，減宣獨與杜周商議：「看來老兒與盜馬賊並不相識。」

杜周點頭不語，心裏沉思：硃安世已犯了滔天大罪，逃命唯恐不及，怎麼還有功夫在這裏約見老兒？

「那店主偷聽到老兒有東西託硃安世護送，什麼物件這麼貴重，值得捨命？」

「不是物件，是人。」

「那小兒？」

「嗯。」

「那老兒豁出性命要保住秘密，那小兒恐怕干係不小。」

*****

司馬遷脫履進了石渠閣。

這一向，他都在天祿閣查書，有半月餘沒到石渠閣。進門後，卻不見書監皐辜，一名黃門㉛內官迎上來，身穿書監衣冠，卻從未見過。

那個黃門躬身行禮：「卑職段建參見太史。」

司馬遷一愣：「又換人了？」

段建低頭答了聲：「是。」

當今天子繼位以來，連丞相、御史都頻繁更替，更莫論宮內宦官。八年來兩閣書監已經各換了五、六回。

司馬遷不再多言，問聲好，便逕直朝書庫走去。段建忙跟隨在後。來到書庫內門前，旁邊司鑰小黃門躬身迎候，司馬遷一看，也換了人。小黃門掏出鑰匙，打開銅鎖，用力推開石門。隨即取來一盞朱雀宮燈，躬身呈上，衛真接過。

石渠閣書庫全部用石材密閉建成，所以又稱「石室」。書庫之內，齊整排列著數百個銅櫃，稱為「金櫃」，都上了鎖。

衛真舉燈照路，司馬遷大步走進書庫，段建和小黃門也各擎了一盞燈跟隨進來。

司馬遷今日是來找秦宮古本《論語》㉜。

㉛黃門：宦官。《通典・職官三》：「凡禁門黃闥，故號黃門。」皇宮門漆為黃色，故用「黃門」代稱宦官。

㉜《論語》書名的確定和通用時限至今尚有爭議，據王充《論衡・正說篇》言：「孔子孫孔安國以教魯人扶卿……始曰《論語》」，這一書名至少到漢武帝時期已經確定。因此，本文將其統稱為《論語》。

穿過前面幾排銅櫃，來到諸子典籍處，孔子書櫃居於列首。司馬遷吩咐小黃門拿鑰匙打開櫃鎖，小黃門尚不熟諳，一串鑰匙試了很多把，慌得一頭大汗，才算找對。

櫃門打開，司馬遷就著燈光一看，裏面簡冊排放似乎和舊日不同，再細看，果然被重新排放過。

「這裏書卷動過？」

段建忙說：「庫內圖書重新點檢過，不知太史要找什麼書？」

「哦？」

司馬遷微有些納悶：兩閣藏書各歸其類，石渠閣中所藏都是當年秦宮典籍圖冊，漢以來所獻之書都收在天祿閣。獻書時有增補，且版本紛亂、真偽混雜，因此天祿閣圖書需要書官定期檢閱重排，而石渠閣秦宮圖書則早已編訂完備，再無新增，為何重新點檢？

段建看出他的疑惑，忙解釋道：「並非卑職所為，是前任書監。」

司馬遷一卷一卷小心翻檢，找遍銅櫃裏所有書卷，都沒找到《論語》。

「《論語》去哪裏了？」

「卑職初來乍到，也不清楚，請太史稍候，卑職去拿圖書簿錄。」

司馬遷又細細找了一遍，仍然沒有，又叫小黃門打開相鄰的銅櫃，和衛真分別找遍儒學類、諸子類幾個銅櫃，都不見《論語》。正在納悶，段建捧著石渠圖書簿錄來了。司馬遷接過一看，圖書簿錄是新的。

「這簿錄也重新寫錄過了？」

「前任書監交給卑職時便是這樣。」

司馬遷忙到旁邊石案上展開，在燈影下一條條查看，連找三四遍，居然找不到《論語》條目。

段建小心問道：「敢是太史記錯了？」

「我豈會記錯！」

*****

扶風城內，兵衛執炬提燈，沿街巡邏，挨戶搜查，到處敲門破戶、雞飛狗叫。

硃安世見勢不妙，忙取出備好的皮墊，將汗血馬四隻蹄子包住，以掩蹄聲，然後循著暗影，悄悄向城邊躲移。

他一人脱身不難，但多了一匹馬、一個小童，行動不便，躲不了幾時。這馬得來不易，他斷捨不得丟棄；至於小童，就算沒有酬金，也不該有負所託。況且看那老人神色，小童怕是罪人之後，也正在被追捕，小小年紀，更不能讓他落入官府之手。他回頭看了看馬上小童，小童也望向他，眼中竟毫無慌懼，硃安世暗暗納罕。

看到處火光閃動，四下裏不時傳來士卒們呼喝叫罵之聲，他心裏頓時騰起一股怒火。

為了一匹馬，弄出這麼大陣仗，而萬千百姓饑寒而死、征戰而死、冤屈而死，卻只如螻蟻一般，誰曾掛懷？誰曾過問？

念及此，他不由得暗暗後悔，那日為何不刺死劉彘？

當時，眼看就要到歇馬處，硃安世手中韁繩擰得咯吱吱直響，卻心神昏亂，猶豫再三。耳側劉彘咳嗽了一聲，一驚，才略微清醒。行刺的步驟他早已仔細想熟、反覆演練。西征大宛往返途中，他親眼目睹不少士卒被軍吏套住脖頸，拖在馬後凌虐處死，恨怒一直聚在心裏，他要讓劉彘也嘗嘗這等苦楚：用馬韁當繩套，回身拋向劉彘，套住他的脖頸，一把拽下，繩子纏繞三圈，勒緊，跳上馬背，驅馬疾奔……

他偷眼掃視，兩邊雖然宮衛密列、戈戟如林，但片刻之間，他就能處死劉彘，宮衛們都在半丈之外，根本來不及阻止。然而，他的手卻抖個不停。

他一直納悶荊軻劍術精熟，近身刺殺秦王，卻居然失手，此刻也才明白：人處此境，再有膽略，也難免心浮意亂，身手不及常日一半。他手中並無兵刃，韁繩必須一套即中，不容絲毫閃失。

這時，距離歇馬處只有五、六步。

再不動手，良機恐怕永難再有。

勒死劉彘之後，自己也休想逃脫一死。對此，硃安世早已想過無數次。他自幼便立誓要刺殺劉彘，以一命換一命，遂了平生之志，又有何憾？何況，能為西征軍中那幾萬枉死士卒雪恨、更為天下蒼生除掉這個暴君，能得如此一死，千值萬值……

一陣馬蹄聲打斷硃安世思緒，是一隊騎衛從前面大街上急急奔過。

他忙回過神，勒停了馬，躲在暗影中，心想：無論如何，都得逃出城去，不能如此輕易，便讓劉彘舒心快意。

他斷了雜想，盤算對策：只有先將小童和馬藏到一個隱秘安穩之處，自己才好尋找出路。

他曾到過扶風，知道南城門左側有一處營區，心想雖然滿城大搜，營區當不會細查。他小心繞到營區附近，張眼一看，果然只有十幾個兵卒值夜。硃安世牽馬繞到營房後，營房貼城牆而建，房側一叢樹林，只有兩個兵卒巡守。硃安世趁那兩個兵卒巡到另一邊，忙牽馬輕步鑽進樹叢。城牆角落有塊巨石，他將馬牽到石後，輕拍馬背，這馬本就靈性乖覺，又經調教多時，早已心意相通，立即停住腳，靜靜站立。這時草叢間霜冷露重，硃安世又從背囊中取出皮氈，鋪在石邊馬側，抱下小童，讓他靠石坐好。

「你在這裏等著，我去找條出路。」

小童點點頭。

「別發出聲響，驚動那邊守衛。」

小童又點點頭。

「你一個人怕不怕？」

小童搖搖頭。

硃安世伸手拍了拍小童肩膀，以示讚賞。他又輕撫馬鬃，那馬只是微微轉頭，仍靜靜站著，連個響鼻都未打。硃安世這才放了心，起身悄悄離開。

第三章　潛越七星

扶風牢獄。

昏黑中，老人被一陣哀號吵醒，聽聲音，年紀似乎很小。

老人忍著渾身痛問道：「孩子，你怎麼了？」

「疼啊！疼死我了！」

老人掙扎著爬過去，見牆邊趴著一個少年，背上衣衫一道道裂開，黑濕一片，應是血痕。

老人小聲問道：「你父母在哪裏？什麼緣故被打成這樣？」

少年只是一味哭叫，哭夠了，才斷續道：「我爹娘都在蔣家客店做雜役，傍晚一隊官軍忽然衝進來，把店裏所有人都捆起來，我正好到客店後院，去娘那裏取東西，和爹娘一起被捉到這裏，他們一個一個拷打，我爹和我娘都被打得動不了，不知道被拖到哪裏去了，然後他們就拷打我，嗚嗚……」

「你一個小孩子，他們拷問你什麼？」

「說是客店裏來了個老人，帶了個小孩，交給一個軍士，他們問我那個軍士到哪裏去了，我什麼也沒看見，什麼都不知道，可他們就是不信，偏說我就是那個小孩！」

老人沉默半晌，愧道：「竟然是我連累了你……」

「你就是那個老人？公公，求求你，快告訴他們，我不是你帶的那個小孩！」

老人忙高聲喊來獄卒：「你們快放了這孩子，他不是我帶的那個孩子！」

一個胖壯獄卒聞聲過來，厲聲說：「老兒亂叫什麼！你個死囚囊，管得到該放誰？」

「我的孩兒才七歲，這孩子……」

少年忙搶道：「我已經十三歲了！」

獄卒叱道：「再不閉嘴，休怪老子手毒！」

「他只是個民家少年，有何罪過？」

「既然他不是，你帶的小孩在哪裏？」

「客店店主、客商都曾見我帶孩子進店，他們可以作證這孩子不是我家孩兒。」

「我管不了這許多，除非你說出你家孩子下落，我才敢去稟報上頭。」

老人頓時沉默不語。

少年又哭起來：「公公！求求你，救救我！」

獄吏罵道：「好狠毒的老兒！為保自家孩子，竟要別人孩子的命！」

老人低頭傷歎。

獄吏便罵著轉身離開：「既然不說，休要再嚷！」

少年繼續苦苦哀求，老人說不出話，低頭垂淚。

少年止住哭道：「公公，你別傷心，你說店主和客商都看到那個孩子了，他們只要審問過，就會放了我。」

「孩子，難為你了……」

「這沒啥，我爹常說善人有善報。我比你家孩子大多了，替他吃點苦沒啥。你家孩子的下落千萬別告訴他們，他們一旦逮到他，兩下就把他打死了。公公，你家孩子叫什麼？」

「這個——」

少年忙道：「對了，不能說，說出來被人聽到就不好了。」

停了片刻，少年又拉拉雜雜說起來。老人見他乖覺可憐，便陪著他說話，但只要觸及自己身世由來，便立即閉口，隻字不提。

少年說得累了，忽忽睡去，夢中被一聲重響驚醒，睜眼卻不見身邊老人，黑暗裏四處亂摸，在牆角摸到老人身子，問話拍打，均無反應，再往前一摸，老人頭下一片濕滑，是血。

少年忙扯著嗓子向外面喊道：「朱三！快來，這老賊撞牆自盡了！」

剛才那個胖壯獄卒急急趕來，打開了門。

*****

硃安世沿著城牆潛行，一路避開巡查，尋找出城的缺口密洞。

繞城一周，凡是可逃之處，都有重兵把守，而城內搜查仍然緊密。他不放心，又回到營區，偷偷觀望，見營房後兩個兵卒仍在巡守，並無異樣，知道小童安全，便不擔心，坐在暗影裏，邊休息邊想計策。

思忖良久，他忽然笑起來：天下各城，都有盜賊慣偷。尤其當今之世，逼而為盜者四處紛起。這扶風城裏自然也少不了盜賊。今夜全城大搜，那些盜賊自然個個惶懼、人人自危。城裏慣賊必定早備有逃城之法，只要找到這些慣賊，自然就能找到出城秘道。

硃安世以盜心推測，扶風城內最佳出城秘道當在七星河。七星河穿城而過，上游北口是扶風武庫所在，防守嚴密，不易穿越，但下游南口是一片田地，地闊人稀，便於潛匿。

於是，他避開路上巡查，輾轉來到七星河下游，見兩岸各有一隊兵衛執炬巡守。硃安世小心挪到城牆邊，尋了個黝黑角落，躲在草叢裏觀望，想等個盜賊出來引路，但許久都不見動靜。城裏搜捕已經有半個時辰，盜賊要逃恐怕也早已逃了。現在岸邊有巡衛，就算有盜賊，也不敢出來。

硃安世又等了一陣，仍然不見動靜，便等岸邊巡衛走開，乘著空當，悄悄梭到岸邊，長吸一口氣，輕身滑入水中，潛游到城牆下，黑暗中，頭碰到硬物，伸手一摸，前面有鐵柵封擋。他上下左右細細摸尋，到處鐵欄堅固，並沒有鬆動斷裂處。一口氣用盡，只得浮出水面，躲在黑影裏，一邊喘氣一邊琢磨：下面水門周邊都用磚石厚砌，剛才摸遍，並無缺漏，唯一可能之處，應在河床。

他又長吸一口氣，一頭潛到水底，在泥中亂摸，摸到水門附近的河床中央，手觸到一根繩索，用力一扯，似有墜物，循繩摸去，河泥中有一石盤，徑約三尺，厚約兩寸，盤邊對鑿兩個孔，所摸繩頭繫於一孔，另一孔用繩索栓在鐵欄根部。硃安世大喜，用力扯繩，石盤豎起，伸手一探，石盤下有一洞穴，應是通至柵外。

硃安世又浮上水面，深換口氣，重又潛到河底洞穴，拉起石盤，伸手探頭，向裏游去，洞穴先是陡斜向下，接著平直前行，而後又向上斜伸。游了數步，頂上被堵死，伸手一摸，又是一塊石盤，便推開石盤，出了洞口，到達河床。他向上急游，浮到水面，一口氣恰好用盡，回頭看時，鐵柵已在身後。

*****

石渠、天祿兩閣藏書，只有太常㉝、太史、博士㉞方可查閱。

八年前，司馬遷官封太史令，第一件事便是進到未央宮，登天祿、觀石渠。

當日，見天下典籍堆積如山、古今圖書盡在手邊，他喜不自禁，幾乎手舞足蹈，心想：天子坐擁天下之樂，也莫過於此。

八年來，司馬遷無數次穿梭出入於天祿閣和石渠閣，比自己家中還熟稔。閣中圖書雖未遍讀，但簿錄卻不知翻閱過多少遍，藏書名類數量，歷歷在目。

㉝太常：官名，九卿之首。掌宗廟禮儀等事。官秩中二千石，屬官有太樂、太祝、太常、太史、太僕、太醫六令及丞，博士及諸陵園也受其管轄。

㉞博士：最早是一種官名，始見於戰國，負責保管文獻檔案，編撰著述，傳授學問。秦朝時，有博士七十人，官掌管全國古今史事以及書籍典章。漢初沿置，官秩為比六百石，屬太常。漢武帝時，設立了五經博士，博士成為專門傳授儒家經學的學官。

這幾年，他所查閱的多是歷代史籍，《論語》只是大略翻看過，未及細讀。現在寫史寫到《孔子列傳》，需要參酌《論語》，天祿閣裏所藏《論語》殘缺不全，多個版本互相齟齬。石渠閣《論語》是秦宮所藏古本，是用先秦籀文書寫，時人稱之為蝌蚪文，艱深難辨，極少人能識。司馬遷少時曾學過古字，大致能認得，所以才來石渠閣查閱。

沒想到這秦本《論語》竟憑空消失。

司馬遷猛然想到：父親司馬談在世時亦為太史令，就曾發覺兩閣書目在減少，所少的多是先秦諸子之書，司馬談曾數次上報此事，天子命御史查案，幾位掌管圖籍的官吏因此送命，所失圖書卻都無下落。

司馬遷又忙看圖書總數，還好，只缺《論語》一部。於是轉身問書監段建：「前書監現在哪裏？」

段建忙低首輕聲道：「卑職不知。」

司馬遷想：若無御史中丞㉟應允，石渠閣書監無權重新編排閣中圖書。便不再多言，轉身走出書庫，下了石渠閣。

御史中丞掌管圖籍秘書，官署在宮中蘭臺。

司馬遷沿宮道，南行二里，來到蘭臺。卻見內外皆有許多宮衛執械把守，不許進出。司馬遷

㉟御史中丞：御史大夫佐官，《漢書．百官公卿表上》：「中丞，在殿中蘭臺，掌圖籍秘書」。

命衛真上前打問，原來御史中丞獲罪被拘，廷尉正在查抄蘭臺，至於所犯何罪，並不清楚。

衛真小聲說：「難道是因為《論語》？中丞有罪，該不會牽涉到御史大夫？」

近年來，一人獲罪，往往禍延周邊，少則牽連幾人、幾十人，多則幾百、幾千，甚至上萬。現任御史大夫延廣升任不到三年，司馬遷與他並不相熟，只因延廣精於《春秋》，多年前遊學齊魯時，曾向他求教過一次，此外並無私交過往。但司馬遷一向深敬延廣為人誠樸、處事端謹，斷不會有什麼瀆職妄舉。御史中丞為御史大夫佐官，下屬有罪，延廣至少也難辭失察之過。延廣今早忽然命人傳送那封帛書給他，必定事出有因。

司馬遷心中暗憂，只得原路返回，出了北闕。

他的皂布蓋軺車㊱停在宮門外，卻不見御夫伍德。轉頭一看，不遠處停著一輛軺車，兩轓朱紅、皂繒華蓋，車上坐著一個御夫，衣冠華貴。而伍德正弓著身、仰著臉，立在那輛車邊，車上那御夫斜著眼不知道在說什麼，伍德不住點著頭。

衛真叫了一聲，伍德聽見，忙向那御夫施禮道別，這才轉身跑過來。

衛真見他滿面春風，嘲道：「和大人物攀扯上了？」

伍德偷眼看看司馬遷，不敢答言，只是嘿嘿笑了一聲：「是光祿勳呂步舒大人的御夫。」說著忙扶司馬遷上車，司馬遷心中不快，卻也不好說什麼，便道：「先去御史府。」

軺車啟動，衛真騎馬跟隨。過了直城門大街，到北闕外王侯官員甲第區，遠遠就見御史大夫

㊱軺車：一匹馬駕的輕便車。漢代按官秩對官員車駕裝飾進行嚴格等級區別，詳見《後漢書・輿服志》。

府前竟也是重兵環衛，等走近些時，見御史大夫延廣及闔家男女老幼被拘押而出，哭聲一片。

司馬遷大為吃驚，卻不敢靠近，命伍德停車，眼望延廣合族被押走，只能搖頭歎息。

這時，天上忽然落起白毛㊲，絲絲縷縷，漫天飄搖，長尺許，如同千萬匹天馬在雲端搖首，落下無數銀鬃。

四下裏人們都驚呼起來，司馬遷也覺驚詫，伸手去接，見白毛輕如蛛絲，沾黏於手，嗅之有鐵腥味。

衛真小聲問：「難道是天譴？莫非御史有冤？」

司馬遷向來不信這些，並不答言，但心中狐疑、恍然若失。

*****

得知那老兒自殺，減宣大怒，杜周也嘴角微搐。

獄中那少年及獄吏、獄卒都跪伏於地，全身篩抖，連聲求饒。

那少年其實是減宣府中小吏，已經十七歲，因長得瘦纖，又聲音清亮、猶帶童音，看上去只有十三、四歲。

㊲《資治通鑒・卷第二十一》：（天漢元年）「天雨白氂」。這種自然現象在歷代史書中多有記載，後世俗稱「老君鬚」或「觀音線」。

杜周將他重笞一頓，投進老兒牢房內，命他設法探察老兒底細。

減宣不放心，又選了手下一個精幹文吏，也扮作囚犯，關入老人囚室隔壁，旁聽動靜。

那文吏小心稟告道：「倒也並非一無所獲，據卑職旁聽，那老兒一口淮南口音，其間夾雜著些西北聲調詞語，應是南人北遷，在西北居住多年。至於西北何處，恕卑職無力分辨。」

減宣忙命人找尋精通西北口音的人來。片刻，找來一個老吏，他曾代人服役，在西北各處戍守多年。杜周命那文吏複述老人話語，那文吏擅長模仿，一句一句道來，竟有七八分像，小吏也在一邊提醒旁證。

老吏細細聽了，稟告道：「據小人聽來，此人應在金城㊳以西、湟水㊴一帶住過些年頭。」

杜周問道：「確否？」

「話語中夾著一些西羌口音，別處俱無，只有湟水一帶，漢羌雜居，才有這種口音。」

「要多少年，才會帶這種西羌口音？」

「剛才聽來，羌音用得自然熟絡，內地北人要脫口說出，至少三、五年，至於南人，恐怕得七、八年以上。」

杜周與減宣商議：「淮南之人去湟水羌地，概有三種：一是戍卒，二是商人，三是逃犯。」

㊳金城：今甘肅省蘭州市。

㊴湟水：黃河上游支流，位於青海省東部。

減宣道：「邊地戰事頻繁，漢地商人大多只是行商，絕少定居；逃犯行蹤不定，即便定居，也必改名換姓，難以追查；只有戍卒，有簿記可查。」

杜周微微點頭，心中細想：戍卒分兩種——服役或謫戍。男子自二十三歲至五十六歲，一共只需服兵役兩年，無久居邊地之理。唯有獲罪被謫之人，常駐屯邊，戍無定期，更有闔家男女老幼一起被謫者，才會定居。看那老兒情狀，當是謫戍屯田的犯人。

於是，他即命長史急傳快信回長安，命左丞劉敢去查歷年簿記，找出西征湟水軍士名冊。

長史領命，同時稟報道：「方才二位大人所論，與卑職所查正好相符。」

杜周目光一亮：「哦？」

「卑職奉命查驗老兒衣物，其佩劍上有銘文『淮南國』，而水囊上則有工坊識記『金城牛氏』。另外，老兒袋中還有一把炒熟青稞，以及幾片沙棗皮屑，青稞乃羌人主食，沙棗則是河湟特產。」

減宣喜道：「這老兒果然來自湟水一帶。劍上銘文更加可疑，當年淮南王謀反，事敗自殺，淮南國也早已被除。難道這老兒竟與此事有關？二十年前，鹽鐵就已收歸官營，民間不得私自鑄賣鐵器，兵器更加要緊，只有專任鐵官方可督造，這劍恐怕是當年淮南王私造的兵器。」

長史道：「卑職一併傳信與左丞，去查當年簿記。」

減宣道：「若這老兒真是淮南王反賊餘孽，倒也可以將功補過，略抵一些失馬之罪。」

杜周沉思不語。

＊＊＊＊＊

硃安世原路返回，潛行回到營房後面。

小童背靠石頭坐在氈上，並沒睡著，月光下雙目炯炯。

「找到出路了，跟我走。」硃安世牽起小童，收拾皮氈，轉身就走。

小童見他不牽馬，輕聲問：「馬怎麼辦？」

「馬先留在這裏。」硃安世伸手撫摸馬鬃，那個河下洞穴這馬是萬萬穿不過去，來的路上他已想好一個帶馬出城的法子，只是今夜得暫時捨棄。

那馬仍靜臥不動，但像是明白主人意思，扭過脖頸，將頭貼近硃安世，硃安世拍拍馬頸，輕聲道：「明早我來接你，等我召喚。」

說罷，牽著小童，轉身離開，避開巡衛，一路躲閃，來到七星河岸邊。

＊＊＊＊＊

杜周和減宣坐候扶風府寺。

賊曹掾史成信來報：「城中民宅均已挨戶細搜，官宅各家自行搜查，出入要道都布兵把守，各荒僻角落也逐一密查過，但均未見賊人下落。」

杜周沉著臉看了看減宣，減宣叱道：「官宅也要搜查！那硃安世積年盜賊，你所查之處，正是他要避開之處，你想不到的，才是他藏身逃脫之所。城中可藏可逃之處都搜遍了？」

「城北河邊有一片亂石灘、東門有一處密林，城牆東南角有一處殘缺……這幾處都已派兵把守，賊人絕逃不出去，另外七星河穿城而過，不過城牆下都有鐵柵阻擋，卑職怕有疏忽，派人潛到水中查過，南北水柵均牢固無損……」

杜周不待聽完，轉頭問減宣：「獄中可關有城中慣賊？」

減宣不明其意，忙傳獄吏，獄吏報上名目，城內所捕大小賊共有二十幾人。

杜周命獄吏將這些賊全都提來，押跪在庭中，先選了其中一個頭目，並不問話，只下令重笞五十，刑人發狠用力，那頭目連聲慘叫，此時夜深寂靜，幾條街外都能聽到哀號之聲。

笞罷，杜周問他出城秘道，那頭目剛說了句「沒有」，杜周命再重笞一百。笞罷又問，那頭目哭叫「不知道」，杜周見刑人已累，命換刑人再加笞一百㊵。

那頭目哭嚎著求饒，杜周只問他知與不知，那頭目哭道：「小人實在不知……」

杜周只說一個字：「笞！」

新換的刑人發力便抽，到七、八十下，那頭目已喊不出聲，一百笞罷，人趴在地上，已不動彈，不知死活。

杜周命人將其拖到一邊，又在賊中選了另一個頭目，不等發話，那個賊頭已不住磕頭、連聲

㊵漢文帝為政清靜仁慈，廢除肉刑，用笞刑代替。漢景帝繼位後，見笞刑三百以上，多有死於笞下者，又減了笞刑數量，並且定下律令，笞刑途中不得更換刑人。漢武帝劉徹登基以來，重用酷吏，放任酷刑，景帝所定律令漸漸廢棄。

哀叫：「城南牆角有一個缺洞，小人平日都是從那裏鑽出去，此外再不知道有什麼出城秘道，大人饒命！」

杜周只吩咐換捶刑，先捶一百。那賊頭始終不知，幾輪捶完，也昏死過去。

杜周拿眼掃視庭中，眾賊全都魂破膽裂。沒等杜周開口，其中一個賊喊道：「大人饒命，我知道有條秘道。」

杜周嘴角一撇，冷冷一哼。

那個賊招供：「七星河南城牆下，河床中間有個石盤，蓋住一個洞口，下面是條隧道穿過鐵柵……」

第四章　星辰書卷

硃安世小聲問那小童：「你會不會游水？」

小童搖搖頭。

硃安世犯起難來，但看小童身子瘦小，回想河底洞穴，大致容得下兩人同行，便囑咐道：「我們要潛水，下水前，吸足一口氣。」

小童點點頭，但看那河水幽深，眼中微露懼意。

硃安世拍拍他的小肩膀：「跟著我，莫怕！」

小童點點頭，小聲說：「我不怕。」

硃安世俯身讓小童趴在自己背上，用衣帶緊緊捆牢，等巡衛離開，急趨過去，下到河裏，扭頭說聲：「吸氣！」

小童忙用力吸氣，卻因為惶急，嗆到喉嚨，咳嗽起來，幸好自己及時捂住了嘴，才免被巡衛察覺。

硃安世一扭頭，見岸上遠處隱隱閃動一串火點，並飛快移向這邊，隨即聽到一陣馬蹄聲，是一隊人馬打著火把。捕吏一定是知道了這個出城秘道，不容再耽擱！

硃安世伸手到後面拍了拍小童，小童也見到了那些火把，猛吸了一口氣，硃安世覺到，也深吸一口，隨即潛入水中。到了水底，他拉開石盤，鑽進洞穴，急速前游，還未出洞，便覺背上小童手足亂掙，已經支撐不住。這時已容不得多想，硃安世拼命加速，鑽出洞穴，急浮上水面，這時，背上小童已不再動彈。

硃安世忙向岸邊急游，飛快上岸，解開衣帶，將小童平放到河灘上，只見小童雙眼緊閉，一動不動。

******

「孔子生魯昌平鄉陬邑。其先宋人也，曰孔防叔。防叔生伯夏，伯夏生叔梁紇。紇與顏氏女野合而生孔子，禱於尼丘得孔子。魯襄公二十二年而孔子生。生而首上圩頂，故因名曰丘云。字仲尼，姓孔氏……」㊶

司馬遷端坐於書案前，鋪展新簡，提筆凝神，開始寫《孔子列傳》㊷，才寫了一段，衛真急沖沖進來：

「御史大夫延廣畏罪自殺了㊸！」

司馬遷大驚抬頭：「所因何罪？」

㊶ 引自《史記·孔子世家》。

㊷ 《史記》中為《孔子世家》，此處寫為《孔子列傳》，原因見後文。

㊸ 延廣生平僅見於《漢書》中一句「（太初三年）正月，膠東太守延廣為御史大夫。」值得注意的是：《漢書·百官公卿表下》中，歷任御史大夫任免死亡，均有明確記載，獨缺延廣記錄。

「誣上。」

「又是腹誹……」司馬遷歎息一聲，低頭不語。

當今天子即位之初，還能寬懷納諫，自從任用酷吏張湯，法令日苛，刑獄日酷。連張湯自己也莫能倖免，最終冤死於誣告。尤其是十七年前，天子造新幣，大農令顏異只微微撇了撇嘴，便因「腹誹」之罪被誅。從此，公卿大夫上朝議事，連五官都不敢亂動，更莫論口出異議㊹。

衛真又道：「御史手下中丞也已被處斬。兩家親族被謫徙五原戍邊屯田。」

司馬遷聽後，心中鬱鬱，不由得從懷中取出延廣所留帛書。這兩天，他反覆琢磨上面那幾句話，卻始終不解其義。只覺得那字跡看著眼熟，卻又想不起是誰的手筆。

衛真瞅著帛書，猜道：「這帛書莫非和《論語》遺失有關？延廣才把帛書送上門，我們就發覺《論語》遺失，接著他就被拘押，今天又自殺。他留的這幾句話難道就是在說這事？」

「石渠閣書籍由內府監守，圖書丟失，內府首當其責，御史大夫即便有過，也罪不至死。此外，我和延廣並無私交，他為何要傳這封帛書給我？」

「希望主公為他申冤？」

「我官職卑微，只管文史星曆，不問政事，如何能替他申冤？」

「御史大夫死得不明不白，至少主公您可以藉史筆寫出真相，還其清譽，使他瞑目。」

㊹《史記‧平准書》：「(張)湯奏(顏)異當九卿見令不便，不入言，而腹誹，論死。自是之後，有腹誹之法，以此而公卿大夫多諂諛取容矣。」

「我寫史記，乃是私舉，從未告訴他人，延廣如何得知？」

「主公當年探察史蹟、遊學天下，又曾求教於延廣，講論過《春秋》㊺。主公雖然不說，但延廣精於識人，察言觀志，也能判斷出主公有修史之志。」

「這倒不無可能，我與延廣雖然只有一夕言談，但彼此志趣相投、胸臆相通，他確有可能猜到我之志願。不過，我將古本《論語》遺失一事上奏太常時，太常已經先知此事，並說有司也已在查辨，如果延廣確因此事獲罪，為何不等案情查明就倉促自殺？」

「莫非古本《論語》正是被他盜走？」衛真話剛出口，隨即又道：「不對，《論語》隨處可得，盜之何用？」

「那並非普通《論語》，乃是現存唯一古本。」

「古本再珍貴，也不過是竹簡，又不是金玉寶物，和今本區別難道那麼大？」

「你哪裏知道古文之珍？古代典籍經歷了始皇焚書、楚漢戰火，書卷殘滅殆盡。民間書籍雖有倖存，大多殘缺不全，加之儒家常遭貶抑，及至今上繼位，尊揚儒術，儒家經籍才稍稍復出。這時距秦亡漢興，已逾百年，歷五、六代人，房樑木柱都已經朽蝕，何況書簡？現存各種經籍，版本雜亂、真偽難辨，即便同一版本，也各主其說，互相爭訐。有了古本，才能辨明真偽。」

「難怪當今儒學這派那派爭個不停。不過，主公從來不理會這些派爭，延廣沒道理讓您知道

㊺《春秋》：中國最早的編年體史書，相傳由孔子整理修訂而成，記載自西元前七二二年至前四八一年間歷史。漢武帝時期定為儒家「五經」之一。

啊。我看帛書上頭一句是『星辰』二字，難道和主公執掌天文星曆有關？」

「星曆與圖書有何關係？」

「《論語》是聖人之言，《論語》遺失，也許上應天象，是個凶兆，延廣被拘那日天雨白毛，莫非他預感不祥，想讓您查出其中徵兆？」

「更加胡說！千年之前，周人已知『敬天』在於『保民』，深明『天聽自我民聽，天視自我民視㊻』。五百年前，孔子也曾道『未知事人，焉知事鬼』，長歎『天何言哉』㊼！今人反倒不如古人，求神拜仙，巫鬼橫行。董仲舒雖然是我恩師，我卻不得不說這全是他開的惡頭，迷信陰陽，妄說災異，惑亂人心，流毒日盛！」

衛真嚇得不敢再說，轉過話題道：「延廣留下這幾句話，難道是暗指《論語》下落？」

「他為何不上報朝廷，為自己脫罪，反倒留些暗語，讓人亂猜？」

「難道其中另有隱情？」

司馬遷小心捲起那方帛書：「延廣煞費苦心，並為之送命，如果真有隱情，這隱情恐怕干係不小。」

衛真怕起來：「這事大有古怪，主公您最好不要牽涉進去。」

司馬遷未及答言，夫人柳氏走進來：「衛真說的是，御史大夫都因此受禍，這事非同尋常。

㊻引自《尚書・周書》。

㊼兩句均引自世傳《論語》。

夫君怎麼反要撞上去？」

司馬遷看妻子滿面憂慮，安慰道：「不必擔心，我知道。」

＊＊＊＊＊

月光下，小童臉色蒼白，氣息全無。

硃安世大驚，忙伸掌在小童胸口用力按壓，良久，小童猛嗆一聲，一口水噴出，總算醒轉。

硃安世這才放心，咧咧嘴要笑，只聽「哐啷吱呀……」對岸忽然傳來一陣聲響，城門隨之打開，吊橋急急放下，一隊騎衛打著火把奔出門來。

不好！硃安世忙一把背起小童，幾步躥進旁邊的草叢，奔了數百步後，聽見後面騎衛已趕到自己剛才上岸處，有人大喊：

「岸邊有水跡！」

「這裏有腳印！是朝那邊去了！」

硃安世聽到，放輕腳步，加快行速，忽左忽右，在荒草中繞行數十步，確信足跡已經混亂，見前面有棵大樹，便奔過去，又用衣帶捆牢背上小童，手足並用，爬上了那棵樹，攀到樹頂枝葉最密的一根粗杈上，趴伏起來。

很快，那隊騎衛便趕了過來，他們果然追丟了腳印，在下面四處亂尋，隨後便分頭去找。

硃安世等騎衛蹄聲都已奔遠，才溜下大樹，回頭小聲問背上小童：

「你怎麼樣了？」

「我沒事。」

小童聲音雖低，氣息卻也平順，硃安世放了心，回手拍了拍小童，心想城西山原縱橫，容易藏身，便邁步向西急奔。

他避開大道，只走田間小徑，一個多時辰後，行至無路處，在土原中找到一處洞穴。取出火盒，用火刀擊火石，點燃火絨，向裏照看，洞內空空，只有幾處小獸糞便，早已乾透，便放心走進去。

兩人渾身濕透，一路秋夜風涼，小童凍得不住打顫。硃安世去洞外撿了些柴火，又用樹枝密密封住洞口，以擋火光，然後點著柴火，叫小童脫下衣服，自己也脫了，都搭在火邊晾烤。又在地下鋪好皮氈，從囊中取出一件長袍，兩人躺下蓋好，睏乏睡去。

＊＊＊＊＊

成信又硬著頭皮前去回報：「七星河南口城牆下果然有條秘道，卑職出了城門到護城河對岸去查看，見岸邊有一灘水跡和一串腳印，便帶人去追，不過……」

減宣罵道：「蠢！蠢！蠢！河底秘道人能過，馬不能過，汗血馬一定還在城裏，不許開城門，繼續在城裏細搜，何時搜到何時再開！」

杜周卻想：那硃安世冒死盜馬，定難輕棄。他要帶馬出城，只有從城門出。賊人藏匿隱秘，搜了一夜，都不見蹤影，再搜也未必找得到。與其徒勞費力搜尋，不如誘其自出。便道：「不必，打開城門。」

減宣一愣，但略一想，隨即明白：「大人高見！那盜馬賊就算逃走，一定還會回來設法取馬，還得從城門出去，汗血馬身形特異，再做偽裝，也不難辨認。」

於是他下令撤回城中搜捕人馬，打開城門，守衛只照平時安排，只嚴查出城之馬。又挑了百名精於識馬的士卒，扮作平民，在出城要道暗查，城門外暗伏人手，以作堵截。

＊＊＊＊＊

太常遣信使又來催問「天雨白毛」之事。

當今天子崇信鬼神、愈老愈甚。前日天雨白毛，急命太常查究天意，太常吩咐司馬遷呈報。司馬遷一向不喜這些災異之論，尤其遍讀古史，見善者窮困壽夭、惡徒富貴善終，比比皆是，不可勝數。何曾見天道，哪裏有賞罰？因此，每逢受命解說災異徵兆，總是拖延遲怠，常遭太常斥責。

此事太常已經催過兩次，信使進門就冷沉著臉，聽說仍未完成，辭色更加不堪，司馬遷只得躬身賠罪，說此事離奇，倉促難以查明，需要參研古往記錄。

信使冷冷丟下一句話轉身就走：「日落之前，還見不到呈報，休怪太常大人無情！」

司馬遷見不能再拖延，只得帶了衛真，去石渠閣查閱古時天象記錄。

到石渠閣，仍是書監段建接引進去，打開金櫃，找到周秦天象簿記，衛真一一搬運到案上，司馬遷一卷一卷細查，查遍了，也未找到相似記載，司馬遷犯起難來。

衛真見段建離開，便小聲說：「找不到記載更好。無可查證，正好隨意編纂。皇上崇信鬼神，愛聽吉言，就編幾句好話，他聽了歡心，主公也交了差事，豈不皆大歡喜？」

司馬遷卻搖頭道：「不好。」但上司催逼緊迫，要交差事，沒奈何，只得提起筆，依照物理，勉強應付幾句，關於福禍，卻隻字不肯提及。

衛真在一邊讀了，勸道：「這樣恐怕過不了關。」

「我只能言我所見、道我所知，至於過不過關，只能由他去，豈能為了交差亂造訣詞？」

衛真不敢再說，偷偷搖頭歎息，抱起書卷，一一放回原處。

司馬遷心頭悶悶，望著燈焰出神，忽然聽到身後一陣金石相磨之聲，接著衛真叫道：「主公，快來看！」

司馬遷聞聲轉頭，見衛真趴在一個銅櫃前，櫃裏書卷全堆在外面，衛真擎著一盞燈，頭伸在書櫃中。司馬遷過去一看，書櫃底部竟有一個黑洞！洞裏架著一付梯子！

司馬遷瞠目結舌、遍體生寒：這裏為何會有一個洞？看梯子，應是有人從此上下，下面通到哪裏？洞口藏在書櫃裏，難道是條秘道？

衛真小聲道：「這是拉環。」

他伸手指向櫃內右側，底邊中間有個銅環。握住銅環，用力一拉，一塊銅板從櫃底應手滑出，再一拉，銅板蓋住洞口，與櫃底四邊密合，完好如初。銅板邊上一圈凹槽，衛真按下銅環，銅環正好扣在那圈凹槽中，嚴絲合縫，乍一看，是銅板上所刻環狀凹紋。唯有環頂，有一處半圓凹陷，指頂大小，彷彿澆鑄時誤留殘跡，衛真伸指在那凹陷處，輕輕一摳，便又摳起銅環。

司馬遷大驚，衛真又笑著指指櫃頂銅牌，銅牌上是書櫃藏書編目，上刻「秦．星曆」。

兩人異口同聲，念出延廣帛書第一句：「星辰下，書卷空！」

＊＊＊＊＊

硃安世醒來時，天已微亮。

他爬起來到洞口探看，外面一片薄霧，近處荒草凋零，並無人跡，遠處是農田，時辰尚早，未見農夫蹤影，於是他回身放心穿衣。小童也隨即醒來，穿好衣裳，坐著不說話，只拿眼望著硃安世。

硃安世這才仔細打量小童：睡了一夜，小童比昨日精神了許多，一雙圓眼，眸子黑亮，臉曬得黝黑，牙咬著下唇。小小年紀，神色中竟透著老成滄桑。靈動處看還是個孩子，倔強處卻像是經過了許多挫磨。

硃安世心裏湧起一陣憐愛，從背囊裏取出水囊，倒了些水在手帕上，湊近小童要幫他擦臉，小童卻慌忙說：「我自己來。」一伸手接過手帕，認真把臉擦淨，而後將手帕擰乾，起身過來，拔開水囊木塞，一手抓起水囊，一手握著手帕，小心往手帕上澆水。水囊有些重，抓不穩，他的小手一直在顫，水卻沒有灑到地上。手帕澆濕後，他蓋好水囊，將手帕遞給硃安世：「硃叔叔，你也擦一把。」

硃安世一直看著，心裏暗暗讚歎，忙笑著接過手帕：「你幾歲了？」

「七歲零三個月。」

「比我兒子還小兩個月。」

硃安世一邊擦臉，一邊想，兒子可不會幫我做這事。分別幾年，那小毛頭見了自己，恐怕都有些認生了。

他想著和兒子見面的情形，心裏暗道：他要是敢不大聲叫我「爹」，我就狠狠擰他的臉蛋，嘿嘿……他們茂陵宅院裏有棵槐樹，有雀兒在樹上做了個窩。有一日，兒子聽到樹上小雀仔啾啾嗚叫，鬧著要捉下來玩，妻子酈袖不許，兒子一向怕他娘，不敢再說，嘟著嘴生悶氣。硃安世逗他，只輕輕擰了下他的臉蛋，兒子藉故頓時大哭起來，無論如何都哄不住。硃安世只得求告酈袖，去捉了幾條蟲子，背著兒子爬上槐樹，讓他餵那幾隻小雀仔。兒子樂得了不得，正在餵小雀仔，老雀飛了回來了，見到他們，立即振翅叫著，朝他們撲啄，硃安世忙抱著兒子溜下樹，老雀不依不饒，又追叫了一陣，才飛回巢中。兒子小臉唬得煞白……這小毛頭，嘿嘿……

那小童見硃安世笑，有些吃驚。

硃安世忙回過神，笑著問：「我聽那老丈叫你『歡兒』，是歡喜之『歡』嗎？」

小童邊穿衣裳邊搖搖頭：「我娘說，是馬兒歡騰的『驩』。」

「你姓什麼？」

「我不能說。」

硃安世一愣，看他一本正經，不由得笑起來，又問：「那老丈是你什麼人？」

「不知道。」

「不知道？」

「我是楚公公轉託給他的，以前從沒見過。」

「楚公公是你什麼人？」

「不知道。」

「又不知道？」

「是姜叔叔把我轉託給楚公公，以前也從沒見過。」

「你一共被轉託了幾人？」

「四個人。」

「你最早是跟誰在一起？」

「我娘。」

「你娘現在哪裏？」

驩兒不再言語，垂下頭，眼中忽然湧出淚來。

硃安世看這情形，猜想其母已經過世，不由得長歎口氣，伸手在他小肩膀上拍了拍，轉身去囊中取食物。剛打開背囊，忽然發覺一事，忍不住叫了一聲。

驪兒忙擦掉眼淚問：「怎麼了？」

硃安世忙道：「哦，沒什麼。」

驪兒卻向背囊裏望了望，隨即道：「公公給你的酬金忘在客店裏了？」

硃安世見他猜破，不好說什麼，只是笑了笑。

他一直自視豪俠，想做出些驚天動地的壯舉，這次行刺劉彘未果，讓他黯然自失，發覺自己既非荊軻、也非豫讓，第一就先捨不下妻兒，恐怕做不了什麼英雄豪傑。心灰之餘，卻也定下主意，從此不再任意胡為，找見妻兒，從此一家人安穩度日。只是這兩年做馬卒，沒有多少積蓄，他本可以去巨富之家輕鬆盜些錢財，但妻子酈袖始終不喜他為盜，他想用正道得來的錢，買些禮物向妻兒賠罪，再置些產業以作營生。因為酬金豐厚，所以才接了這樁生意，結果卻居然……他苦笑了一聲。

正在思尋，驪兒忽然道：「你不用生氣，酬金丟了，你就不用管我了。我自己去長安，我也正好不想再連累別人。」

硃安世看驪兒一臉稚氣，卻神色倔強，不由得笑起來。

驪兒眼中卻又閃淚光，他忙用袖子擦掉眼淚說：「幾位叔伯都為我死了，公公也必定已經……謝謝你救我出城，我走了。」說著便向洞外走去。

硃安世忙起身攔住：「我既受你公公之託，哪能這樣了事？豈不壞了我名聲！」

驪兒站住，低頭不說話。

硃安世取出乾糧和水囊，遞給驪兒，驪兒卻遲疑不接，不料肚子咕咕叫起來，大大嗞了聲口水，頓時紅了臉。硃安世笑起來，強塞到他手中，驪兒才低低道聲謝，接過去，卻不吃，放在氈上，坐下來，閉起眼睛，口中忽然念念有詞。

硃安世不知道他在做什麼，也不好問，便自己拿了塊乾糧，坐到一邊，邊嚼邊看，驪兒一直在念，嘰嘰咕咕，聽了半天，沒聽清一句。

大半個時辰，驪兒才停了嘴，睜開眼，又伸出右手手指，在左手手心裏畫了一番。之後才拿起乾糧，低著頭慢慢吃起來。

「你剛才在念什麼？」

「我不能說。」

第五章　秘道夜探

「我去取馬，你在洞裏等我。」

「城裏現在到處是官兵啊。」

「不怕，我自有辦法。你不要出去，在這裏等我。」

「我知道，硃叔叔，你小心。」

硃安世不帶行囊，輕身徒步，向扶風回走。

遠遠看見城門大開，行人出入，一切如常，心裏有些詫異，略想了想，又不禁笑起來：他們料定汗血馬仍留在城裏，我捨不得馬，一定會回來取，所以故意設下陷阱。

城南護城河外不遠，有一處高坡，硃安世便捨了大路，穿進小徑，繞道上到坡頂，這時朝陽初升，俯視城外，見大道兩側密林叢中，果然隱隱有刀光閃耀。他目測距離，自坡頂到城牆，果然大致不差。又左右望望，仔細想好退路。

盤算已定，他伸出拇指，在唇髭上一劃，運一口氣，撮口作聲，音出舌端，發出一聲長嘯，聲音嘹遠，清透雲霄，迴響四野。

片刻之後，城門內隱隱傳來馬嘶聲和嚷叫聲，轉眼，只見城門洞中奔出那匹汗血馬，揚鬃奮尾，衝過守衛，翻蹄亮掌，風一般奔出城門，躍上河橋。

幾個守衛一邊急追，一邊大喊：「吊起橋！吊起橋！」

汗血馬才奔到橋中間，橋板忽然拉起。硃安世遠遠看見，暗叫「不好！」汗血馬卻並不停蹄，繼續前奔，橋板不斷升高，奔了十幾步，快到橋頭時，橋板已經十分陡斜，橋頭離地已有一丈多高，汗血馬前蹄一滑，險些蹶倒。硃安世不由得又驚呼起來。卻聽見那馬長嘶一聲，身子一掙，兩隻前蹄先後搭住橋頭，縱身一躍，凌空而起，飛落到岸邊。

硃安世大喜，響響打了個呼哨，汗血馬身子一挫，將頭一偏，沿著河岸、朝著土坡飛奔過來。吊橋也隨即重新落下，城內一隊驍騎緊隨而出，城外林中伏兵也聞聲而動，疾奔過來。

硃安世忙奔下土坡，趕到坡底，汗血馬一聲長嘶，已驟立在眼前。硃安世翻身上馬，拍拍馬頸，讚了一聲，隨即帶馬飛奔。後面驍騎緊緊追趕。到了城角，硃安世拍馬向北折轉，繼續疾奔，身後追兵雖落後幾丈，卻緊隨不捨，硃安世知道他們顧惜汗血馬，不敢放箭，所以放心奔馳。

疾奔一里路後，追兵漸漸被甩開，又奔一里多路時，穿過一片樹林，回頭已看不到追兵。硃安世這才放慢馬速，調轉馬頭，揀了條小路，向南繞行。不到半個時辰，回到山洞。

驩兒聽到馬蹄聲，在洞口悄悄探頭，見是硃安世，叫著跑出來：「你真的救出它來了！」

硃安世跳下馬，得意道：「吾乃硃安世也。」

驩兒睜大眼睛，用力點頭，硃安世第一次見他露出笑容，現出孩童樣兒，不由得伸出手摸摸他的頭，笑著進洞，收拾行囊，很快出來，抱驩兒上馬，穿過田野，沿一條山路，向西奔行。

＊＊＊＊＊

司馬遷和衛真離開了石渠閣。

衛真小聲感歎：「難道《論語》真是從那個地洞被盜走？誰這麼大膽？敢在石渠閣挖秘道？」

司馬遷見前面有黃門走來，忙制止：「回去再說。先去太常那裏交差。」

見了太常，司馬遷呈上文卷，太常展開一看，見只有寥寥數語，且全是猜測，不見定論，免不得又一番責罵。

司馬遷唯唯謝罪，不敢分辯，因念著心事，順口問道：「不知《論語》遺失一事可有下落？」

太常叱道：「干你何事？還不退下！」

回去的路上。

衛真納悶道：「什麼人會偷《論語》？」

司馬遷歎道：「如今，孔子之學，通一經，就能為官受祿，儒家經籍，早已成為富貴之梯，人人爭攀。」

「但朝廷只設了《詩經》、《尚書》、《禮記》、《易經》、《春秋》這五經博士㊽，學這五經才有前途，並沒聽說有誰學《論語》得官祿的。」

㊽《漢書・百官公卿表》：「武帝建元五年（西元前一三六年）初置《五經》博士。」

「《論語》是孔子親身教授弟子之言，比那五經更真切深透。用《論語》解五經，才是正道。只可惜我當年師從孔安國㊾時，年輕無知，只學了《尚書》，未請教《論語》。後來恩師去世，現在悔時，已經晚矣。」

「主公學《論語》是為求真知，他人卻未必這樣，衛真雖然見識短淺，但遍觀滿朝人物，多是阿附主上、求榮謀利，有幾個真學者？有幾人求正道？他們要《論語》何用？」

「正因如此，他們才要引經據典，借孔子之言，自樹正統，排除異己。想當初公孫弘與董仲舒同得天子賞識，兩人主張不同，互不相容。公孫弘更加得寵，一路扶搖直升，官至丞相，猶嫉恨董仲舒學問高過自己，最終逼其免官歸鄉。學問之爭，從此變成權勢之爭。」

「話雖如此，可誰敢冒險到石渠閣盜書？不要命了？」

「我也想不太明白。不過當今之世，人心大亂，利令智昏，前日竟有人盜走宮中汗血馬。」

「有人宮中盜馬，有人秘閣偷書，這天下真是大亂了。主公剛才見太常，為何不稟報秘道一事？」

「我才要說，就先被太常喝止，不許我管這事。」

「這倒也是，這事無關主公職任，還是遠避為好。」

㊾孔安國：孔子十一代孫，西漢經學家。司馬遷曾師從於孔安國學習古文。《漢書・儒林傳》：「安國為諫大夫，授都尉朝，而司馬遷亦從安國問故。遷書載《堯典》、《禹貢》、《洪範》、《微子》、《金縢》諸篇，多古文說。」（陸德明《經典・序錄》作十二世孫，此據史記）。

「實錄史事是我平生僅有之志，此事非同小可，既然察覺，怎能裝作不知？何況延廣臨死寄語，必是望我能查明真相。」

「主公執意要查，有一言衛真必須要說：這樁事大悖常情，凶險難測，要查也只能秘密行事，萬萬不能讓他人知曉。」

「我知道。」

＊＊＊＊＊

汗血馬逃逸出城，杜周嘴角連連抽搐。

他曾任廷尉，掌管天下刑獄，幾年間，捕逮犯人六七萬人，吏員因之增加十餘萬，稍有牽連者，盡聞風避逃，何曾有人敢在眼皮之下公然跳竄？

但他畢竟久經風浪，心中雖然怒火騰燒，面上卻始終冷沉如冰，他定神沉思：封死河底秘道前，這馬賊就先已逃出城了。亡命之徒，自顧不暇，未必會帶那小兒一起出逃。於是問道：「那小兒可有下落？」

賊曹掾史成信忙稟告說：「那客店店主及客商昨夜就已分為四撥，分押在四門，查認出城孩童，至今未見小兒出城。」

杜周道：「繼續嚴查。」

成信領命出去。

減宣在一旁道：「緝捕公文已經發出，各路都派了騎衛巡查，料這馬賊逃不出扶風轄境。」

杜周搖頭道：「未必。」

「這賊人騎了汗血馬，必不敢招搖過市，定得找個藏匿之處。何況汗血馬迥異常馬，雖然盜得，大路之上不能公然騎，賣與人，恐怕也無人敢賣。盜汗血馬純屬自找罪受，無異於頂個大大的『賊』字招牌四處行走。這賊盜馬，不能以常理斷之，必定有個原委，查出這原委，才能獲知他的去向。」

二人正在商議，杜周手下左丞劉敢從長安遣人來報：「經四處盤查，逐一追索那盜馬賊在長安時所交往之人，已繫押十餘人，正在拷問，一有消息，即刻來報。」

減宣讚道：「大人調教的好下屬。」

杜周只動了下嘴角，算作一笑。

心中卻在暗想：現在汗血馬已逃出扶風，能否追回，已無把握。我不能再留在扶風，得設法盡早離開，這樣才好移罪給減宣。

*****

硃安世找了一片隱密樹叢，和驩兒下了馬，取出食水，坐下充饑休息。

驩兒接了餅仍先放在一邊，又閉起眼念誦起來。硃安世細聽了一陣，仍聽不清，便不去管他，心裏細細思忖。

這孩子看著雖然古怪，模樣舉止卻讓人憐愛，而且定是吃了不少苦頭。那老人拼了性命要將他送到長安，交給御史大夫。御史大夫位列三公，官職僅次於丞相。這老少二人看衣著，十分貧寒，怎麼會和御史大夫會有瓜葛？他能拿出那許多金子，難道是喬裝成窮人？這孩子年紀雖小，卻言語從容、舉止有度，也不像出自一般小戶人家。不過既然識得御史大夫，為何又會害怕官府捕吏？

硃安世想來想去，也想不明白，只得擱下，又盤算去路：自己眼下恐怕是天下第一號要犯，帶著這孩子，行走更加不方便，一旦被捉，反倒會害了他。那老人慷慨重義，豁出性命引開捕吏，定已被捉。他雖說是為這孩子，卻也是救了自己一命，就憑這一點，也不能有負於老人家，一定得把孩子安全送到。

妻子酈袖若在，也定會極力要他救助這孩子。就連兒子，雖然有些頑劣，卻生來就有一點小豪氣，最愛拿自家東西分贈給鄰家小兒。此事若辦不好，見到他們母子，怎好開口？

扶風左近的槐里和眉縣，他都有故交好友，倒是可以把孩子轉託給他們，但自己盜了汗血馬，這孩子又牽涉到御史大夫，稍有不慎，便會遺禍給朋友。

想了良久，並無良策，這時驩兒已經念完、畫完，拿起餅，低頭默默吃起來。硃安世看著驩兒，忽然想到：大人容易被人認出，小孩子容貌還沒長醒，誰能記得那麼清？

他頓時想到一個主意，等驩兒吃罷，將水囊遞給他，等他喝完，才道：「我身負重罪，恐怕不能親自帶你進京。」

「我知道。」驪兒毫無驚訝。

「我想了個辦法，不知你願不願意？」

「願意。」

「我還沒說，你怎麼就願意？」

「我信你。」

硃安世笑起來：「這個法子應能平安送你到長安。」

「只要不連累別人就成。」

「你一個小孩子，操那麼多心做什麼？」

「志士仁人，無求生以害仁。」

硃安世聽他說出這等老成話語，一愣：「你從哪裏學來的？」

「我娘教的。」

硃安世忍不住笑起來。

驪兒有些著惱：「我娘教得不對嗎？」

「很對，很對！你娘很好，很會教。」

「你娘當年不教你這些？」

硃安世笑容頓時有些僵。

他已經許久沒有想起過自己的娘，連模樣都已經記不太清，只記得娘總穿著素色衣衫，說話輕聲細語，嘴角常含著一絲溫溫笑意。臨別那日，娘攬著他，在他耳邊柔聲道：「世兒，等你長大了，不要學你爹，也不要行商，更不要去做官，就做個農夫，安安分分過活。你一定要記著娘的話……」娘輕撫著他的頭，嘴角仍含著笑，眼裏卻不住地滾下淚珠。

硃安世並沒有忘記娘的囑咐，卻沒有聽娘的話，不由自主，仍走上了父親的舊路。念及此，他不由得長歎一聲。

驪兒覺察，立即慌起來：「我說錯話了，對不起。」

硃安世笑了笑，站起身：「你在這裏躲一會兒，我去辦點事。」

他鑽出樹叢，沿著山原小路，走了不到二里，找到一爿村莊，農夫都在田間收割，兒童也去拾穗，村裏寂靜無人，偶爾幾聲雞鳴犬吠。硃安世潛入村中，查看門戶庭院，選了一戶看著殷實些的人家，進到房裏，於櫃中搜出一大一小兩套半舊秋服，放了二百錢在櫃中，包好衣服，怕人望見，便從後門出去，由村後繞路回去。

硃安世和驪兒各自換了村服，都大致合身。硃安世將驪兒舊衣埋在土中，自己戎裝包入囊中備用。騎了馬，尋路向驛道。

路上，他細細叮囑驪兒：「等會兒我在路上截一個可靠的過路人，使些錢，託他帶你去長安，你該吃就吃，該睡就睡，你一個小孩家，別人料不會起疑，只是不要輕易亂說話，應能保無事。到了長安，送你到我故友處，就是你公公寫信給他的那個樊仲子。你拿這把匕首給他看，他就知道是我，自會悉心待你。」

驢兒將匕首貼身藏在腰間，一路聽，一路點頭答應。硃安世見他如此乖覺，竟有些不捨。半個時辰，來到驛道，硃安世將馬藏在林中，與驢兒隱在路邊樹後觀望。驛道之上，不時有官差、客商、役卒往來，硃安世一一仔細觀察，相了十幾個，皆不中意。後來見有一馬一車自西緩緩而來，馬上一位中年男子，車上一僕夫執轡，上坐一中年婦人和一個五、六歲男童，車後滿載箱櫃包裹。看神情樣貌、衣著貨物，應是一戶三口、中產人家，男子婦人都本分面善。

硃安世便牽著驢兒上前攔住，拱手拜問：「敢問先生要去哪裏？」

馬上男子有些詫異：「長安，你問這做什麼？」

「有件事要勞煩先生。」

「什麼事？」

「這是我家鄰人之子，父母都得病死了，其父臨死前將孩子託付給我，求我送他去長安舅舅家，我又要應差服役，明日就要啟程去張掖。先生正好順路，能否施恩，攜帶這孩子到長安？」硃安世說著從懷裏取出一個小絹包，裏面三個小金餅，共三兩金子：「這是孩子父母留下的，正好作先生護送酬金。」

馬上男子本不情願，見了金子，有些心動，回頭看看妻子，車上婦人微微點頭，又聽硃安世說了些好話，便點頭答應：「孩子舅舅在長安哪裏？」

硃安世連聲道謝：「他舅舅是賣酒的，名叫樊仲子，在長安西市橫門大街有家店叫『春醴坊』，一打聽便知。他舅舅為人最慷慨，孩子送到，定還有重謝。」

硃安世又蹲下身子，攬住驩兒雙肩，低聲囑咐了一番，驩兒咬著下唇，只是點頭，不說話。

硃安世想起一事，又向馬上男子道：「這孩子有個古怪毛病，每次吃飯前都要閉眼念叨一陣子，先生見了不要怪責。」

馬上男子道：「我知道了，你放心。」

硃安世將驩兒抱上馬車，笑著道別，驩兒也笑了笑。

車馬啟動，驩兒不住回頭，硃安世看車馬遠去，才回到林中，騎了馬，尋了條小路，隔著田野，追上那夫婦車馬，遠遠跟行，一直盯望。

東去長安，必經扶風。快到扶風時，硃安世不敢大意，先把馬藏在一片林子裏，而後步行，小跑著繼續探看。一路果然無事，也不見巡捕，那車馬緩緩駛進扶風西城門，門卒也沒有阻攔。

硃安世不能再跟進，便躲在一棵大樹後，遠遠望著，驩兒一直定定坐在車後，隔得遠，看不清臉面。

等了一陣，不見異常，硃安世才原路回去，尋到馬，穿過林野，繞道來到扶風東門外，躲進林子裏，下馬靠著一棵大樹坐著歇息，等待天黑。心始終懸著，坐不住，又站起身，汗血馬正在一邊吃草，他走過去撫弄著馬鬃，不由得想起酈袖常笑他的那句話：「你呀，總是沉不住氣。」

他性情中有一股莽撞激切之氣，雖然自己也清楚，卻始終無法根治。家裏酈袖管教兒子一直很嚴，他常和兒子一起背著酈袖做些「壞事」，每次兒子都能裝得住，他卻反倒總是要露出些馬腳來，被酈袖看破。就像有次他帶兒子去長安，臨走前，酈袖告誡說最多只能給兒子買一樣吃食、一件玩物。到了長安市上，他一時興起，讓兒子盡情吃了個歡心，又買了一大抱玩物。回到家，兒子就開始鬧肚子，他只得騙酈袖說碰到樊仲子等一班朋友，紛紛買給兒子，不好推卻，並一樣一樣指名道姓。話還沒說完，酈袖輕輕道：「樊大哥今天到茂陵，來家裏找過你——」

今天這事不會有什麼不妥吧？

他忙一條一條細細回想，想著想著，忽然大叫一聲：「不好！」

酬金給的過多了！

那三兩金子是他這兩年所攢軍俸，為打動那對夫婦，保驩兒平安，他傾囊而酬。本意雖好，卻過猶不及。三兩金值兩千錢，可購兩畝地。只是順路帶人，酬勞根本不必這麼多，何況他和驩兒身穿農家衣服，出手更不應如此闊綽，那對夫婦難免生疑。

現扶風城內搜捕正急，那對夫婦一旦起疑，或膽小懼禍，或貪圖賞金，都會害了驩兒那孩子！

*****

司馬遷與衛真細細商議後，黃昏時分，又登石渠閣。

段建見了，有些詫異：「太史這時辰還來查書？」

「前日天雨白毛，我受命細查，昨日來查古往記錄，並未找到，因此呈報不詳，被太常責罵。只好又來重新查過，怕是昨天匆忙漏看了。今日不只要查星曆天象，其他古籍中也得細尋一番，好尋佐證。這要費些功夫，今夜整晚恐怕都要在這裏，你自去安歇，不必相陪。」

段建略一遲疑，隨即點頭答應，吩咐司鑰小黃門留下侍候，自己告辭去了。

司馬遷本心也是要再查尋天雨白毛記錄，便命衛真搬書，埋頭細細翻閱查找。直到深夜，見小黃門瞌睡欲倒，便叫他去歇息，小黃門正巴不得，叩謝過後，留下鑰匙，到庫外宿處睡去了。

司馬遷與衛真相視點頭，執燈來到那個秦星曆書櫃前。

櫃門緊閉，銅鎖在燈影下閃耀森森幽光，像是在看守一櫃魔怪一般。兩人對視一眼，神色都無比恐惶。衛真拿出鑰匙串，鑰匙互擊，聲響格外刺耳。司馬遷不由得回頭四顧，書庫內一片幽黑死寂，滲著陣陣陰寒，他不由得打了個冷顫。

衛真選好鑰匙去開鎖，手都在微微發抖，插進鎖孔，擰了半天，才發覺鑰匙不對，湊近燈光，仔細選找，鑰匙又發出刺耳碰擊聲，衛真恐極而笑：「還真有些怕。」聲音也在抖。

司馬遷忙沉了沉氣，安慰道：「莫慌，慢慢找。」

試了好幾把，才終於找對鑰匙，開了鎖，衛真盡量小心去拉櫃門，才一動，軸樞發出一聲揪心之響，他忙伸手摁緊門扇，略停了停，才輕手打開了門。

司馬遷舉燈湊近，衛真將櫃中書簡一卷卷搬出，擺在地下，櫃內騰空後，拿過燈盞，照著櫃裏，伸手小心拉開銅板，底下黑洞緩緩顯露，如一口無底鬼井一般，司馬遷也擎燈湊近，兩人又對視一眼，都神色寒悚。

衛真脱下外服，摘掉冠帽，鼓了鼓勇氣，才提著燈，鑽進櫃裏，猶豫了半晌，才踩著梯子，小心爬下洞去。

司馬遷忙低聲囑咐：「務必小心，如有不妥，速速回來！」

衛真強壓住懼意，笑著説：「主公千萬莫睡著了，到時候我叫不應。」笑容僵硬，面色在燈影下異常慘白。

司馬遷忙道：「我知道，你千萬小心！」

衛真又點頭盡力笑了笑，才沿梯慢慢下到洞底，竟有一丈多深，用燈一照，洞底一個橫伸隧道，剛容一人通過，鼓足勇氣，才小心走進去。

司馬遷趴在櫃子裏，一直伸頸探看，見燈光漸漸暗去，直到底下全黑，才爬起身，按商定之計，拉回銅板，蓋住洞口，留下一道縫隙，取出備好的一個鈴鐺，鈴鐺下繫一根細繩，繩端一個鐵環，司馬遷將繩環綴下洞壁，鈴鐺掛在櫃角處，然後將書卷搬回櫃中，藏好衛真冠袍，虛掩了櫃門，回到書案邊，擦掉額頭汗珠，坐下來等候。

等了許久，心始終懸著，卻無可施為，便取出延廣所留書帛，反覆端詳誦念。

第一句「星辰下，書卷空」既然應驗，後面五句也應該各有解釋，而且都可能與《論語》失竊有關。「星辰」指秦星辰書櫃，難道「高陵」、「九河」、「九江」也各指一個書櫃？莫非是山河地理志？他忙去找到山河地理書櫃，一個一個打開，搬出書卷，仔細搜尋，卻沒看到有什麼秘道機關。

他想，後面幾句恐怕另有所指，於是回到書案邊，一邊等候衛真鈴聲，一邊仔細琢磨。

等了一個多時辰，仍不見動靜，正在焦心，冷不防，忽然聽到身後有人低聲呼喚，驚得他大叫一聲，寒毛森立。

回頭一看，是個小黃門，端著一盤酒食點心，嘴裏連聲告罪：「小的驚到大人，該死！該死！」

司馬遷驚魂未定，大聲喝問：「你是誰？深更半夜來做什麼？」

「書監怕太史大人熬夜讀書，腹中饑餓，所以派小人送些酒食過來。」

司馬遷這才略略定神：「有勞書監如此悉心周至，代我致謝。」

「太史大人為公事辛勞，些微慰勞，不成敬意。」小黃門將酒食放到案上，眼角四下睃探。

司馬遷忙遮掩道：「你方才進來，有沒有見到我那侍書衛真？」

「小的不曾留意，閣外並無一人。」

「方才他說睏倦，出去吹冷風醒醒神，這半天了還不回來，想是又去躲懶。你出去若見到他，叫他立即回來。」

「遵命。」

小黃門躬身告辭出去，司馬遷這才抹掉額頭冷汗。

第六章　繡衣金鷲

好不容易等到天黑。

硃安世又將馬留在林中，帶著盜具，見驛道早已無人過往，便索性走大道，一路疾奔，趕到扶風城牆下。

如他所料，清晨汗血馬公然逃出城後，城裏警備已鬆，只有日常兵卒在城上巡更。

硃安世渡過護城河，來到城牆犄角處，取出繩鉤，用力一甩，勾住城牆垛口，攀繩蹬牆，只一口氣，就爬到牆頂，躲在牆角外，等更卒過去，輕輕躍入，又縋繩鉤，倏忽間滑下內牆，到了城內。

幸而扶風城不大，一共只有七、八家客店，硃安世隱蹤潛行，一家一家查探，查到第五家，於院中見到那對夫婦車子。便繞到客店後邊，攀上後牆，沿牆頂輕步走到離後簷最近處，縱身一躍，跳上簷角，落腳處瓦片只輕微響動。樓上一排皆是客房，透著燈光。硃安世躡步輕移，一間一間窺探，到第四間，找見了那對夫婦身影。

硃安世伏身窗外，見那對夫婦背坐在窗邊説話，驩兒則坐在几案那頭。看到驩兒，硃安世才長吁一口氣。驩兒閉著眼睛，又在念誦，身邊案上一碗麥飯、一碟葵菜。小男童趴在驩兒身邊，不住問：「你在做什麼？你念的是什麼啊？」

婦人喚道：「敞兒過來，不要吵他。」

男子低聲道：「我一路觀察，這孩子實在古怪。而且一個農家，只是順道送個人，一下掏三兩金了，我怎麼越想越不對？」

硃安世心頓時一緊，他們果然起疑了。

但隨即，那婦人開口打斷了丈夫：「你管他呢，錢多還燒心？再古怪也不過是個孩子，難不成是個妖怪？你這輩子就黴在這點疑心上。心大財路廣，多少錢財都被你的疑心嚇跑了？咱們不過順路送人，明天趕早出城，走快些，傍晚就能到長安，交付了他，就了了事。你沒聽那人說，孩子舅舅還有酬謝呢。」

男子點頭：「說的也是。只是——」

「只是什麼？沒見過你這樣的，錢送到手邊還嫌燙，你看看這些年，得富貴的那些人，哪個不是膽大敢為？」

婦人一勁數落，說得丈夫再無聲音。

硃安世暗呼僥倖，一顆心這才落實。窩在窗下，繼續聽那婦人嘮叨嘀咕，不過日常瑣碎話頭。過了半晌，驩兒也念完畫罷，端起碗低著頭吃飯。小童在旁邊一直逗他說話，他始終不睬。小童沒趣，就過來縮到母親懷裏，唧咕玩鬧。驩兒則默默吃完飯，放下碗，一直坐在案邊不聲不響，低頭摳弄著自己手指。

婦人站起身，鋪好被褥，讓驩兒睡在地下蓆子上，他們一家則睡床上。屋內熄了燈，再無聲響，不久便傳出鼾聲來。

硃安世勞累了一天，也覺得睏乏，卻不敢離開，輕輕換個姿勢，靠著牆在房簷上坐好，閉著眼睛，半醒半睡守著。

直到凌晨，天就要發亮，才輕步返回，離了客店，原路出城，回到東門外林中，找到汗血馬，靠著馬背，坐著打盹。

天剛亮，他就立即醒來，牽馬來到驛道邊一棵大樹後，靜候那對夫婦。城門開後，陸續有人出城，然而，直等到近午，卻不見那對夫婦車馬。

******

石渠閣星曆銅櫃內傳出鈴鐺搖動聲。

司馬遷趕忙過去，搬出書卷，拉開銅板，衛真爬了上來，滿身塵土，一頭大汗。

兩人一起將書卷搬回，鎖好銅櫃，回到案邊，衛真見桌上有酒，顧不得禮數，抓起酒壺猛灌了一大口，這才擦嘴喘氣道：「太古怪了！實在是太古怪了……」

司馬遷忙阻止：「回去再說。還有一個時辰宮門才開，先暫且歇息一下。」

司馬遷伏在案邊，衛真則躺倒在地上，小睡一場，等天微亮，司馬遷催醒衛真，叫他穿戴好衣冠，出了書庫，門值宿處房門虛掩，司鑰小黃門在裏面猶睡未醒，衛真輕步進去，把書庫鑰匙串放在薦上，兩人帶門出閣。這時宮門才開，司馬遷常在兩閣通夜讀書，守衛已經慣熟，拜問一聲，便放二人出宮。

才到家中，衛真便迫不及待講起洞底經歷：

他下到洞底，穿進橫道摸索而行，起先害怕，不敢走快，後來見那條秘道總走不完，便加快腳步。行了一陣，旁邊居然有條岔道，黑暗中不知通向哪裏，便仍沿著主道前行，走了不知有多久，眼前忽然現出磚鋪梯階，拾階而上，前有一道木門，門從內鎖著，推不開。

他怕燈光映出門縫，便熄了燈，扒著門縫往裏張望。裏面一間居室，燈燭通明，掛著帷帳，立一屏風，遮住了視線。屏風外榻上隱隱有一人憑几而坐，正在燈下夜讀。看屏風左右，陳設華美，器物精緻。

不多時，有人進到居室，因隔著屏帳，看不清樣貌，只聽他說：「稟大人，繡衣鷙使到了，在外面候見。」

榻上人沉聲道：「喚他進來。」

那人出去片刻，引了另一人進來，伏地叩拜：「暴勝之叩見鷙侯。」

衛真從未聽過「繡衣鷙使」、「鷙侯」這些名號，燈光之下，見暴勝之半邊臉一大片青痣，身上衣袍紋繡熒熒閃耀，才明白「繡衣」之意，又看屏風上繪一蒼鷙，凌空俯擊，猜想「鷙」應是指這蒼鷙。

那鷙侯問道：「扶風那裏可探明了？」

暴勝之答道：「確有一老兒將一孩子託付給一個盜馬賊，現扶風城內正在大搜，尚未捕獲。」

「那盜馬賊又是什麼來歷？」

「就是昨日盜走汗血馬的硃安世。」

「哦？這盜馬賊已經逃出長安了？他和那老兒有什麼瓜葛麼？」

「杜周與減宣正在查辦審訊，屬下已派人潛聽，還未查出端倪。」

「有這兩人追查，麥垛裏針尖也能搜出來。你速回去，查明那孩子身分。既牽涉到盜馬賊，那孩子必然有些古怪緣故，不管是否我們所追餘孽，搶在杜周之前，殺了那孩子，不可漏了半點口風。」

「卑職即刻去辦！」

暴勝之離開後，那鷲侯坐了片刻，隨即命熄燈安歇。衛真又聽了一會兒，再無動靜，便輕步下了梯階，摸黑回到書庫洞口。

司馬遷聽罷，尋思半晌：「暴勝之這個名字似在哪裏聽過。」

衛真說：「我也覺得耳熟，只是想不起來。不知道這鷲侯是什麼來歷，聽口氣，有官員氣派，聲音尖利，莫非是宮中內官？」

「但宮裏從沒聽說有什麼官稱『鷲侯』」。

「秘道裏還有一條岔道。」

「恐怕是通往天祿閣。天祿閣也曾失書，當年孔壁藏書就在天祿閣中，自我任太史令以來，就未曾見過。」

「這麼說，這秘道已經有很多年了？居然是個積年慣盜！如非宮中內官，絕無可能在兩閣挖鑿秘道。」

*****

追查一日一夜，毫無結果。

杜周找了個託詞，欲起身回長安，正在囑託減宣繼續密查追捕，卻見成信來報：「捉到那小兒了。」

杜周忙命帶進來，士卒押了一對夫婦、兩個小童來到庭前。仔細一問，才知道那對夫婦進京行商，途中受一路人之託，帶一個小童去長安，交給長安西市賣酒的樊仲子。因見了告示，心中起疑，所以報於城門守衛，經蔣家客店店主及客商一起辨認，正是當日店中那個小兒。

杜周又盤問一番，見那對夫婦與馬賊確是路上偶逢，毫無瓜葛，便命人賞了一匹帛，放了他一家。隨即遣郵使急速趕回長安，命左丞劉敢立即捉拿樊仲子，留住活口。

杜周這才細看那小兒，穿著農家布衣，緊咬著下唇，黑亮亮一雙圓眼，定定盯著人。問了幾句，小兒死咬著嘴唇，始終不開口。

杜周歷年所治獄案中，也曾拘繫過數百個罪人家幼兒，從未見過這樣坦然無懼的。便不再問，命人將小兒帶到後院廡房⑩內，又在滅宣府中找了個看著面善、又能言會道的僕婦，細細吩咐了一番，讓那僕婦好好安撫逗哄小兒，從他嘴裏套問些話來。

那僕婦領命，到後院房中，拿了許多吃食玩物，溫聲細語，慢慢逗引小兒，小兒卻始終低著頭，不聞不問。過了午時，看著餓狠了，小兒忽然閉起眼，嘴裏念念有詞，念叨了半個多時辰，睜開眼，又伸出手，手指在手心裏畫一番。這才拿了身邊盤裏的麻餅，低頭吃起來，餅太乾，被噎到，那僕婦忙端湯給他，小兒只喝了兩口，其他果菜魚肉一概不碰。吃完後，又照舊低頭坐著，一動不動。僕婦去找了幾個伶俐的童男幼女，來陪小兒玩耍，逗他說話，小兒卻始終像個小木頭人，連臉都不轉一下。

僕婦法子用盡，沒套出一個字，只得前去回報。

杜周又選了一個身壯貌惡的刑人，去後院，一把提起小兒，拎到刑房之中，拿刀動火，嚇唬小兒。小兒雖然害怕，卻一直咬著下唇，一點聲音不出。刑人見不奏效，又提了一個罪犯，當著小兒的面，施以重刑。

小兒仍木然站著，滿臉驚恐，淚水在眼裏打轉，卻仍狠咬著唇，強忍住不哭。後來見那重犯受刑，鮮血淋漓，痛號慘叫，嚇得閉眼捂耳，才哭起來。但問他話，只哭著搖頭，仍不說一個字。

---

⑩ 廡（ㄨˇ）房：堂下、庭院周邊走廊的廊屋、廂房。

刑人不耐煩，上來奏請略施些刑，逼小兒就範。

杜周越發詫異，略一沉吟，說聲：「不必。」

減宣提醒道：「這小兒恐怕知道馬賊去向。」

「那馬賊不至於傻到將去向告訴小兒。這小兒來歷不簡單，待我回長安慢慢套問。」

＊＊＊＊＊

快到午時，那對夫婦車馬才終於緩緩出了扶風東城門。

遠遠望去，車上似乎只有一童，硃安世大驚，顧不得藏身，不等車馬過來，大步奔迎過去。

車上果然不見驩兒，只有那夫婦自家孩子。那對夫婦見到硃安世，立刻停住車馬，滿臉驚懼。

硃安世一把扯住男子韁繩，喝問：「孩子去哪裏了！」

那男子支支吾吾，硃安世一惱，伸手將男子揪下馬來，男子跌倒在地，抖作一團。車上婦人驚叫、小童大哭，車夫嚇呆。

「孩子在哪裏？」硃安世又吼道，抬腳作勢要踢。

男子怪叫一聲，抱著頭忙往後縮。

「被官府抓去了！」婦人忙滾下車跪到硃安世身前哀哭起來。

「怎麼被抓去的?!」硃安世雖然已經料到，但仍驚惱至極。

「官軍在城門口盤查，認出了那孩子，就捉走了。」

「胡說！」硃安世大怒，起腳踢中男子胸口。

男子又怪叫一聲，婦人忙撲爬過去，護住丈夫，不住叩頭，大叫饒命，哭著說出實話：原來，他們夫婦二人清早離開客棧，店主見他們帶著兩個孩子，就告誡說出城要小心，滿城都在搜捕一個孩子。離開客棧，見市門牆上掛著緝拿告示。到了城門，又有兵卒押著幾個人，在城門口盤查出城孩童。當時刑律，匿藏逃犯，觸首匿之科，罪至棄市。夫婦兩人怕受牽連，便交出了驩兒。

「兵卒押著什麼人？」

「看著像是客商。」

硃安世一想，應是昨日蔣家客店的客商，他們均見過驩兒，被官府捉來做人證。

他見那男子縮在妻子身後，癩鼠一般，越發惱厭，一把推開那婦人，抬腿就要去踢，婦人哭著抱住硃安世大腿，大聲哀告：「這位大哥哥，這怨不得我們啊，你也知道現今的刑律，稍微有點牽連就被殺被斬的，再說，城門把守得那麼嚴，我們就是想帶那孩子出城，也辦不到啊……」

硃安世腿被她抱住，一個婦道人家，又不好使力甩開，只得壓住火：「你鬆手，我不踢他就是。」

連說了幾遍，那婦人才鬆開手，隨即爬起身，跑到車邊，從車上抱下一匹帛：「這是官府賞的，我們不敢留，大哥哥你拿走吧，還有你給的酬金——」她朝丈夫喊道：「呆子，快把金子拿來啊！」那丈夫忙從囊中取出那三個金餅，仍跪在地上，抖著雙手遞過來。

硃安世見他們夫婦二人嚇得這樣，那小童更是唬得哭不敢哭，縮在車頭瞪大了眼睛，滿臉驚恐。他最怕見小孩子這樣，心一軟，長歎一聲，心想婦人說得其實在理，錯還是在自己慮事不周。酈袖若在這裏，也斷不會讓他為難這對夫婦。他身上只剩幾十個銅錢，路上還要花費，便從那男子手中一把抓過自己的三個金餅，恨恨吼了聲「走！」

婦人忙將那匹帛也遞過來，硃安世心中煩躁，又大吼一聲：「走！」

夫婦兩人忙連聲道謝，抱著那匹帛，上了馬、駕了車，慌忙忙走了。

硃安世走進路邊林中，來來回回徘徊不定。

那孩子眼下被嚴密看押，要救太難，偏偏自己又正被緝捕……

正在煩躁，忽聽到路上傳來一陣急密蹄聲，躲在樹後偷眼一望，是匹驛馬，馬上一人官府郵使打扮，背著個公文囊，振臂揚鞭，飛馳而過，向長安方向奔去。

見到這驛馬，硃安世猛然想起：長安好友樊仲子定是被那對夫婦供出，只怕這郵使正是去長安通報此信。事未辦成，反倒連累好友。硃安世氣得跺腳，忙打個呼哨，喚來汗血馬，翻身上馬，不敢走大道，便穿到林後，找條小路，拍馬飛奔，向東急趕。雖然汗血馬快過那驛馬，但路窄且繞，一時難以趕過。

奔上一個高坡，俯瞰大路，那對夫婦的車馬正在前面，驛馬則遠得只見個黑影，硃安世急忙縱馬下坡，奔回大路，轉眼趕上那對夫婦。那對夫婦聽到蹄聲，回頭看是硃安世，大驚失色。硃安世放緩了馬，瞪著眼大聲問：「你們可向官府供出長安樊仲子？」

那對夫婦滿臉驚懼，互相看看，不敢說謊，小心點了點頭。

「嗐！」硃安世氣歎一聲，顧不得其他，拍馬便向前趕去。大路平敞，汗血馬盡顯神駿，過不多時，便趕上了驛馬，馬上那個郵使轉頭看到，滿眼驚異，硃安世無暇理會，繼續疾奔，不久便將驛馬遠遠甩在身後。心想：這郵使怕會認出汗血馬。但救人要緊，就算認出，也只能由他。

急行二百多里路，遠遠望見長安，硃安世折向東北，來到便門橋。

這便門橋斜跨渭水，西接茂陵，東到長安。茂陵乃當今天子陵寢，天子登基第二年開始置邑興建。這些年先後有六萬戶豪門富室被遷移到茂陵，這裏便成為天下第一等富庶雲集之處。為便於車馬通行，渭水之上修建了這便門橋，可謂繁華咽喉。橋兩岸市肆鱗次、宅宇櫛比。

硃安世遠遠看到橋頭有兵卒把守，便將馬藏在岸邊柳林僻靜處，拔刀砍了些枯枝，紮作一捆柴，又抓了把土抹髒了臉，背著柴低頭走過橋去，橋上人來車往，他一身農服，灰頭土臉，兵衛連看都未看一眼。

上到橋頭，舉目一望，他的舊宅就在橋下大街幾百步外，遠遠看到院中那棵老槐樹樹頂，樹葉已經盡黃，落了大半，他心裏一蕩，不由得怔住。

他自幼東飄西蕩，直到娶了酈袖，在茂陵安了家，才算過了幾年安適日子。尤其是兒子出世後，一家三口何等喜樂？若是安安分分，他們今天該照舊住在這裏，照舊安閒度日。然而，他生來就如一匹野馬，耐不得拘管，更加之心裏始終積著一股憤鬱，最見不得以強凌弱、欺壓良善，而這等不平之事滿眼皆是，讓他無法坐視。

現在尚未找見酈袖母子，他又惹了大禍，還牽連到老友，另得設法救驩兒那孩子……唔！我這死性就是改不掉！

他歎口氣，不能再想，拇指在唇髭上狠狠一劃，下了橋，繞至後街，到一宅院後門，輕敲門環，裏面一個小童開了門。

硃安世一步搶入院中，隨手掩門，扔下柴捆，低聲問小童：「你家主人可在？」

小童惶惶點頭。

硃安世忙說：「快叫他來！」

小童跑進屋中，片刻，一個清瘦的中年男子走出來，是硃安世故友郭公仲。

郭公仲見到硃安世，大驚：「你？」

硃安世顧不得解釋：「官府要捕拿樊仲子，你快去長安傳信，讓他速速躲避！」

「為何？」

硃安世歎口氣「事情緊急，不容細說。你馬上動身，快去長安！務必務必！我也就此告別。他日若能重聚，再細說。」

「好！」

郭公仲轉身去馬廄，硃安世開門窺探，見左右無人，便快步出巷，望見橋頭才放慢腳步，緩步上橋。

走到橋中央，他忍不住又回頭向舊宅望去。

他最後一次見兒子，就是在這橋上。

那天清早，他去長安辦事，兒子鬧著要跟他一起去，哄了半天，最後答應給兒子買個漆虎，兒子才掛著淚珠，嘟著嘴答應了。上了便門橋，他一回頭，淺淺晨霧間，依稀見兒子小小身影，竟仍立在門邊，望著他……

分別已近四年，這一幕像是刻在了心裏，時常會想起，只要想起，心裏便是一陣翻湧。

他行刺天子劉彘，本來恐怕已經成功，那日正是猛然想到了這一幕，才頓時喪了心氣。

當時，眼看劉彘騎遊就要結束，他再次深吸一口氣，雙手將韁繩分開，分別攥緊，心一橫，正要轉身動手，前面忽然傳來一聲叫喊：「父皇！」

硃安世心底一顫，手一鬆，韁繩幾乎掉落在地。

那聲音清亮細嫩，在一派肅穆中格外鮮明悅耳。是一個小童，站在下馬錦榻邊，大約三、四歲，穿著小小錦袍，戴著小小冠兒，應該是小皇子。他睜大眼睛望著劉彘笑，模樣乖覺可愛。

硃安世立時想起自家兒子，他最後一次在便門橋上遠遠望見兒子，兒子就是這麼大。

「髆兒[51]！」劉彘在馬上笑道：「抱他過來！」

黃門聽命，忙抱起小皇子奔到馬前，劉彘俯身抱起小皇子，放到自己身前，命道：「再走一小圈兒！」

硃安世照吩咐繼續牽著馬走，聽著劉彘在馬上笑語慈和，逗小皇子說話，威嚴肅殺之氣忽然消散，純然變作一個老年得子的慈父。

硃安世心中大為詫異：他竟也是個人？竟也有父子之情？

詫異之餘，恨意也隨之頓減，聽著他們父子說笑，他心中一陣酸澀。

他以為自己早已想好，這機會千載難逢，只能狠心拋下妻兒。然而那一刻，想到將與妻兒永訣，心中忽然伸出一隻手，狠命將他揪住，既暖又痛，根本無法斬斷。

拋下世間最愛，一償心中之恨，值嗎？

反覆猶豫，一小圈又已走完，馬已行至腳榻邊，幾個黃門迎了上來。

硃安世只得扯住轡繩，讓汗血馬停下來，頹然垂手，眼睜睜看著黃門將小皇子和劉彘扶下馬，護擁而去……

＊＊＊＊＊

---

[51] 劉髆（ㄅㄛˊ）：漢武帝第五子，寵妃李夫人所生，貳師將軍李廣利外甥。生年不詳，死於後元元年（前八八年），早亡。謚號昌邑哀王。

司馬遷坐在案邊，手裏拿著延廣所留那方帛書，又在展看誦念。

柳夫人走過來，拿起火石火鐮，打火點著油燈。

司馬遷納悶：「大白天，點什麼燈？」

柳夫人並不說話，伸手從司馬遷手中一把抽過那方白帛，湊在燈焰上，白帛頓時燃著，等司馬遷去奪時，只剩了焦黑一角。

司馬遷怒道：「你這是做什麼？」

柳夫人抬頭直視丈夫，問道：「你因耿直木訥，屢屢得罪上司同僚，常年不得升遷，我可曾勸過你半句？」

司馬遷不解，搖頭說：「沒有。你忽然問這話做什麼？」

柳夫人不答，又問：「你私自著史，只求實錄，又無避諱，我可曾勸過你半句？」

司馬遷更加疑惑，又搖搖頭。

柳夫人歎口氣，道：「你耿直，我不勸你，因為我知這是你天生脾性，而且忠直待人本是君子應有之格，人不喜你，並非你之過；你不得升遷，我從不憂慮，富貴浮雲，何須強求？況且仕途險惡，職卑位閒，正可避禍；你私自著史，我日夜擔心，只怕被外人得知，你那幾十卷文章隨手一翻，到處皆是罪證，我卻不敢勸阻，也不當勸阻。一來這是繼承父志、發揚祖業，二來是你滿腹才華，正當其用。人誰不死？哪怕因此獲罪，也是死得其值。但眼下這件事，我卻必須勸阻。《論語》遺失，自有太常查辦，與君何干？延廣明知秘道之事，卻不能替自己脫罪，反倒禍及全族。遺書給你，都不敢直言其事，設些謎語來遮掩，可見此事玄機重重、殺氣森森，你區區一個太史小官，職不在此，又何必涉險？我既然嫁你為妻，要生要死，都會隨你，並不敢惜命，只求夫君一件事——就算你不顧惜自己，也請顧念兒女性命……」說到此，柳夫人泣拜於地。

司馬遷忙扶住妻子，心中感慨，也禁不住濕了眼眶，長歎一聲道：「好，我就丟過此事，再不管它！」

話音剛落，衛真走進門來，見此情景，忙要退出，司馬遷看見，問道：「什麼事？」

衛真小心道：「四處打探石渠閣原來那個書監的下落，問了許多人，連他素日親近之人都不知道他的去向。」

柳夫人聞言，抬起淚眼望著丈夫。

司馬遷沉吟一下，道：「我知道了。」

衛真偷眼看這情形，已大致猜到，便道：「石渠閣書監雖非要職，卻也是御封內官，如今憑空消失，可見背後之人權勢之大，衛真懇請主公再不要去管這事。」

司馬遷笑道：「好了，我知道輕重，你們不必再勸，我不再理會這件事就是了。」

柳夫人和衛真聽後，才長吁一口氣，一起展顏而笑。

第七章　黃門詔使

近黃昏時，重又望見扶風城。

路上硃安世想了各種辦法，都覺不妥，便驅馬來到驛道邊一個土坡後，放馬在坡底吃草，自己躺在坡邊，一邊歇息，一邊觀察路上，伺機應變。這時天色將晚，驛道之上行人漸少，多是行商販卒。望了一陣，忽見東邊駛來一輛軺傳車，皂蓋金飾，三馬駕車，一看便知是皇宮詔使。

硃安世頓時有了主意：可以假扮詔使，藉天子之威，相機行事，沒有幾個人敢生疑。

不過，這樣一來，又得添一條重罪。酈袖若是知道，恐怕會越發生氣。稍一遲疑，他隨即笑道：盜了汗血馬，其實罪已至極，再多條罪，也不過如此。何況，此舉並非出於洩憤，而是為了救驩兒。酈袖若在這裏，雖不情願，恐怕也只得答應。

於是他不再猶疑，幾步跳到路中，那車正駛到，車上御夫忙攬轡急勒住馬，硃安世看車中坐著一人，白面微胖，頭戴漆紗繁冠，前飾金鐺，右綴貂尾，身穿黑錦宮服。御夫則是宮中小黃門服飾。

御夫喝問：「大膽！什麼人？敢攔軺傳！」

硃安世笑著說：「兩位趕路趕得乏了，請到路邊休息。」

御夫怒道：「快快閃開！」

硃安世笑著歪歪頭，拇指在唇髭上一劃，隨即伸手抓住中間負軛那匹馬馬鬃，騰身一躍，翻上馬背，伸手攥住轡繩，吆喝一聲，執扯轡繩，那馬應手轉向路右，兩邊驂馬也隨之而行，向坡底奔去。御夫用力扯轡，卻被硃安世截在中間控死，絲毫使不上力，氣得大叫，車中詔使也跟著叫起來：「大膽！大膽！啊……」

那車離開驛道，繞過土坡，駛進路邊野草叢中，奔行到一片林子，硃安世勒住馬，跳下來。車上兩人，都大張著嘴、蒼白了臉，看來從未經過這等事，驚得說不出話。硃安世抽出刀，笑著走到車邊，兩人一同驚叫起來。

硃安世晃晃刀，笑著安慰：「莫怕，莫怕！這刀一向愛吃素，只要別亂嚷，別亂動。」

兩人忙都閉緊了嘴。

硃安世又笑著說：「這刀還愛聽實話，問一句，答一句，好留舌頭舔湯羹。」

兩人又忙點頭。

硃安世便細細問來，那詔使一一實答，原來是京中罪臣之族被謫徙北地，出城後作亂逃逸，天子詔令杜周回京查治。

問清楚之後，硃安世便命那詔使脫下衣服。詔使不敢不從，從頭到腳，盡都脫了下來，只剩了件褻衣。硃安世自己也隨即脫掉衣服，一件件換上詔使衣冠。他人高，衣服略短了些，但詔使肥胖，所以穿著倒也大致過得去。他展臂伸足，擺弄賞玩一番，自己不由得笑起來。

正笑著，一扭頭，忽然看到詔使那張光滑白膩的臉，登時笑不出來——那詔使是黃門宦官，臉上無一根髭鬚。

硃安世一部絡腮濃鬚，並一直以此自許。要裝黃門詔使，就得剃掉鬍鬚。男子無鬚，若非宦官，便是罪犯，這鬍鬚一旦剃掉，必定遭人恥笑，而且行動更加招人眼目。

他低頭看看手中的刀，又想想驩兒，雖然不捨，但畢竟救孩子要緊，何況這鬍鬚剃了還會再生。於是，一狠心，倒轉了刀鋒，揪住鬍鬚，割下一撮，端詳了端詳，撒手扔到草裏，繼續又割。這刀他新磨過，刀法又熟，不多久，頷下鬍鬚散落一地。伸手一摸，只剩鬍渣。又掏出匕首，一點點刮，刮得生疼，想起囊裏還有塊牛肉，就取出來用刀削了些肥脂，揉抹到臉上，刮起來果然爽利很多。

那詔使和御夫蹲在地下，都睜大了眼看著他。硃安世怕自己刮不乾淨，就喚那御夫站起來，把小刀交給他，讓他替自己刮。御夫顫著手接過匕首，硃安世伸著脖子，御夫握緊匕首剛要伸手，硃安世忽然大叫著跳開：「發昏了！竟把匕首交給你割我喉嚨！」說著拔出刀，刀尖抵住御夫肚子：「好！現在刮，你要妄動一下，或是刮破一點，我就捅出你的肚腸來。」

御夫手抖得更加厲害，驚瞅著硃安世，不敢動手。硃安世見狀，又不由得笑起來：「怕什麼？你只要好好給我刮乾淨，我自不會為難你。」

那御夫這才握著匕首，戰戰兢兢湊近，小心翼翼伸手，屏住氣，輕手把硃安世臉上鬍渣都刮乾淨。而後將匕首交還給硃安世。硃安世伸手在頷下摸了一圈，溜滑如剝殼雞蛋，心裏一陣煩膩，那黃門詔使偏又在一邊用尖細之聲嘟囔：「劫持詔使，罪可誅族，假扮詔使，更是……」

砵安世正在來氣，聽他囉嗦，抬腿一腳，踢翻了那詔使：「你這醃肉！常日在宮裏，縮頭縮腦作狗，出了宮，拿腔拿調扮虎，老子最厭你這等聲氣嘴臉，再多屙半個字，割了你舌頭餵狗！」那詔使趴在亂草地下，捂著胯部被踢處，不敢再出聲，一張臉本就白膩，這時更加煞白。

砵安世從未見過宮內詔使宣詔，便大聲呵斥道：「起來！你見了杜周要怎麼說、怎麼做，仔細給老子演示一遍。」

那詔使忙爬起身，一招一式的演示給砵安世看。砵安世照著學了一遍，其實倒也簡單，車駕到了府寺，自然有人來迎候進去，杜周上前跪拜聽詔，詔使宣讀詔書，而後將詔書交予杜周即可。只要做足詔使派頭，再不必說什麼、做什麼。讓砵安世犯難的倒是宣讀詔書。

他只粗識幾個字，從未讀過什麼詔書，而且詔文字句古雅拗口，哪裏能認得？好在總共只有幾句話，砵安世便叫那詔使一字一字念給自己聽，反覆跟讀念誦，死死記在心裏。等詔文記牢，砵安世才讓詔使穿上自己脱下那套農服，讓他靠著一棵大樹坐下，掏出繩子，將他牢牢捆在樹上，割了一塊布塞住他的嘴。詔使嗚咽點頭求饒。

砵安世笑道：「本該讓你赤著身子，吊起來凍成乾肉，看你老實才讓你穿了我的衣裳。你先在這裏好好歇一宿，若你命好，這林子沒有餓狼野狗，明日我就來放了你。」

隨後，他拿了詔使的公文袋，坐到車上，命御夫駕車：「去扶風！」

御夫振轡，車子啟動，回到驛道，向扶風疾駛。

不多時，已到扶風東城門，這時天色已經昏暗，幸喜城門還未關。

硃安世抽出刀，刀尖抵住御夫臀部，又用袍袖遮住，低聲說：「你只要叫一聲，我這刀就捅進你的大腸！」

御夫連忙點頭，驅車過橋、駛進城門，門值見是宮中軺傳車，皆垂首侍立，車子直駛進城，來到府寺門前，硃安世命御夫傳喚杜周接詔，門吏上前報說杜周在右扶風減宣宅中，硃安世便命驅車前往。

遠遠看到街前減宣宅門，硃安世算好時辰，掏出一個小瓶，拔開瓶塞，遞到御夫嘴邊，命他喝一口。御夫駭極，卻不敢不從，煞白著臉，張嘴喝了一口。硃安世命他繼續駕車。剛到減宣宅前，車才停，御夫昏然倒在車上。

原來那瓶內是天仙躑躅酒[52]，是一個術士傳於硃安世，可致人昏睡。

硃安世學那詔使聲音，擠著嗓子，向宅前高聲喚人，門內走出兩個門吏，見是宮中軺傳車，慌忙迎出來。

---

[52] 天仙躑躅酒：中國麻藥起源於何時尚無定論，但戰國時期《列子・湯問》已記載神醫扁鵲以「毒酒」為手術麻醉藥，「飲二人毒酒，迷死三日，剖胸探心，易而置之；投以神藥，既悟如初」。到東漢末期，華佗創制「麻沸散」作手術麻醉劑，可惜配方失傳。據後世研究，有兩種說法，分別認為其主藥是莨菪子和曼陀羅。鑒於中國現存最早的藥物學專著《神農本草經》（成書於秦漢時期）已記載莨菪子，而曼陀羅藥用記載則遲至宋代，因此本文從前者。莨菪子（ㄌㄤˋㄉㄤˋ）：別名天仙子、羊躑躅（ㄓˊㄓㄨˊ）等，其所含莨菪鹼成分可致人癲狂、昏迷甚至死亡。「天仙躑躅酒」一名為作者根據其俗名杜撰。

硃安世繼續擠著嗓子道：「速去通報執金吾杜周接詔！」

門吏忙回身進門通報，另一門吏躬身上前伺候，又有兩人也急忙奔迎出來。

硃安世下了車，吩咐道：「我這御夫又中了惡，他時常犯這病症，自帶有藥，我已給他服下，你們不必管他，片時就好了。」

門吏一邊答應，一邊躬身引路，硃安世手持詔書，進了正門。

*****

天色將晚，杜周只得再留一晚，明日再行。

小兒關在府寺後院廡房裏，賊曹掾史成信親自率人監守。

減宣仍請杜周回自己宅裏安歇，兩人用過晚飯，又攀談了一會兒。杜周見減宣一臉愁悶，心想最好還是能追回汗血馬，於是作出誠懇之姿，勸慰了幾句。減宣雖在點頭，神色中卻流露怨憤之氣。杜周裝作不見，知道減宣為了保命，定會盡力追捕，至於能否追回，則要看天意。若是減宣因此獲罪，也怪不得我。仕途之上，本是如此。

於是他不再多言，回到客房，正在寬衣，侍者忽報：「黃門傳詔至！」

杜周忙重新穿戴衣冠，急趨到正門，減宣也穿戴齊整趕了出來，黃門詔使已手持詔書大步走了進來。杜周和減宣忙跪地聽詔。那個黃門展卷宣讀詔書，原來是京中發遣罪人謫戍五原，才出長安十幾里，有罪人生亂逃亡，詔命杜周回京治辦緝捕。

那詔使讀罷，將詔書遞予杜周，杜周忙雙手接過，在地下垂首道：「杜周即刻遣人查辦。」

那黃門點點頭，問道：「皇上問汗血馬查得如何了？」

杜周忙答道：「汗血馬尚未追回，但已捉得一個小兒，與那盜馬賊甚有關係，正監押在府寺中。明日帶回長安，再查問。」

黃門點了點頭，道了聲「好」，略一沉吟，轉身就走。

杜周、減宣忙起身相送，杜周見那黃門身形魁梧，儀表堂堂，以前並未見過，左右只有兩盞燈籠，燈光昏昏，看不清樣貌神色，他方才聽這詔使聲音似有些異樣，但也無暇細想。

兩人一同陪送詔使出了府門，減宣命人服侍黃門去驛館安歇。

拜送詔使離開，杜周即命人星夜趕回長安，告知左丞劉敢，連夜率人趕赴北邊查辦此事。吩咐完畢，才又和減宣道別，各回房中安歇。

躺下後，杜周不由得又回想那黃門言行，越想越覺不對，但一時又想不出哪裏不對。

正在輾轉反側，門外侍者忽然敲門急報：「大人，有刺客！」

杜周忙問：「什麼刺客？在哪裏？」

「右扶風府寺。」

＊＊＊＊＊

司馬遷只得拋開雜想，安下心來，繼續寫《孔子列傳》。

年輕時，他曾師從孔子第十一代孫孔安國，又曾遊學齊魯，走訪儒林故舊，孔子身世大略都記得清楚。但提筆開始記述，需要援引孔子言論時，卻覺得心底發虛、落筆不安。現在世傳今文《論語》，不知道哪一句是真，哪一句是後人偽造。

五十多年前，還是景帝末年，當今天子王兄、魯恭王劉餘被封於魯地。劉餘好宮室犬馬，為擴新殿，毀壞孔子舊宅，匠人從牆壁中發現大批竹簡古書，其中便有《論語》[53]。是秦頒布挾書禁律後，孔子後人所藏。簡上文字狀如蝌蚪，是秦以前古文字，無人能識，只有孔安國能讀。孔安國將這批古書上獻朝廷，藏於天祿閣中。不知何時，這些古書竟都已不知去向。古本《論語》也隨之消失[54]。本來石渠閣秦本《論語》尚可以引以為據，現在也被人盜走。

當今天子繼位以來，罷黜百家，獨興儒術，現在卻居然找不到一本真《論語》！

想到此，司馬遷心中窒悶，憤憤擱筆。衛真在旁邊正手握研石，碾墨粒、調墨汁，見司馬遷停筆悶思，瞅了瞅案上竹簡，文章停在「孔子曰」三個字，便小心問道：「主公又在為《論語》煩惱？」

「所引《論語》不知真偽，叫我如何下筆？孔子少時貧賤，一生困厄，曾被困於陳蔡，斷食數日，幾至於餓死。我師孔安國曾引《論語》孔子之言誡我：『士志於道，而恥惡衣惡食者，

---

(53)《漢書・藝文志》：「魯恭王壞孔子宅，欲以廣其宮，而得古文《尚書》及《禮記》、《論語》、《孝經》凡數十篇，皆古字也。」

(54)何晏《論語集解・序》：「《古論語》，唯博士孔安國為之訓解，而世不傳。」

未足與議也』。你卻看今世所傳《論語》，居然云『食不厭精，膾不厭細。魚餒而肉敗不食，色惡不食，失飪不食，不時不食，割不正不食，不得其醬不食……』這哪裏是孔子？分明是飽食終日、富極無聊之語！」

「主公何不去向扶卿先生請教？」

「是了！這兩天事情一亂，頭腦發昏，怎麼竟忘了他？」

扶卿也是孔安國弟子，曾得孔安國親傳《論語》[55]。後被徵選入太學，作博士弟子。

司馬遷立即起身，帶了衛真出門，駕車去太常寺，到太學博士舍中尋扶卿。到了一問，才知道扶卿出任荊州刺史，半年前就離京赴任去了。

衛真納悶道：「朝廷只立五經博士，《論語》不屬五經，扶卿只精於《論語》，為何能升任官職？」

司馬遷道：「聽說他後來師從呂步舒，習學《春秋》。呂步舒曾官至丞相長史，今又為光祿動，為皇上近臣。想必扶卿是由此得官。」

衛真搖頭：「看來學通五經，不如拜對一師。」

司馬遷歎道：「這便是今上高明之處——威之以殺，令人喪膽；餌之以祿，使人骨酥。」

離了太常寺，正要上車，司馬遷見前面走來一人，身著儒服，樣貌清癯，看著面熟。那人見

---

[55] 王充《論衡‧正說篇》：「初，孔子孫孔安國以教魯人扶卿，官至荊州刺史，始曰《論語》。」

到司馬遷，急趨過來，躬身拜問：「學生簡卿拜見太史令。」

司馬遷這才憶起簡卿是兒寬弟子。兒寬當年也曾受業孔安國㊻，四年前，因曆紀紊亂，司馬遷與兒寬、落下閎等人共定《太初曆》㊼。當時，簡卿來京陪侍兒寬，司馬遷曾見過他兩次。雖然兒寬官至御史大夫，簡卿卻生性散淡，只在鄉里耕田讀書，朝廷數次徵舉，他都託病辭謝。因此，司馬遷甚是心敬簡卿，笑著執手問候：「原來是你，數年不見，一向可好？」

兩人寒暄了幾句，司馬遷想起兒寬病逝已經三年，歸葬故里，便隨口問起兒寬家人。誰知簡卿聞言，神色忽變，支支吾吾幾句，推說有要事去辦，便匆匆告辭。

司馬遷上了車，納悶不已，轉頭問衛真：「我說了什麼不妥的話麼？」

衛真也正奇怪，上了馬，想了想：「並未說什麼不妥之語，主公詢問兒寬大人家人時，他才變色，莫非兒寬大人病故後，他也改投師門，去尋更好的門徑？」

「他不是這等人，況且看他剛才神色，似是要替兒家遮掩什麼……」司馬遷說著，忽然想起一事，大聲叫道：「對！是兒寬！」

*****

㊻《漢書‧兒寬傳》：「治《尚書》，受業孔安國。」

㊼《太初曆》：中國古代有文字記載的第一部完整的曆法。根據這部新曆法，漢朝中止了秦朝的以每年十月為歲首的紀年方法，改為正月為歲首，定農時二十四節氣。

硃安世傳罷詔書，出了減宅，這才鬆了口氣。

行走說話只是裝樣子，倒不難辨，他最怕的是宣讀詔書。果然，剛才展開錦卷，要宣讀時，一見那些黑蟲一般的字跡，心頭一犯怵，頓時忘了詞句，幸好身邊有個僕役挑著燈，他裝作湊近燈光，略定定神，才記了起來，好在念得還算通暢。

杜周和減宣都跪伏在地，似乎也未起疑。不過硃安世早知兩人老辣精明，絲毫不敢鬆懈，仍裝出黃門那等趾高氣揚之狀，昂昂然出了門。

剛邁出府寺大門，一眼望見那輛軺傳車，卻見車上不見了御夫！

這時更加不能慌亂，他繼續若無其事，緩步走過去，那門吏急趨過來，俯首回報：御夫尚未醒來，另安排在一輛車上，還在昏睡，已派了府中御夫替詔使駕車。

硃安世這才放心，鼻子裏應了一聲，傲傲然上了車，減宣的御夫在車前躬身行過禮，隨即坐上車，執轡前行。杜周和減宣在一邊侍立目送，硃安世頭也不回。

車到了驛館，已有驛丞在外迎候，硃安世下了車，只點頭，不說話，隨驛丞到了館中宿處，回頭見人抬著那御夫到了側房中。硃安世算了時辰，心中有數，便不去管他。驛丞安排夜飯，硃安世兩天沒吃過好飯，見食物豐盛，便飽食一頓，卻不喝酒。吃罷即去安歇，吩咐不得打擾。

歇了一個多時辰，見天色已黑，硃安世脫了宮袍，沒有便服，便只穿著中衣，帶了刀，從後窗跳出，翻牆出了驛館，循著暗影向府寺趕去。還未到，就聽見裏面殺聲一片。他忙翻牆上簷，俯身一看，見後院中十幾個兵卒和七、八個蒙面人廝殺，還不斷有兵卒衝進來。火把照耀下，那幾個人身穿蒼衣，各持一柄利斧，攻勢淩厲，又聽見有人大喊：「護住那孩子！」

硃安世大大納悶：難道有人來救驩兒？這樣正好，免得我勞神。他隨手又伸拇指在唇上一劃，發覺唇上溜光，不由得惋惜道：白剃了鬍子了！

於是，他便坐在屋簷之上觀戰。下面亂騰騰鬥了一陣，忽然有人喊：「小兒不見了！」雙方頓時都停住手，硃安世也忙挺起身。只聽見其中一個蒙面人打了個呼哨，隨即在牆上一蹬，躍上牆頭，其他幾個聞聲也一起急退，全都躍上牆頭，一起跳下，倏忽之間，隱沒在夜色之中。

硃安世看得真切，蒙面人並未帶走驩兒，見院中兵卒們紛紛搜尋，院中各處搜遍，都未找到。一個將官出來大聲吩咐：「快去府外去尋找，各個角落都去細搜！」吏卒們領命，各自率人分頭去追查。硃安世也忙轉身離開，避開兵卒，四下裏暗自急急找尋。

*****

杜周和減宣來不及駕車，一起騎了馬，急速馳往府寺。

到達門前，只見人馬混亂，嚷聲一片。

成信正提劍呼喝指揮，見了杜周與減宣，忙奔過來稟告：「一群刺客趁夜翻牆進到府寺，意圖行刺——」

減宣忙問：「刺客呢？」

「逃了。」

「全逃了？」

「卑職無能，卑職該死！」

「小兒呢？」

「不見了。」

「什麼叫『不見了』？」

「那些刺客要刺殺那小兒，卑職率人防守，刺客手段高強，殺傷十幾個衛卒，天黑人亂，等殺退那些刺客，卻找不見那小兒了。」

「是被刺客劫走了？」

「應該不是。刺客是來刺殺小兒。」

杜周疑道：「你如何知道他們是來刺殺，而非劫搶？」

「卑職起先也以為他們是來劫搶，親自守在廡房中看護小兒，有個刺客刺倒門邊衛卒，跳進來，卑職與他相鬥，見他只要得空，就揮斧去砍那小兒，幸而都被卑職攔擋住，未能傷到小兒。」

減宣又問：「那小兒怎麼不見的？」

「卑職正與那個刺客纏鬥，後又有個刺客殺開衛卒，也衝進來，卑職以一敵二，難於招架，險些喪命，燈盞又被撞翻熄滅。幸而有其他兵卒隨後衝進來相助，才僥倖保命，一時慌亂，房內漆黑，就沒顧到那小兒。卑職已下令全城急搜，務必要找到那些刺客和那個小兒。」

杜周與減宣下馬進到正堂，左右掌燈，兩人默坐不語，等待消息。

過了一個時辰，門前忽然來報：「找到那小兒了！」

第八章　失而復得

硃安世四處暗尋，都不見驩兒蹤影，見滿城大搜的官軍，也都無所獲。正在焦急，忽然想起：驩兒恐怕是趁黑逃走，躲到了上次的藏身之處。

他忙避開官軍，繞路潛行，到營房邊大石後面，月光下果然看到一個瘦瘦小小的黑影。

硃安世低聲喚道：「驩兒？」

驩兒聽見聲音，撲過來，抱住硃安世，卻不說話。

硃安世摸著他的頭，溫聲道：「你來這兒等我？」

驩兒點點頭。

硃安世笑道：「你怎麼知道我要來？」

「我就是知道。」

「我要不來，你怎麼辦？」

「你肯定要來。」

硃安世咧嘴一笑，蹲下來，撫著驩兒瘦小雙肩仔細地看，月光微暗，看不清驩兒臉，只見黑亮亮的眼中，隱約有淚光閃動。

硃安世忙問道：「你受傷了？」

驩兒搖搖頭：「有人衝進房子要來殺我，我趕緊躲到牆角裏——」

「哦？殺你？他們不是去救你的？」

「不是。」

「你是怎麼逃出來的？」

「一個將官和那兩個人打鬥，燈被撞滅了，房子裏很黑，我沿著牆角，爬到門外邊，又沿著牆跟，爬到後院門邊，後門正好有人衝進來，門被撞開了，我就鑽出後門，一路跑到這裏躲起來了。」

硃安世打趣道：「你哭了沒有？」

驩兒慢慢低下頭，不出聲。

硃安世忙安慰：「該笑就笑，該哭就哭，這才是男兒好漢。」

驩兒點點頭。

硃安世又緊緊抱住驩兒：「有硃叔叔在，咱什麼都不怕！」

驩兒手無意中碰到硃安世的臉頰：「硃叔叔，你的鬍子？」

硃安世忙說：「有件事你要記住，三個月內，一個字都不許提我的鬍鬚！也不許盯著我的下巴看！」

驩兒不解，掙開懷抱，盯著硃安世的臉看。

「不許盯著看，不許說一字！聽見沒有？」

驩兒忙點著頭，轉開眼。

「這才是乖孩兒。」

硃安世坐下來，一邊攬著驩兒說著話，一邊心裏暗想出城計策：以杜周、減宣的老道，河底秘道一定是被封閉了，現在扶風防守更嚴，輕易逃不出去。黃門詔使那輛軺傳車只有傘蓋，沒有遮擋，也不能隱藏。杜周明日要回長安，說要帶走驩兒，今天劫了軺傳車，又剃了鬍鬚，這鬍鬚不能白剃，既然杜周沒發覺假冒黃門詔使，使點計策，於路上劫了，城外寬闊，又有汗血馬，應好逃脫。

盤算好後，硃安世對驩兒說：「叔叔有條計策救你出去，不過你得先回官府去。」

驩兒略一遲疑，隨即說：「好。」

「怕不怕？」

「不怕。」

硃安世見他如此信任自己，一陣感慨激蕩，道：「你放大膽子回去，硃叔叔死也會救你出來！」

驩兒點頭說：「嗯。」

硃安世又囑咐了些話，才讓驩兒回去，自己暗中跟隨，見官軍捉住驩兒，送回府寺，又隨杜周送到減宣宅中。才放心回到驛館，

這時已經時近午夜，驛館中寂靜無聲。他先溜到側房裏，那御夫正要醒不醒，硃安世見案上

有壺水，便澆些在他臉上，御夫驚醒過來，開口要叫，硃安世早已捂住他嘴，用匕首逼著，嚇唬了幾句，命他跟著，輕步回到自己宿房，用衣帶捆了，汗巾塞住嘴，扔到牆角，讓他繼續睡，自己也睡了三個時辰。

天微亮，硃安世就起身，解了御夫捆綁，脅迫他到院中，駕了車就要走。驛丞聽到聲音，來不及穿戴，跑出來款留早飯，硃安世説聲「不必」，驅車離了驛館。來到東門，門尚未開，硃安世擠著嗓子高聲叫喚，門值見是黃門詔使，慌忙開了門，放下吊橋，硃安世叫聲「走！」御夫駕著軺傳車，疾駛出城。

*****

兩個兵卒擁著那小兒來到府寺庭前。

小兒頭上身上盡是血跡，杜周忙令查看，只有肩上一道淺傷，其他都只是濺到的血跡。杜周這才放心，命人帶到後面，擦洗敷藥。

這時成信前來回報：他帶人馬在城內巡查，走到南街口，卻見那小兒迎面跑過來，正好捉住。

杜周心裏疑道：這小兒應是趁亂摸黑逃離，該遠離府寺才對，怎麼反倒往回跑？

成信見狀，忙又道：「南街外有巡查衛卒，小兒恐怕是見到衛卒，所以才掉頭回來。」

杜周微點點頭，問道：「共幾個刺客？樣貌看到沒有？」

「大約七、八個，夜黑混戰，加之刺客都以巾遮面，所以未看到樣貌。他們各個身手快捷，攻勢凌厲，而且彼此呼應，進退有度，不像是尋常草莽盜賊。卑職四下查看，只在後院找到一截衣襟，應是鬥殺時，從刺客身上削落的。」

成信説著取出巴掌大一片斷錦，杜周接過細看：蒼底藍紋，織工細密，銀線繡圖，纖毫畢現。因只有一角，不知所繡何圖，只隱約看著像是鷹翅之尖。

減宣接過去看過後，道：「王侯巨富之家才能見到這等精緻錦繡。」

＊＊＊＊＊

司馬遷回到家中，急忙找出所藏的那卷《太初曆》，打開一看，點頭笑道：「果然是兒寬筆跡！」

衛真在一旁大惑不解。

司馬遷又取出延廣所留帛書殘片，展開鋪到竹簡上：「見到簡卿，我就似乎想起什麼，卻又道不出，後來説著話，才忽然想起，這帛書上是兒寬筆跡！這卷《太初曆》，是當年兒寬親手抄寫贈於我的。」

衛真湊近低頭，仔細辨認後，吃驚道：「果然是同一人手筆，這麼説，這帛書是兒寬寫的？他留給延廣，延廣又留給主公？兒寬早就知道秘道盜書的事？」

司馬遷沉聲道：「兒寬一生溫良恭謹，位至御史大夫，可為則為，不可為則止，天子有過，也不敢匡諫，善於順承聖意，才得善終。他知曉此事後，怕禍延子孫，定是不敢聲張，卻又良心不安，所以才留下這帛書給延廣。方才問及兒寬家人，簡卿神色大變，恐怕正是因為此事。以我猜想，兒家子孫若非已經遭禍，則必定是避禍遠逃了。你速去找到簡卿，請他來宅中。」

衛真忙叩首勸道：「主公怎麼又要管這事了？先前延廣遇難，現在又牽出兒寬，他們位列三公，都無能為力，主公即便查出真相，又能何為？兒寬堂堂御史大夫，至死都不敢說出這事，主公何必要自蹈禍海？」

正說著，柳夫人忽從後堂走出：「衛真，你不必再勸。你先下去吧。」

衛真忙起身退出。

司馬遷看妻子神情冷肅，正要開口解釋，柳夫人卻搶先說道：「你要說什麼，我盡知道，請夫君聽我一言——方才你走後，我反覆思量，才自覺失口，不該拿那些話來勸你。你我為夫婦已經二十餘年，我何以不知，以你之脾性，若想做一件事，誰能勸阻得了？何況事關《論語》？孔子一生言傳身教盡在於此。五百年帝王早化作塵土，而孔子仁義之道，澤惠至今。你要修史，若寫不好孔子之傳，一部史書將如人少了一隻眼。夫君放心，此事今後我不會再勸一字。只懇請兩件事——」

柳氏說著便叩拜下去，司馬遷忙伸手扶住：「難得你如此深明大義，司馬遷在這世間並無什麼知己，能有夫人如你，夫復何求？你有什麼話盡管說。」

「一，請夫君千萬小心，萬萬謹慎，如今已有兩位御史牽連進來，這事恐怕包藏著天大的禍患。」

「這我知道，我也怕死，更怕牽連你和兒女。」

「第二件事正是為兒女，女兒已經出嫁，有罪恐怕也不會牽連外族，只是這一對兒子，我思前想後，想了個防患之策，只是不敢說出口……」

「你說。」

「我看近年多有官宦富豪之家，禍難將至，為保子孫性命，便教子孫改名換姓，移居他鄉，不知夫君可否——」

「那日在石渠閣看到櫃中秘道，我便已經遍體生寒，預感不祥，也在心中盤算此事。我只怕你捨不得他們，便沒有提起，既然你我不謀而合，無須多說，此事宜早安排。」

*****

次日清晨，杜周命人備駕回京。

有了御詔皇命，現在回京，更是名正言順，減宣也無話可說。

那小兒昨夜關在減宣宅中，有重兵把守，再無刺客來襲。衛卒將小兒帶了過來，杜周盯著小兒細看，小兒仍像昨日，咬著下唇，不言不語，但碰到杜周目光，眼睛一閃，忙低下了頭。杜周令人去驛館，請黃門詔使同行，嘴裏吩咐著，眼睛餘光卻一直不離小兒。小兒聽到，忽又抬頭望向杜周，碰到杜周目光，又立即躲開，左顧右盼，顯然是在裝作無事。

侍者去了片時，回來報說天剛亮，黃門詔使就已出城去了。那小兒眼看著地下，耳卻一直豎起在聽。杜周看在眼裏，吩咐帶小兒下去，換一套衣服。
滅宣前來送行，杜周道：「有事勞你。」
滅宣勉強提起精神：「大人盡管吩咐。」
「途中盜馬賊必會劫這小兒。」
「他怎敢有這膽量？」
「此人昨夜就在你我面前。」
滅宣瞪大了眼。
杜周心中氣悶，嘴角微微一擂：「黃門詔使。」
滅宣越發吃驚：「在下眼拙，並未察覺。不知大人從何看出？」
原來，初見那黃門詔使，杜周便覺可疑。夜間躺在床上，細細琢磨，一一找出十一處可疑：
一、那詔使從未見過；
二、聲音聽著古怪，並非黃門自然發出的尖細聲；
三、宣讀詔書時聲氣猶豫；
四、衣裳略短，並不合身；
五、黃門大都皮膚光潔，那詔使遞過詔書時，手上皮膚粗糙，結著厚繭；
六、那雙手厚實有力，像是習武之人；

七、黃門在宮中，常年躬身低首，身形卑恭，那詔使卻氣宇軒昂，甚有氣概；
八、黃門在宮內謙卑，一旦出宮，見到官員，奉旨宣詔時，卻又有一種仗勢之驕，那詔使卻正相反，說話舉止均含忌憚；
九、那詔使始終不敢與自己對視，但說到那小兒，雖是夜晚，仍可感到他目光陡然一亮；
十、匆匆就走，似在逃離；
十一、軺傳車御夫昏倒在車上。
其中，杜周斷定至少有兩點確鑿無疑：
一、這詔使必定是假冒；
二、他假扮詔使必定與那小兒有關。
至於此人身分，杜周卻無法猜出。直到剛才，說到詔使，從那小兒眼神中，杜周才又另斷定三點：
一、那假冒詔使是硃安世；
二、小兒昨夜逃走後，又他主動回來，定是硃安世的主意；
三、硃安世讓他回來，定是因為無法逃出城，因此要趁自己帶小兒回京途中，設計劫奪。
見減宣問，杜周不願多言，只答說：「猜測。」
減宣一半疑一半愧，不好細問，便道：「大人高明，在下這就去部署人手，沿途暗中防護。

叫他自投羅網。即便那盜馬賊不來，也須防備那起刺客。」

杜周點頭道：「多謝。還有一事。」

「請說。」

杜周在減宣耳邊低語幾句，減宣聽後點頭，隨即叫來親信書吏，低聲吩咐了一番，那書吏受命去辦。

部署已定，杜周上車，叫長史帶著小兒，坐一輛箱車，跟在自己軺車之後，隨即命令啟程。五十名輕騎護著車駕駛出東門，向長安行進。行了十幾里路，見前面一輛宮中軺傳車翻倒在路邊，左邊車輪斷裂掉在地上，御夫昏倒在車旁，昨夜那個黃門詔使滿身塵土，哭喪著臉站在路上。

杜周看到，命令停車，那黃門詔使一瘸一拐走過來，正要開口說話，杜周吩咐一聲：「拿下！」五十名護衛立即拔刀抽劍，驅馬圍過來，兩邊林中也突然跳出數百兵卒，賊曹掾史成信執劍當先。

黃門詔使大驚，但隨即打了一聲響亮呼哨，向旁邊林中大叫道：「兄弟們，一起上！」護衛們聞言，都扭頭向林中看，杜周忙喊道：「快拿下他！」

話才出口，黃門詔使已抽出佩刀，兩步飛跨過來。杜周車前有四名先導騎衛，黃門詔使唰唰揮刀，向前面兩匹馬腿上各砍一刀，兩匹馬受傷驚跳，馬上兩個騎衛不防備，都摔下馬來。黃門詔使行步如飛，又揮兩刀，後面兩匹馬也相繼中刀驚跳。眾人大驚，尚未看清，黃門詔使已經飛身來到杜周車前，一刀砍倒御夫，跳到車上，一把抓住杜周，等杜周明白過來，黃門詔使一隻腳踩住自己肩頭，刀已逼在頸項上。

黃門詔使大叫：「交出那孩子！」

眾騎衛和兵卒全都驚呆，手執刀劍，圍在四周，不敢亂動。

路邊林中傳來一陣馬蹄聲，隨後一聲馬嘶，汗血馬揚鬃奮踢，飛奔出來。

黃門詔使又叫：「快將那孩子給我！」

杜周嘶聲叫道：「給他！」

後面那輛廂車前簾掀開，長史滿臉驚慌，哆嗦著從車裏探出身來，隨後拉出小兒，小兒被反捆著，滿臉滿身是血。黃門詔使見狀大怒，一拳重重打在杜周臉上。杜周從出生起，從未遭過這等重擊，顴骨劇痛無比，嘴角連連抽搐，但他只悶哼了一聲。

黃門詔使隨即拽著杜周，拖下車，朝長史大叫：「解開繩索！讓孩子過來！」

長史忙把小兒抱下車，解開繩索，送到黃門詔使面前，黃門詔使朝路旁衛卒叫道：「讓開！」

衛卒們看看杜周，又看看成信，成信也茫然失措，杜周這時卻已恢復冷靜，沉聲道：「放他走。」

衛卒讓開一條路，黃門詔使挾著杜周，叫小兒跟著自己，慢慢退到人圍外，來到汗血馬邊，叫道：「讓他們扔了兵器，退到路那邊。」

杜周向成信點頭，成信只得抛了劍，其他衛卒們也紛紛扔掉刀劍，一起向後退。

杜周腿上一痛，被黃門詔使猛踢一腳，重重跌到地上，黃門詔使抱了小兒，飛身上馬，吆喝一聲，飛奔入林，蹄聲如滾豆，急密遠去，消失於林深處。

成信喝令一聲，衛卒們忙奔過來揀起兵器，紛紛上馬，衝進林中去追捕。

長史和左右手下也忙趕過來扶杜周，杜周心中羞憤至極，但盡力沉著臉，擺擺手，自己從地上慢慢站起來，叫了信使過來，吩咐道：「回報減宣，依計行事。」

信使領命，騎了馬向扶風奔去。

這時，兵卒在土坡後發現黃門詔使，扶著出來，杜周命人攙上後面廂車中。

隨即，也不要人扶，自己上了車，命啟程返京。

第九章 夾擊之策

硃安世救了驩兒，騎著汗血馬沒命狂奔。

見驩兒滿身是血，他心中焦急，卻顧不得查看。

快要奔出林子，前面依稀有條小路，硃安世吆喝一聲，汗血馬一聲長嘶，更加快了速度。正在奔行，前面忽然現出幾騎，排成一個弧形，立在林子邊，一共八騎，一色西域蒼黑駿馬，馬上人全都蒼青繡衣，面罩青紗，手執長柄利斧，衣襟上都繡著一隻蒼鷹。

昨夜那些蒙面客？

硃安世見勢不對，忙撥轉馬頭，向左邊要走，那八騎立時驅馬，仍做弧形，圍趕過來。八匹馬雖不及汗血馬神駿，卻也都是西域良駒，輕易無法甩開。

左奔不幾時，前面又現四騎，同樣黑馬繡衣、青紗遮面、手執長斧。那四騎迎面奔來，斧刃寒光閃閃。硃安世忙又左轉急奔，後面十二騎會合一處，列成一個大弧，圍追不捨。驩兒嚇得哭起來。硃安世忙安慰道：「驩兒莫怕！有硃叔叔在！」

他雙腿夾緊馬肚，解開腰帶，把驩兒拴緊在自己身上，而後掣出長刀，繼續左轉，向林子另一邊奔去，那十二騎隨即也調轉馬頭，依然緊逼不捨。奔行不久，前面又現出四騎，迎面堵上來，仍是同樣裝束。硃安世忙回頭看，後面十二騎已圍過來，與前面四騎漸漸合成大半圓，不斷挨近，圍攏縮逼。

驪兒哭得更加厲害，嚇得聲音都變了。硃安世卻已經顧不得這些。眼下，只有來路上才有空缺，而官軍很快就會追到，別無他法，只有朝著蒼衣黑騎硬衝過去。

十二騎與另四騎之間空當較大，硃安世便打馬急向那個方向衝去，等到那裏時，左右兩騎已經逼近，左邊一騎更近，揮動長斧就向驪兒砍來，硃安世忙揮刀擋開，那人斧柄一轉，向汗血馬後身砍去，硃安世急扯韁繩，汗血馬猛一側身，險險避開那斧。這時，右邊一騎也奔到近前，斜揮長斧，又向驪兒砍來，驪兒一聲尖叫，硃安世忙舉刀擋住，斧力沉猛，幾乎震落長刀。硃安世一驚，隨即翻腕，向那人反擊一刀，削向他的脖頸，那人急忙側身躲閃。硃安世轉身又反手一刀，刺向左邊那人胸前，那人正雙手高舉著利斧，要砍下來，見刀尖直刺過來，慌忙倒仰身子躲開。

硃安世這兩劍刀不實擊，只想逼退兩人，見破出空當，急忙拍馬前衝，然而剛才稍一耽擱，另外兩騎已經疾奔過來，攔在前面。硃安世不等他們舉斧，先帶馬直衝向左邊，一刀疾砍，左邊那人猝不及防，慌忙躲開，硃安世又撥轉馬頭，右奔兩步，一刀揮向右邊那匹馬，右邊那人異常兇悍，並不管馬，揮斧向驪兒砍去，驪兒又驚叫起來，硃安世不等他斧頭過來，急忙翻腕，刀向那人臂膀砍去，那人左臂一痛，已被割到，才慌忙避開。硃安世打馬便走，其他十二騎卻已先後趕來，各個揮斧逼近。

硃安世見硬衝難過，一旦十六騎圍合成圈，就更難脱身，便急轉馬頭，回身返奔。剛才四騎攔在面前，硃安世無暇細想，直衝向最左邊，向那人連攻三刀，那人剛才臂上受傷，心有餘悖，左遮右擋，連退兩步，硃安世乘機衝破包圍，向來時方向回奔。那十六騎也隨即撥轉馬頭，緊追過來。

＊＊＊＊＊

杜周車駕從西邊直城門入城，長安熙攘如常，像是什麼都不曾發生。

杜周臉上被硃安世拳擊處，猶青腫一片，尚在痛。他不能用手掩住，這車又無遮擋，雖然路人看不到，門值及迎面行來軺車上的人，卻都能看到，眼中都露出同樣的驚異。這等恥辱，即便當年做小吏時都未曾受過，杜周卻只能裝作不知。

多年歷練，他心緒越煩亂，面上便越陰沉。他深知除非有意為之，絕不能示人以短。何況倘若追不回汗血馬，性命都危在旦夕，這點點恥辱又算得了什麼？

他不回家，先到府寺，也不叫醫，只擦拭乾淨，使命屬下都來議事。

這些下屬看到杜周臉上之傷，都不敢問，一起裝作不見。

左丞劉敢率先回稟了三件事：

「其一，京中謫戍罪人逃亡生亂一事。已前去查明，戍伍出了長安，北上途中，延廣家中兒孫數人一起死亡，是在夜裏被人割斷喉嚨，不知何人所為。延廣家人因此與押送護衛起爭執，護衛鞭打了幾人，延廣母親被鞭，倒地猝死，延廣家人更加憤怒，奪了護衛的刀，砍傷了幾名護衛。卑職接到大人旨令，便同京輔都尉趕去辦理，卑職因看詔書上明示要嚴辦，因此依照大人舊例，下令處斬了延廣家主僕中所有八歲以上男子，共計三十二口。其他謫戍之家均不敢再生事，戍伍繼續啟程，此事已經平定。」

杜周聽後，只微微一點頭。這樁事他並未放在心上，劉敢經他著意教導幾年，處置這等事不過是隨手應景而已。

劉敢繼續稟告：「其二，扶風所捉那老兒。卑職接到長史傳信，即命人查看簿記。二十一年前，淮南王叛亂平定後，除被斬萬人，波及之族盡被發配西北邊地，其中有三百人被遣往湟水屯戍。戍卒兵器正是從淮南王武庫中收繳得來。由此可確知，那老兒正是當年湟水戍卒之一。卑職已傳信湟水，查明此人身分，半月之內必有回音。」

有下落就好辦，杜周說了聲：「好。」

劉敢又稟告第三件事：「其後卑職又收到大人傳信，立即去西市橫門大街捉拿『春醴坊』賣酒的樊仲子，那人似已得信，先已逃亡，只捉得酒坊中僕役六人，搜出若干金寶禁物。再三拷問，這些人確曾見硃安世與樊仲子有過往，硃安世盜馬一事，他們並不知曉。至於樊仲子下落，他們也並不清楚。不過，卑職已探得這樊仲子與茂陵郭公仲有瓜葛，郭公仲曾為盜賊，數次被捕，均以錢財抵罪，卑職已遣人前往緝捕。」

杜周聽到「硃安世」，一股怨毒從心底騰起，嘴角不禁微微抽搐，扯痛臉上之傷，但只是低低「哼」了一聲，隨即從懷中取出昨夜扶風刺客衣襟上削落的那片斷錦：「再去查明這個。」

＊＊＊＊＊

天微微亮，司馬遷就和妻子送兩個兒子出城。

直送了三十里，才停下來，到路邊驛亭休息。司馬遷看著一對兒子，心裏是雖然淒楚難捨，還能忍著淚。柳夫人卻從幾天前就開始偷偷流淚，今天一路行來，淚未曾乾過，下了車，才拭了淚，這時抓住兩個兒子的手，眼淚又止不住滾下來。

大兒十八，小兒十六，年紀雖不大，卻都稟了父親剛梗之氣，忍著淚，擁著母親笑語安慰。

司馬遷將家裏財產全部變賣，換成五十金，兩兒一人一半，各分派了一個老成家人看護。把自己的複姓「司馬」拆開，給兩兒各賜一姓：「司」字加一豎，改作「同」，給大兒，「馬」字加兩點變作「馮」，給小兒㊿。讓他們一往東，一向南，各自求生路。

他又取出祖傳的玉佩，那玉佩是由兩條玉龍團繞成一個玉環，龍的首尾是接榫而成，可以拆為兩半，各成一枚半圓玉玦，司馬遷將玉環拆開，兩個兒子各傳一枚玉玦。

最後，司馬遷囑咐道：「盡量走遠些，到地僻人稀的地方，給你們的錢財，一半用來置些田地房屋，一半留作積蓄以備不患。雖不多，卻也足以安家立業、度日過活。離開之後，萬萬不可對人談及父母家世，也不要寄書信，無須掛慮家中，我自會安排停當。過幾年，各自婚配成

㊿此據「同」、「馮」二姓起源的民間傳說。

家，自己主張，不必稟告。若日後平安無事，我自會去尋你們。」

兩兒垂首聽著，不住點頭答應。

「書要讀，理要明，但不許登仕途——」司馬遷繼續道，「我只盼你們能世世務農、清靜度日。存心須正，處事要端，待人以敬，不可貪慕富貴、捨本逐末。為人一世，但求無愧。你們兩個夜半自省，若能心中坦蕩，便是最大之孝。」

兩兒一起跪下：「父親教誨，兒定會銘記。只求二老能身安體康，早日家人團聚，讓兒能在身邊服侍雙親，養老送終……」

兩兒哽咽難語，哭了起來，重重磕著頭，淚水滾落塵土，柳夫人聽了更加傷痛，嚎啕大哭，司馬遷這時也再難自持，淚水滾熱而出。

良久，司馬遷才強忍住淚，說道：「好了，上路吧。」

柳夫人哭著抓住兩個兒子不放，司馬遷含淚勸了又勸，柳夫人才放開手，兩兒又重重跪拜，連連磕頭，後才哭著上車離去。

*****

那十六騎緊追不捨。

雖然汗血馬神駿無匹，一時間卻也難以擺脫。硃安世忽然想起昨夜府寺中情形，心想：好，就來個虎狼鬥！

他驅馬直直向來時方向衝去，奔了不多時，隱隱見官軍馬隊迎面追來，很快逼近，只見賊曹掾史成信當先，近百騎勁卒緊隨，蹄聲奔雷一般，直殺過來。

硃安世大叫道：「硃爺爺在此！」

那些衛卒見到，紛紛大叫：「馬賊在前面！」

硃安世毫不減速，直衝過去。

成信忙喝令：「小心不要傷到汗血馬！盡量活捉賊人！」

硃安世聽後暗喜，回頭見十六騎依然緊追不捨，更加高興，驅馬繼續前衝，等近在咫尺，眼看就要與成信迎頭撞上，才急轉馬頭，向右邊疾奔。成信大驚勒馬，其他前列衛卒也趕忙急停，後馬撞前馬，亂成一團，硃安世趁亂急奔。

那十六騎隨後追到，見硃安世向右邊奔去，也隨即向右急追。成信及幾個衛卒都認出那蒼色繡衣，又見他們面遮青紗，成信急忙下令：「兵分兩部，一部追馬賊，一部捉拿這些刺客！」

硃安世在前疾奔，後面官軍與十六騎緊緊圍追，一半官軍得令，執刀揮劍殺向那十六騎，那十六騎起先並不理睬，只拼力追擊硃安世，但那些官軍逼近後，便不得不揮斧廝殺。硃安世回頭看到，哈哈大笑，不再逃奔，驅馬只在林子裏兜圈，引得那十六騎被官軍越追越近，越圍越多。

等十六騎全被官軍拖住後，硃安世才打馬疾奔。官軍的馬不如那十六騎，漸漸被他甩遠。

硃安世卻不敢大意，奔出林子，沿著小路，直奔了半個時辰，離開小路，穿進田野，又東繞西折，確信官軍再追不上時，才在僻靜山原、密草叢中找了個山洞，牽馬躲了進去。

硃安世抱驢兒下馬，才仔細查看他的傷勢，驢兒卻掙開他的手，縮到角落，渾身簌簌發抖。

硃安世忙走過去伸手攬住：「驢兒不用再怕，追兵已經被我甩遠，他們找不到這裏。」驢兒卻繼續掙著身子，小聲哭起來。硃安世起先以為他只是受了驚嚇，仔細一看，覺得不對，忙取了水囊，用袖子蘸著水，擦拭驢兒臉上血跡。驢兒不停躲閃，硃安世一手抓住他，一手繼續擦，擦了一半，大驚：小兒不是驢兒！

面前這小兒只是身形樣貌大致似驢兒，頭上臉上都是血汙，不細看，根本看不出來，再加剛才事情惶急，哪裏能分辨得出？

硃安世抓住小兒喝問：「你是誰?!」

小兒被抓疼，大聲哭起來。

硃安世忙鬆了手，忍住急火，小心安慰：「你莫哭，我不會傷你，你好好跟我說，你到底是誰？」

問了好一陣，小兒才哭著說：「我叫狗兒……」

「你家在哪裏？你怎麼會在那車上？」

「我爹是賣醬的，今天早上爹讓我去倒溲溺，提著桶剛出門，街上有個人過來，看見我，就朝我笑，過來抓著我去跟爹說話，說府裏大人要借用我一天，還給了爹一大串錢，爹高興得了不得，就答應了，那個人就把我帶到府裏，給我好吃的吃，讓我換了這套衣服，又抹了些豬血和泥巴在我頭上、身上，讓我跟著那個大人坐上車，說帶我出來玩耍，然後你就來了，然後……嗚嗚嗚，我要回家……」

小狗兒又哭起來，硃安世氣惱之極，一腳將洞壁上一塊岩角踢個粉碎。

*****

「黃門詔使果然是那盜馬賊偽裝，正要捉拿，卻被他突襲，劫持了執金吾杜周大人，奪走了那小兒。卑職率人追趕，誰知有十六個蒼衣刺客冒出來攪擾，那盜馬賊乘亂逃走了。那些蒼衣刺客身手迅猛，又都騎著西域良駒，殺傷我衛卒十幾個，也都突圍逃走，卑職無能，有辱使命。」

減宣聽了成信回報，厲聲斥責了一番，心裏卻暗歎杜周果然眼力毒準。便命人帶小兒出來，不一時，驩兒被引了進來。成信見到，大為吃驚，才明白被奪走的小兒原來是替身。

減宣吩咐道：「將這小兒帶到市口，綁在街中央。」

成信忙小心問：「大人這是？」

減宣道：「那盜馬賊屢次捨命救這小兒，定不會輕易罷手。眼下只有用這小兒引他出來，你速率人埋伏，等那馬賊自投羅網。這次若再失手，你就自行了斷，不用再來見我！」

成信口裏答應著「是」，心裏卻大不為然。

減宣看他欲言又止，更加惱怒：「怎麼？你覺著我這計謀不好?!你有更高明的計策？」

「卑職不敢！大人計謀甚好，卑職只是擔心那盜馬賊不會輕易落套。」

「他來不來是他的事，你只需盡好你的本份！」

「是！只是……」

「什麼？」

「還有那些繡衣刺客，他們志在殺那小兒，卑職擔心盜馬賊沒引來，倒留下空子讓那些刺客得手。如小兒死了，那盜馬賊就更無羈絆了。」

「我也正要捉拿那些刺客，他們若來，一併給我拿下！若小兒死了，唯你是問！」

「是！」

成信不敢再說，愁眉苦臉忙押了驩兒，領命退下。

*****

衛真見司馬遷夫婦整日愁悶，便提議出城去走走，一為散心，二來正好可踏看一下石渠閣秘道通往何處。

司馬遷攜了柳夫人，駕車從未央宮西面直城門出城，到了郭外，向南略走了一段路，到了雙鳳闕下，此處正是與石渠閣平齊的地方，衛真估算秘道方向、里程，向西一望，不禁伸出舌頭：「建章宮！」

其實聽衛真說秘道是向西時，司馬遷已隱約料到，秘道應是從未央宮通往建章宮。

建章宮是五年前興建，因天子嫌長安城裏地狹宮小，所以在長安城外、未央宮西營建了這建章宮，周回二十餘里，奢華宏麗遠勝未央宮，人在建章前殿之上，可俯瞰長安全城。因與未央宮隔著城牆，為方便往來，凌空跨城，造了飛閣輦道，從未央宮可乘輦直到建章宮。

秋風習習，秋陽如金，建章宮玉堂頂的轉樞之上，那隻銅鳳迎風旋動，光耀熠熠。

衛真抬頭遠望宮牆樓闕，搖頭道：「建章宮裏千門萬戶，這可就不好找了。」

司馬遷問道：「秘道是否向正西？」

衛真閉著眼回想：「底下黑漆漆，當時心裏又怕，只記得洞口是向西，直直走了一陣子，而後似向左折了……」

「從你來去的時辰看來，秘道並不甚遠，出口應在建章宮東側，兮指宮和駘蕩宮這兩處在最東頭，離石渠閣最近。」

「我從門縫裏張看，那間屋子並不很寬敞，倒像是宮人、黃門議事之處。」

「從宮中竊書，必不敢在正宮大殿裏公然出入——」司馬遷向來只在未央宮太常官署行走，建章宮只在建成時去過一兩回，仔細回想了一下道：「我記得東牆內有一排房舍，或是在那裏？」

「我得再去秘道走一遭，才能辨得確準些……」

柳夫人忙勸道：「那秘道不能再去，一旦被察覺，萬事休矣。還是先去打問一下，建章宮東側是哪些黃門主事。」

司馬遷點頭稱是，命御夫伍德駕車回城。

衛真忙道：「既然已經出城來了，渭水之上，秋景正好，主公主母何不去遊賞遊賞？」

司馬遷見妻子滿面哀容、神色憔悴，心中湧起愛憐，伸手握住妻子的手：「你我很久沒有一起出來走走了，今日天氣晴好，且去賞一賞秋色。」

第十章　虞姬木櫝

乃母！乃母！乃母！

硃安世忍不住連聲大罵，自己居然中了杜周奸計！

他見狗兒哭得可憐，沒辦法，只得等到天黑，把狗兒送到扶風城外，叫他自己走到城下，等天亮進城。

打馬回到山洞裏，雖然連日勞累，卻哪裏睡得著？手摸到光溜溜的下巴，更是怒不可遏。越想越氣，恨恨道：劉老彘！杜老鼠！這孩子我救到底了！

話雖如此說，等氣消了些，平心細想時，卻不得不皺眉喪氣，現在再去救驩兒，比先前越發艱難。

眼下扶風城裏必定監守更嚴，雖然杜周已回長安，減宣仍在，也是個老辣屠子手，不好對付。何況自己剃了鬍鬚，又不能再扮蕭門，光著一張臉，極易被人認出。思來想去，沒有好辦法。更何況驩兒此次被擒，實乃自己的過錯。早知如此，前夜既已找到驩兒，何苦自作聰明，又讓他回去？

正在氣悶，忽然想起一人：東去扶風幾十里，有一市鎮名叫槐里，硃安世有一故友在那裏，名叫趙王孫，是當世名俠，為人慷慨豪義。

他本不想讓老友牽涉進來，但眼下獨力難為，只得去勞煩老友了。

硃安世便乘著天未亮，騎了馬，悄悄向東邊趕去。到了槐里，晨光已經微亮。

硃安世當年曾與趙王孫約定，遇到緊急事，要訪他時，為避人眼目，在鎮西頭大楊樹上拴一條黑布帶，打三個節，然後到鎮外一處古墓等待。硃安世趁這時還沒人出來，爬上那棵大楊樹，在一根伸向路邊的高枝上拴好布帶，然後下樹打馬離開，走了二三里，到一處僻靜低谷，找見那座古墓，便躲在殘碑後面枯草叢中，讓汗血馬伏在草裏，自己也坐著歇息等待。因為疲倦，不久睡去。

睡了一陣子，一陣簌簌響動將他驚醒，硃安世忙攀著殘碑偷望，來人卻不是趙王孫，而是一個女子，正撥開枯草走過來。

那個女子二十多歲，面容嬌俏，體態嫵媚，一對杏眼顧盼含笑，兩道彎眉斜斜上挑。硃安世認得，這女子名叫韓嬉，是秦國公主後裔，當年漢高祖劉邦攻破咸陽後，公主趁亂逃亡，流落到民間，隱姓換名。韓嬉的母親嫁了一個鹽商，二十年前，朝廷下詔，不許民間製販鹽鐵，鹽鐵從此收歸官營。韓嬉父親得罪當地豪吏，不但鹽場被奪，全家也被問罪族滅。韓嬉當時年幼，幸得父親故交的一位俠士相助，藏匿起來，才得以存活。

韓嬉從小跟著那位俠士，四處逃亡，學了一身遊俠飛盜的本事，因是個女子，又生得嫵麗動人，因此名聞四海，不論遊俠盜賊，還是王公貴族，都爭相與她交接，以能得她片時笑語為榮。

怎麼是她？

砞安世暗叫晦氣，知道躲不開，只得站起身，從殘碑後走出來。

韓嬉一眼見到砞安世，上下掃視一遍，目光最後停在砞安世下巴上，剛說了個「你……」，一手指著砞安世下巴，一手袖子掩住嘴，呵呵呵笑起來。砞安世被她笑得難堪，又不好發作，皺著眉頭瞪著她。韓嬉見他這副神情，笑得更加厲害，也顧不得掩嘴了，雙手捂著腹部，直笑得彎下腰，幾乎癱倒。

砞安世惱火道：「笑什麼！」

韓嬉勉強收住笑：「莫非你在宮裏……」

砞安世氣哼哼道：「莫亂猜，是我自己剃的。你來做什麼？」

「剃了好，白嫩了許多，以後進宮就更便易了。」韓嬉一邊笑著，一邊從懷裏抽出一條黑布帶，上面打著三個節，是砞安世剛才掛在樹上那根。

砞安世氣道：「怎麼在你手裏？」

半晌，韓嬉才算止住大笑，抿了抿笑散亂的鬢髮，直直盯著砞安世的眼：「多年不見，故友重逢，怎的沒一句暖心的話？這樣狠聲狠氣，不說你欠了我，倒好像我欠了你一般。」

砞安世知道她難纏，勉強笑了一下：「你找我做什麼？」

韓嬉仍盯著砞安世：「明知故問，我可是追了你好幾年了。」

砞安世哈哈笑起來：「你還記掛著那匣子？」

韓嬉眉梢輕揚，伸手摘了身邊一朵小野菊，輕輕捻動，杏眼流波，望著砞安世道：「是我的東西，永遠是我的，千里萬里，千年萬年，也要討回來。」

硃安世笑道：「那匣子上又沒有刻你的名字，怎麼就成你的了？那本是虞姬之物，誰有能耐誰得之，我又不是從你手裏奪的。」

二人說的「匣子」是項羽愛妃虞姬盛放珠寶的木櫝。當年項羽殺入咸陽，盡搜秦宮寶藏，揀選了最稀有的珠寶珍玉，賞賜給虞姬。垓下之戰，虞姬自刎，項羽自剄，高祖劉邦為安撫項羽舊部，厚葬項羽，並將虞姬合葬，虞姬的珠寶木櫝也隨葬墓中。有個盜墓賊偷盜了項羽墓，得了這個珠寶木櫝，要送給韓嬉以求歡心。硃安世無意中得知了這個消息，於半路盜走，送給了自己妻子。

韓嬉輕嗅小菊，幽幽道：「我愛上哪樣東西，哪樣東西就是我的。」

硃安世知道她的性子，便謊稱道：「那匣子幾年前就早已經丟了。」

韓嬉纖指拈下一片花瓣，微微撮起紅唇，吹了一口氣，將那片花瓣吹向硃安世臉上：「丟了也有個落處。」

硃安世伸手拂開花瓣，仍笑著道：「我另找一件好東西賠你。」

韓嬉又捻動那朵小野菊，輕歎道：「今日今時今地，這朵花就是這朵花，哪怕一萬朵蘭蕙，也抵不過眼前這一朵。」

硃安世雖然不耐煩，但也只能賠笑道：「我現在有急事要辦，等辦停當了，一定找回那匣子，原樣奉還。」

韓嬉嘴角輕輕一撇：「呦，又來跟我打鬼旋兒。」

硃安世乾笑了兩聲：「我怎麼打鬼旋兒了？」

韓嬉冷笑一聲：「你不用再遮掩，我知道那匣子現在哪裏。」

「在哪裏？」

「在你家的妝奩櫃子裏。」

硃安世見她說到妝奩櫃子，暗暗心驚，看來她早已知道實情，只得賠笑說：「你既然知道，那就更好了。等我辦完手頭這件事，立即回家取了來，奉還給你。」

韓嬉聽了，忽然扭頭喚道：「趙哥哥，你聽見了？你出來吧，給我們做個證見。」

話音剛落，不遠處一棵樹後走出一個胖胖的中年男子，是趙王孫。

硃安世立即明白：定是韓嬉纏著趙王孫，讓他先躲在樹後。

趙王孫呵呵笑著走過來，見到硃安世光溜溜下巴，也覺得好笑，怕硃安世難堪，便故作厲色道：「惹了滔天大禍，不騎著那胡驢子趕緊逃命，還敢來找我？」

趙王孫是當年趙國王族後裔，被秦滅國後，其祖淪為庶民，朋友間都不叫他名字，只叫他趙王孫，後來連他本名都忘了。

硃安世忙拱手一拜，誠懇道：「碰到一件扎手的事，我一個人實在對付不了，才來向趙大哥求助！」

趙王孫哈哈笑道：「快活的時候不見你，有事就想到趙大哥了？」

硃安世知道他是在打趣，不過想到驩兒本就在被官府追捕，又出現那些蒙面刺客，雖然不知道底細，但看身手做派，又敢闖劫府寺，來路定不尋常。此事干係不小，實在不該讓趙王孫牽連進來，因此心中著實生愧。

趙王孫又笑道：「那馬呢？讓我也開開眼！」

硃安世輕聲打個呼哨，汗血馬從殘碑後站起身，邁步走了出來，趙王孫抬頭看見這匹天馬神駒，不由得讚歎：「果然名不虛傳，一生親見汗血馬，不枉英雄千里馳。」

硃安世道：「我還故意弄汙了它，剪殘了它的毛，若是洗刷乾淨，毛髮長齊，那才真正是天馬凌風。」

韓嬉笑道：「我正在想這幾年子錢㊾該怎麼算呢，這匹馬還好，勉強可以抵過。」

硃安世拍拍馬頸說：「我逃命全仗著它了。」

韓嬉斜睨而笑：「你怎麼逃命我不知道，但你要騎了它，只有死路一條。為了我那匣子，我勸你還是捨了這馬。」

趙王孫也道：「嬉娘說得是，現在全天下都在追查這匹馬，哪怕汙殘了，到底是天馬，不難認出。你盜其他東西還好，偏偏盜這匹馬，等於騎了個大大的『盜』字在路上跑，你這頑性也太

㊾子錢：利息。漢代把高利貸商稱作「子錢家」，「子錢」為利息。見《史記・貨殖列傳》：「長安中列侯封君行從軍旅，齎貸子錢，子錢家以為侯邑國在關東……」

大了些。」

砵安世聞言，歎了口氣。刺殺天子未果，他胸中始終難平，心想總得殺殺劉彘威風，劉彘既愛汗血馬，就盜走汁血馬。這一節他不願啟齒，只道：「我哪裏是頑？你沒跟著那李廣利西征，哪知道其中的辛酸氣悶？為奪西域良馬，六萬大軍征伐大宛，那些將吏個個貪酷，克扣軍糧，凌虐士卒。等攻克大宛，士卒死了上萬人，一半戰死，一半竟是餓死。上萬性命最後只換來十四汗血馬。一匹馬值一千人性命。大軍回來，那劉老彘不但不罰，反倒將他的小舅子李廣利封為海西侯，將吏封賞上千人，那些士卒卻只得揀條殘命回鄉。我不盜他一匹馬，實在洩不去心裏一團火。」

趙王孫聞言歎息，韓嬉卻笑望著砵安世道：「你盜走一匹，他就能再去奪十四，又得賠上幾萬條性命。」

砵安世聽她說的其實在理，這普天下，只要劉彘想要，幾乎沒有什麼他得不到。自己與他對抗，只如螞蟻搏猛虎。念及此，頓時鬱悶喪氣。

趙王孫察覺，笑問：「你不遠遠逃走，來找我作什麼？」

「忙中添亂，攬了一樁事，纏住我，解不開，所以才來向你求助。」

「可是扶風城那小兒？」

「你怎麼知道?!」

「這兩日到處風傳你的事蹟，連杜周都被你戲耍了，受你牽連，我們這裏都家家戶戶的搜查。那小兒究竟什麼來歷？你為了他鬧這麼大動靜？」

「我也不知道他什麼來歷，只是受人之託，那孩子又乖覺可憐，撂不下手。」

「你也算盡心盡力了，況且你本身就已擔了滅族之罪。」

硃安世低頭歎了一聲道：「唔！前次本已經救出了那孩子，結果我一時考慮不周，又誤中了杜周的奸計，害那孩子又被捉回去，事由我起，怎好不管？況且你我都是做父親的人，怎麼忍心見人家孩子受這個苦？只是我一個人應付不過來，又犯蠢，剃了鬍鬚，更加不好行動了。」

韓嬉聽他說到鬍鬚，又呵呵笑起來。

趙王孫也忍不住笑道：「你現在這個樣子的確不能再露面了。你權且在我這裏躲一陣，至於那小兒，我聽說你的消息後，已經派人去扶風打探，午後應該就回來了。到時我們再商議。」

三人正說著，一個人撥開荒草走了過來，硃安世認得，是趙王孫的管家。那管家也一眼就看到硃安世的下巴，一愣，不敢笑，忙拱手垂眼拜問一聲，又向趙王孫稟告：「衣服取來了，莊客已在外面等候。」說著將手中一個包袱遞給硃安世。

趙王孫道：「槐里有公人巡查，去不得，你先到我莊子上躲一躲，這是一套莊客的衣服，你換了吧。」

硃安世接過衣服，道聲謝，便要脫衣服，忽想起韓嬉在一邊，忙躲到殘碑後面去換衣服。

韓嬉笑道：「呦，還害羞呢。」

趙王孫和管家一起笑起來，硃安世頓時漲紅了臉，扭頭道：「嘿嘿，你不羞，我一個男兒漢羞個什麼？」便不管她，大模大樣脫下外衣，換上布衣。將換下來的衣服包在包袱中。

趙王孫道：「趁天還早，路上人少，快些走吧。」

四人一起離了古墓，出了山谷，來到路上，十幾個莊客騎著馬等在路邊，趙王孫教硃安世騎了汗血馬，混在莊客隊中，一起趕往農莊。

＊＊＊＊＊

成信押著驩兒到了市口。

他先挑了百十個精幹衛卒，都裝扮做平人，在街口周圍巡視、樓上樓下潛伏。又分遣人馬，埋伏在城裏城外，日夜輪值，一刻不休。四面城門則照平日規矩，任人進出。

布置已定，叫人找來一根木樁，拿了一根粗繩，親自押著驩兒到街口，將木樁豎起在市口街中央，命衛卒拿繩索將驩兒牢牢捆綁在木樁上。

人們見一個小童被綁在木樁上，都覺得奇怪，但看風頭不好，不敢駐足，更不敢近前，都遠遠避開。本來這街口人流如織，這時卻頓時冷冷清清，只有那一干衛卒不時裝作路人往來。

守了一天一夜，並沒有動靜。

第二天清晨，東城門才開，門值見一個小童獨自走進城來，抓住一問，原來是裝扮驩兒的狗兒，忙送到成信那裏，成信又急忙領到減宣面前，一起盤問，狗兒說：盜馬賊夜裏送他到城門前，然後騎馬飛快地走了。至於其他，一概不知道。減宣只有命人送他回家。

一連三日，街口上始終不見動靜，成信有些焦急，減宣也暗自忐忑，但又想不出更好的計策，便仍命成信繼續嚴密監守。

第十一章　高陵之燔

伍德駕了宅中廂車，載著司馬遷夫婦，驅動車子，向北緩緩而行。一路秋風舞秋葉，來到渭水之上，兩岸秋樹紅黃，一派秋水碧青，日暖風清，讓人胸襟大開。伍德聽司馬遷讚歎，便扯轡停了車，司馬遷扶妻下車，讓伍德歇車等候，夫妻二人並肩沿河岸，漫步向東遊賞，衛真在後面緊隨，不時說些趣話逗兩人開心。

走了一陣，對岸看到高祖長陵，北依九嵕山、坐鎮咸陽原，陵塚形如一隻巨斗，倒覆於土原之上，俯覽著長安城。

衛真笑道：「太祖高皇帝不放心自己的子孫，把陵墓端端建在北邊高地上，日夜望著長安，從駕崩到今，望了九十五年了，他看著兒孫作為，不知道中意不中意？」

司馬遷和柳夫人聽到「兒孫」兩個字，觸動心事，均都黯然神傷。

衛真見狀忙岔開話題：「聽說當年高皇帝最厭儒生，聽人談及儒術，必定破口大罵。如果有客戴著儒冠來見，他必要奪扯了客人儒冠，扔到地下，當著眾人面，溺尿在裏面。當今天子獨尊儒術，高皇帝在墓裏見到，不知道這三四十年罵了多少。」

司馬遷搖頭道：「你只知其一，不知其二。高帝生性粗豪放蕩，群臣也多起自草莽，登基之後，把秦時苛繁禮儀全都廢除，君臣之間素來言語隨意。但平定天下之後，大宴群臣，大臣在席間飲酒爭功，妄呼亂叫，甚至拔劍擊柱，醜亂不堪，高帝這才深以為患，卻也無可奈何。

當時有儒生叔孫通⑥⓪，上奏高帝，願為制定朝儀，高祖應允。叔孫通召集魯地儒生三十人，共定了一套禮儀，訓練群臣。恰恰是整一百年前，長樂宮建成，群臣朝賀，叔孫通演示朝儀，諸侯群臣全都振恐肅敬，無人敢喧嘩失禮。高帝見了大喜曰『吾乃今日知為皇帝之貴也』。當朝興儒實始於此。」

衛真聽了，笑起來：「當初楚霸王項羽攻入咸陽後，要引兵東歸，說『富貴不歸故鄉，如衣繡夜行，誰知之者！』有人笑他是『沐猴而冠』，長樂宮那天朝賀，可謂是數百隻猴子一起冠戴起來裝模作樣。」

司馬遷苦笑一聲道：「孔子在世時就曾深歎——『人而不仁，如禮何？』禮之本，在愛人敬人，如果心中不仁、胸懷不敬，禮則徒具其表，自欺欺人。禮越多，詐偽越多。大興禮儀，其實是在教天下人一起說謊瞞騙。」

「怪道人們常說『寧要真罵，不要假笑』。」

司馬遷點頭歎道：「孔子本是一片救世仁心，後世只顧穿戴一張儒家之皮，儒者之心卻漸漸喪盡。」

兩人正在議論，柳夫人望著對岸長陵，忽然問道：「延廣那帛書上是不是有什麼『高陵』

---

⑥⓪ 叔孫通：（？～約前一九四），秦末漢初期儒家學者，曾協助漢高祖制訂漢朝的宮廷禮儀，先後出任太常及太子太傅。詳見《史記‧叔孫通傳》。

『高原』的句子？」

衛真忙答：「有！有一句『高陵上，文學燔』！難道『高陵』是指高祖之陵？」

司馬遷連連點頭：「有這可能！第一句『星辰下，書卷空』，指明《論語》失竊秘道，這一句莫非是說《論語》下落？」

衛真問道：「『文學燔』該怎麼解釋呢？」

司馬遷答道：「『文學』是文雅之學，今世專指儒學。『燔』者，焚也，是焚燒之意，陵墓之上，也有燔祭，焚燒柴火或全獸，祭拜先祖。」

「難道《論語》被盜之後，送到長陵來燒了？」

「冒天大風險挖秘道，費盡心思辛苦盜出，為何要燒？何況長陵有人看守，哪裏不能燒，非要拿到長陵來燒？」

「莫非盜書人深恨儒家，所以才去盜書焚毀？」

「現在天下人人學儒，爭先恐後，讀書之人盡都藏買儒經，哪裏能燒毀得盡？何況秦宮《論語》用古字書寫，遍天下也找不出幾個能識的人。即便深恨儒家，也不必燒這一部。」

兩人議論半天，找不出頭緒。也走得乏了，就慢慢回去，坐車返家。

柳夫人在車上道：「聽你們說『高陵燔』，我倒是想起了一件舊事，我家原在關東，後被遷徙到長陵邑，兒時曾親見長陵便殿遭過一場大火，當時我才七、八歲，那火燒掉了大半個殿，濃煙升到半空裏。人都説這火來得古怪，議論紛紛，説是天譴，當時聽著心裏怕得很，雖然隔了三十多年，記得卻格外牢。」

司馬遷道：「我也記得這事。那年我十一歲，第一次隨著父親進京，當時長安城裏也有許多人在議論，長陵令以及陵廟屬官全都被處斬。」

「我父親有位好友當時任長陵圓郎，正是因這場火，被問罪失職，送了命。一場火，死了多少人，卻並不是被火燒死。我還記得那火災是在四月春末，只隔了一個月，竇太后就薨了。又有人説那火災是個徵兆。」

「竇太后?!」司馬遷心裏猛地一震，忽然想起了什麼。

*****

趙王孫家人去扶風打探了消息回來：「減宣把那孩子綁在市口，顯然是設下陷阱等人去投。現在扶風城外鬆內緊，到處都是伏兵，要救那孩子，千難萬難。」

硃安世聽説驩兒還活著，稍放了些心，但想到他小小年紀，卻要遭受這些磨折，不由得罵道：「可恨！竟拿一個小孩子做餌！」

趙王孫也搖頭歎息：「漢興百年以來，吏治一直都還清儉，直到當今天子重用酷吏張湯，這吏治才日漸嚴酷起來，後來為官做吏者都效仿張湯。張湯雖然執法嚴酷，倒還能清廉自守，不避權貴。那張湯後來被誣告納賄，自殺身亡，死後家產卻不過五百金，還都是天子賞賜，此外再無餘產。再看今世，趙禹、王溫舒、義縱、杜周、減宣……哪一個不是既酷又貪，變本加厲，愈演愈烈。無罪都要盡力牽連攀扯，何況有罪之家的婦孺？不說別人，你和嬉娘不都是僥倖得活的遺孤？你救的那小兒，據我猜測，恐怕也是罪臣之後。」

硃安世氣悶無比，一掌重重拍向几案，案上酒壺酒盞都被震翻，酒水四流。他圓睜著眼怒道：「禍根不在這些酷吏，罪魁還是那劉老彘。若不是他縱容，這些臣吏哪敢這樣放肆猖狂？早知如此，那日就該殺了劉老彘！」

趙王孫和韓嬉聽了都張大眼睛，十分納悶，硃安世這才大略講了講那日在宮中行刺經過。

趙王孫聽罷，不由得吐了吐舌頭：「幸好你沒有動手，否則這天下已經大亂了。」

硃安世反問：「難道現在還不夠亂？劉彘繼位以後，奢侈無度不說，連年爭戰，耗盡國庫，只有重斂搜刮，又濫用酷刑。別說尋常百姓，就是王侯之家、巨富之族，哪年不殺上千上萬人？我倒不與這些人交往，趙老哥你交往的那些官吏富戶，現在還剩多少？」

韓嬉扶起酒壺，放好酒盞，用帕拭淨几案，重新滿斟了一杯酒，雙手遞向硃安世，笑道：「歇歇氣，歇歇氣！那天你就算真的得了手，也並不好。」

硃安世接過酒杯，皺眉問：「怎麼不好？」

韓嬉笑道：「你想，殺了劉老彘，還有劉大豬，殺了劉大豬，還有劉小豚，劉家子子孫孫有多少？你還是改行做騸工算了，與其斬頭，不如騸根，絕了劉家的戶，那才叫一了百了。」

趙王孫笑道：「這個法子仍根治不了。」

硃安世和韓嬉同問：「怎麼？」

趙王孫道：「騙了劉家，還有王家、朱家、呂家、霍家……這天下遲早還是要被某一家占了，到了這地位，恐怕誰都一樣。就拿我家來說，倘若當年我趙國勝了秦國，趙王做了皇帝，恐怕也不會比秦始皇好多少。就算有一兩代天子能賢明仁慈，誰家能保證子孫代代賢良？就像當今的劉家，高祖雖然出身無賴，當了皇帝，倒也沒有什麼大過，文帝、景帝，都還清靜節儉，輕徭薄賦，與民休息，天下過了幾十年還算清靜的日子，到了當今天子，說起來胸懷見地，遠勝前代，文治武功，天下繁盛，但就像硃兄弟所言，他對外連年窮兵黷武，對內搜刮殺伐無度，如今官吏貪酷，民間怨怒……」

硃安世問：「照你說來，就沒有法子治得了這病？」

趙王孫搖頭道：「諸子百家我也算讀了一些，平日無事時，也常思尋，卻沒想出什麼根治之法。」

硃安世低頭悶了一會兒，抬頭一口飲盡杯酒，道：「這些事我也管不得許多，眼下還是商議怎麼救出那孩子。」

趙王孫又搖頭道：「看眼下情勢，想救那孩子，像是去沸油鍋底取一根針，難，實在難。」

硃安世自己又斟了一杯酒，一口吞下，道：「實在不成，只有捨了這條命，衝進去，救他出來！」

趙王孫搖頭道：「不好，這樣硬衝，不但救不了那孩子，反白白搭上你一條性命。」

硃安世悶頭連連飲幾盞：「那孩子被捉，是我的錯，若那孩子有個好歹，我下半輩子也過不安生。」

趙王孫勸道：「還是從長計議，想必會有法子——」

韓嬉抿著嘴，略想了想，隨即眼波流動，笑道：「你們這些男人，只會硬來，不會軟取。其實這點子事有什麼難？若是我出馬，定會叫那減宣乖乖交出那小毛頭。」

硃安世大喜：「哦？你有什麼好手段？」

韓嬉笑盯著他問：「如果我救出那小毛頭，你拿什麼謝我？」

「不管你要什麼，我保管替你找來。就算你想要那劉老彘的七寶床，我也有本事給你搬出來。」

「那匣子的帳都還沒了，你先不要耍嘴賴賬。匣子是舊賬，現在是新賬，你可不要蒙混過去。」

「那匣子一定會送還給你。若你真能救出那孩子，今後不管你要什麼，我給你找了來就是了。」

「趙哥哥在這裏，話是你說的，今後不許賴賬！」

「我硃安世是什麼人，會賴賬？要什麼，你儘管說！」

「我現在還想不出要什麼，等我想出來再跟你要。」

趙王孫笑道：「我就做個證人。只是——你真有法子救出那小兒來？」

韓嬉纖指舞弄著一支筷子：「我自有法子，不過，還需要趙哥哥在扶風城裏的朋友幫幫手。」

「這好說，我的朋友你儘管調遣。其實就算是仇敵，你嬉娘說一句，再笑一笑，誰會不聽你的？」

「趙哥哥如今也學滑了，會說甜話兒了。」韓嬉呵呵笑起來。

硃安世忙斟了杯酒，雙手恭恭敬敬呈給韓嬉：「趙老哥說的是實話，嬉娘果然是嬉娘，我老硃先敬謝一杯。」

韓嬉笑著接過酒杯，卻不飲，盯著硃安世，眼露醉意，紅暈泛頰，媚聲道：「你可要記著，我韓嬉的債可不是好欠的，欠了我的，哪怕一根針一縷線，我這輩子都記得牢牢的，到死都要追回來。」

硃安世笑道：「等這些事都辦了了，你哪怕要我這條糙命，也隨你。」

韓嬉纖手舉杯，袖掩朱唇，一口飲盡，而後倒傾酒盞，眼波如灼，盯著硃安世：「好！你這句話，跟這杯酒，我已經嚥在肚裏，流進血裏，哪天了了賬，哪天才能忘。」

趙王孫笑道：「老硃這次是掉進蜂巢裏了，落在嬉娘手裏，能甜死你，也能蟄死你，哈哈——」

韓嬉嬌嗔道：「趙哥哥不但學滑了，更學壞了，這樣編排我。」

硃安世心裏也暗暗叫怕，但眼下救驩兒為重，日後如何，且邊走邊看，於是，不再多言，只是嘿嘿賠笑。

第二天清晨，韓嬉趕早就去了扶風城。

她隨身只帶了一些金餅銅錢和一個小小的籠子，籠子用黑布罩著，不知道裏面是什麼。

趙王孫和硃安世既好奇，又不放心，派了個機敏的家人偷偷跟去，查探內情。兩人在農莊裏飲酒閒談，等候消息。

*****

第四日清晨，減宣在宅裏剛睡醒，侍寢的妾氏忙起身，開門要喚僕婢服侍，抬頭卻見門樑上垂下一條白錦，頂端插著把匕首，錦帶上用朱砂寫了五個血紅的字：

饒你一命　硃

那侍妾不由得驚叫起來，減宣忙起身過去，看了錦條上的字，又驚又怒，寒透全身，立即喝人查問。

查來查去，毫無結果，正在氣急敗壞，成信滿面惶恐前來稟事：「稟告大人，那小兒……」

「被劫走了?!」

「沒有，不過……」

「不過什麼？」

「今早衛卒發現，小兒身上所捆繩索斷了。」

「怎麼斷的？那小兒現在何處？」

「小兒並未逃走，只坐在木樁下。卑職剛才親自去查看，繩索被齊齊割開，斷成幾截……天黑之前繩索還捆得好好的。」

「既然繩子斷了，他為何不逃走？」

「卑職也覺古怪，問那小兒，他卻一個字都不說，又不好用刑。」

「小兒身上藏有匕首？」

「前日捉到小兒時，卑職就曾親自搜查過小兒，倒是搜出一把匕首，已經收起來了。綁上木樁時，卑職不放心，又細搜了一遍，小兒身上並無一物。」

「必是送飯的人做的勾當！」

「卑職就怕有人私通，只派卑職家中一常年僕婦送飯，且每次送飯，都有兩個兵卒監守著一起去，街口上日夜都有衛卒監看，並不曾見有其他人靠近那小兒。」

滅宣氣得無言，愣了半晌，才取出門樑上掛的那條錦帶：「這是賊人昨夜掛在我門前的，你一併給我查問清楚。當年王溫舒讚你如何如何能幹，怎麼到我這裏竟成了個廢物！」

成信只有連聲稱「卑職該死！」

「你死何足道哉！但死前先把這事給我辦好，將盜馬賊給我捉來！」

*****

司馬遷回到長安，忙帶著衛真，去天祿閣翻檢史錄。

果然，建元六年四月，高祖長陵旁高園便殿遭火災，大殿被焚，天子還為之素服五日，距今已三十五年。同年五月，竇太后駕崩。

竇太后是漢文帝皇后、景帝之母、當今天子祖母，歷經三朝。她出生貧寒，素知民情疾苦，又信奉黃老之學，深喜《老子》一書，一生厭惡儒學。時常勸諫文帝節儉持國、清靜待民，實行無為而治。景帝時，竇太后曾召問儒生轅固生[61]，讓他品評《老子》，轅固生直言嘲笑《老子》是家下婦人之言。竇太后大怒，令轅固生到獸圈中與野豬博鬥。景帝在旁不敢違抗，見轅固生身單力薄，便偷偷送了他一把匕首，轅固生才刺死野豬，倖免於難。此後，再無人敢言儒學。

當今天子繼位後，拔用趙綰為御史大夫、王臧為郎中令，欲興儒學，兩人勸天子不必事事上奏太皇太后，竇太后聞言大怒，將趙綰、王臧下獄，兩人在獄中自殺，又罷黜了支持儒學的丞相竇嬰、太尉田蚡，興儒之事因此擱下。

直到繼位六年，竇太后駕崩，當今天子才得以自行其道，命田蚡為丞相，詔舉賢良儒者，重用公孫弘、董仲舒等，罷黜百家，獨興儒學。

司馬遷又查火災原因，史錄中並沒有記載。只有董仲舒一篇文章談及這場火災，當時董仲舒

---

[61] 轅固生：西漢齊人，精於《詩經》，景帝時為博士，為人廉直。武帝時，以賢良徵固，遭人讒忌，罷歸。曾正言教導公孫弘：「公孫子，務正學以言，無曲學以阿世。」（參見《史記・儒林列傳》）

歸居在家，聽聞此事，發了一篇議論，說此事是上天降災警示天子，應該誅殺僭佞貴臣，才能息天之怒。草稿才完成，被政敵無意中看到，偷偷竊走，密告給天子。天子拿這文章給左右大臣看，董仲舒弟子呂步舒當時在座，不知文章是出自老師，說此文大愚，言有譏刺。天子聽後命將董仲舒下獄，其罪當死，後又下詔赦免，董仲舒才保住性命，從此不敢再言災異⑫。

司馬遷邊查閱史料，邊反覆默誦那句「高陵上，文學燔」，始終查不出其中關聯，只得釋卷回家。

路上，衛真道：「這一年儒學才剛剛振興，帛書上那句卻說『文學燔』，恐怕說的不是這一年的事情？」

司馬遷道：「如果竇太后沒有駕崩，儒學哪有可能振興？竇太后一生厭惡儒學，見當今天子有興儒的念頭，恐怕不會輕易讓其得逞。」

衛真瞪大了眼：「難道是竇太后知道自己將不久於人世，為防止天子興儒，燒了儒經？」

司馬遷點頭沉思道：「秦始皇曾焚燒諸子百家書籍，又頒布禁民挾書律。漢興以後，二世惠帝廢除挾書律，自此民間才可藏書讀書。竇太后駕崩之後，儒學日盛一日，天子又採納公孫弘建議，在民間廣收藏書，獻書於朝廷能得重賞，儒家古經價值陡漲，人人求之不得，哪裏再會

⑫《史記・董仲舒傳》：「長陵高園殿災，仲舒居家推說其意，草稿未上，主父偃候仲舒，私見，嫉之，竊其書而奏焉。上召視諸儒，仲舒弟子呂步舒不知其師書，以為大愚。於是下仲舒吏，當死，詔赦之，仲舒遂不敢復言災異。」

有『文學燔』？如果儒經真的被焚，的確只可能是在竇太后駕崩之前。高祖長陵這一年發生火災，一個月後竇太后就駕崩，恐怕並非偶然。」

「只可惜沒有真憑實據。」

「凡事再隱秘，總會有蜘絲馬跡留下，慢慢查尋，應會找出一些跡象。」

第十二章　巫術異法

硃安世坐立不安：「那韓嬉不是在戲耍我們吧。」

趙王孫笑道：「嬉娘看似輕薄浮浪，其實心思縝密、手段高超，又會魅惑團籠人，但凡男子，見了她無不願意效力，她要什麼，向來難得落空。」

「你這麼誇讚她，莫非也被她魅住了？」

「哈哈，男子見了她，能不為之心蕩神迷的恐怕不多，難道你就不動心？」

「嘿嘿，動心真是沒有，只是我見到她，不知怎的，心裏始終有些怕怕的。活了這三十幾年，能讓我老硃怕的人，除了我那妻子，也只有這韓嬉了。」

「嗯，我倒忘了你那賢妻，不論美貌還是聰慧，她比韓嬉毫不遜色，若論起貞靜賢淑，還更有勝之。」

「嘿嘿！」說到妻子，硃安世心頭一熱，不由得笑著歎口氣。

「你們夫妻已分別三四年了吧？」

「差十來天，就整四年了。等救了這孩子，我就去尋她母子。」

「你盜那汗血馬，恐怕也是因為歸心似箭吧？」

「嘿嘿，確實是想盡快找見她母子。」

「不過，我倒有句話，這汗血馬太惹眼，你不能再騎了。」

「我本是想騎到北地草野無人煙處，放了它，讓它自在去跑去活。眼下看，不如送給你。」

「哈哈，這禮太重，我不敢收。騎又不敢騎，只能藏在宅子裏看，要它何用？它剛剛在馬廄裏叫了兩聲，我聽到都心驚。」

「韓嬉想要它，那就送給韓嬉？」

「韓嬉也只是說說而已，這馬現在不是汗血馬，倒是塊大火炭，沾到誰，就燒誰。這兩天就暫且藏在這裏，等韓嬉救了那孩子出來，再商議。」

「好，不過還有一事要拜託你。」硃安世忽然想起心事。

「那孩子？」

「嗯，那孩子不能再跟著我了，等救他出來，趙人哥能否替我將他送到長安？」

「好，我也正是這樣想。」

*****

成信回去，一肚子怒火無處釋放，想起當初自己緝拿盜賊罪臣，南殺北討、東追西逐，不管貴戚豪富，還是強犯大盜，見了自己莫不驚惶逃竄，何等的威風？現在卻因這盜馬賊，屢屢挫敗，受盡責罵。

百般想不過，成信便命人把昨夜當值的所有衛卒全都吊在庭院裏，親自執鞭，一個一個拷打，打得手累臂軟，才喚手下繼續。那些衛卒已經受過拷問，這時痛上加痛，更加鬼哭狼嚎、聲震庭宇，拷問了半日，卻沒有一個知道繩索是如何斷的，更不知道那白錦帶從何而來。

成信無可奈何，只得到東市街口，又親自細搜小兒身上，衣縫都查遍了，也沒找到什麼東西，命人仍捆綁結實。自己來到街邊一家酒樓上，選了間窗口正對著街心的房，親自坐鎮看守。

僕婦送飯時，成信又下樓到街口，親眼監督那僕婦給小兒餵飯飲水。到了木樁前，卻見那小兒又閉著眼，嘴裏急速念念叨叨，仍聽不清楚在念什麼。僕婦拿湯匙舀了粥，喚小兒張嘴，小兒卻繼續念叨著，成信大聲喝他，他也不理。過了半晌，他才睜開眼，張開嘴，一口一口吃了。成信盯看著他吃完，才又回到樓上。

坐守一整天，並沒有看出任何異樣。

黃昏時分，信使忽然來報，命成信即刻去見臧宣。成信吩咐衛卒繼續當心監看小兒，自己忙趕到臧宣宅中，只見宅外卒吏密密圍定，進到宅裏，四處一片擾攘。到了中堂，見臧宣正在咆哮，不知道又發生了什麼大事，心裏慌恐，低頭躬身小心進去。

臧宣見成信進來，並不說話，怒氣沖沖將一件東西扔到地下。

成信忙撿起來看，又是一條錦帶，不過濕答答，浸透了水，上面仍是用朱砂寫了幾個紅字：

再饒你一命　硃

成信聞到錦條上散出湯羹味道，大驚：「這錦帶在大人湯飯中？」

臧宣身邊侍丞道：「剛才大人用飯，喝蓮子羹時，吃出一顆蠟丸，剖開一看，裏面藏了這錦帶。」

成信小心道：「當是廚灶及侍餐婢女所為。」

那侍臣答道：「相關人等已經全部拘押拷問，目前還無頭緒。」

「或是外賊潛入？」

「今早自發現了那門樑上錦帶，宅內外皆布置了重兵把守，外賊如何能進來？」

成信不敢再言，低垂下頭，躬身聽候吩咐。

減宣這時氣憤稍平：「這定是那盜馬賊為劫走那小兒，故造聲勢，街口可有動靜？」

成信忙答：「卑職親自監看了一整日，絲毫不見異常。」

「我這裏自有人來查辦，你快回街口，片刻不能離開，睜大眼睛看著，不要中了那盜賊詭計！」

「是！卑職告退！」

成信火急趕回街口，那裏一切照常，仍無動靜。

這時夜暮漸起，成信命人在木樁上懸掛一隻燈籠，光照著小兒，顧不得睏倦，上了樓，到窗邊，繼續親自監看。

夜色漸濃，街頭寂寂，除了偶爾飄過幾片落葉，爬過一隻老鼠，沒看到絲毫動靜。

熬到後半夜，成信實在熬不起，便吩咐衛卒嚴密監視，自己躺下歇息。睡了不一會兒，就被衛卒急急喚醒：「大人，那繩索又斷了！」

成信慌忙起身，到窗邊一看：小兒坐在木樁下，繩索散在地上。他急忙跑下樓去，奔到街口，見那小兒圓圓黑眼睛露著笑意。士卒撿起斷繩呈過來，成信接過來查看，仍是齊齊割斷。

身邊侍衛小聲說：「街市上人們都紛傳這小兒會巫術，恐怕是真的。只要到飯時，他就閉起眼，嘴裏念念叨叨，莫非是在念咒語。」

成信心裏也狐疑，卻不答，只吩咐另拿一條繩索，重新將小兒捆綁起來。那小兒聽之任之，眼裏始終露著得意。成信看著惱火，卻又沒有辦法。呆看了半晌，看不出什麼，只得又回樓上監看。

監守到天亮，再無異常。

*****

柳夫人親手置辦了些精緻小菜，溫了一壺酒，端上來擺好，讓司馬遷將那事暫放一放，先寬懷暢飲幾杯。

司馬遷笑著道聲謝，坐下來，舉杯要飲，忽又放下，另滿斟了一杯酒，讓妻子也坐下同飲。夫妻兩個很久沒有這樣對飲過，舉起杯，相視一笑，雖然日夜相伴，此刻卻像是分別多年、忽然重逢一般，心中都感慨萬千。

司馬遷望著妻子鄭重道：「此杯敬謝上天，賜我一位賢妻。」

柳夫人也笑道：「願我能陪夫君白頭一起到老，有朝一日父母子女能重新團聚……」話未說完，眼淚已滾了下來，忙放下杯，舉袖拭淚。

司馬遷溫聲安慰道：「你我難得這樣清閒同坐，今天就把心事都放下，好好痛飲幾杯才是。」

柳夫人點頭舉杯，兩人一飲而盡，柳夫人拿壺添酒，司馬遷伸手要過壺：「今天我來斟酒。」

兩人連飲了幾杯，想說些什麼，卻都不知從何說起，竟有些尷尬，互相看著，忍不住一起笑起來。

窗外秋意蕭瑟，這一笑，座間卻忽地蕩起一陣春風，暖意融融。

司馬遷伸臂攬住妻子：「你可記得？當年我們初見時，便是這樣笑了一場。」

柳夫人閉起眼，笑著回憶：「那時，你連鬍鬚都沒長出，一個呆後生，愣頭愣腦盯著我，眼睛也不迴避一下，像是從沒見過女子一樣。」

「哈哈，我自小一直在夏陽耕讀，見的都是些村姑農婦，十九歲才到了長安，看什麼都眼暈，何況見了你？」

「你是因為見了我才這樣呢，還是只因為見了長安的女子？」

「當然是因為你，見你之前，我已見到過了許多長安女子，見了你之後，眼裏再見不到其他女子了。」

「看你平時木木訥訥，今天喝了點酒，舌頭居然轉得這麼甜巧了。」

司馬遷哈哈笑著，將妻子攬得更緊：「你是我父親給我挑的，他臨終還告誡我，要仔細珍重你，不可負心。」

柳夫人笑著歎息：「是我命好，嫁個好丈夫，更遇到好公婆，二老當年——」

「對了！我怎麼居然就忘了！」司馬遷忽然想起一事。

柳夫人嚇了一跳，忙坐直身子：「你想起什麼了？」

「父親當年留下的書札！他曾經說起過天祿閣丟失古書的事情，他在書札中應該記有這事！」

司馬遷忙叫了衛真，去書屋翻檢父親所留書札。

司馬談做事謹細，書札都是按年月整齊排列，司馬遷只掃視片刻，就找到建元六年的書札，打開書簡，一條條細細查看，讀到當年八月，果然看到一條記錄：

天祿閣古書遺失九十五卷，其中孔壁古文《尚書》、《論語》、《禮記》、《孝經》七十二卷，魯地古文《春秋》二十三卷。

「果然！果然！可惜！可惜！」司馬遷連聲感歎。

柳夫人道：「看來那句『高陵上，文學燔』所言非虛，只是這條記錄是八月份，而竇太后駕崩在五月。」

司馬遷道：「可能父親當時並未發覺，或者那幾個月並未去天祿閣，所以晚了幾個月才察覺古經丟失。」

衛真道：「這些古經若真是竇太后所焚，為何不在後宮悄悄燒掉，跑到長陵便殿，鬧哄哄弄出一場火災來？」

司馬遷道：「竇太后當年雖然威勢無比，卻也怕留下焚書惡名。近百卷古經，在後宮焚燒，必定有人看見，藉祭拜高祖，燔祭柴牲，在便殿裏燒掉，則人不會起疑。至於火災，恐怕是黃門宮女不小心所致。」

衛真道：「她燒這幾十卷古經有何用？難道就能阻斷儒學？」

司馬遷又深歎一聲，道：「你哪裏知道？秦以後，經籍散亡，雖然民間還有一些私藏，大多殘缺不全，更有一些是後人篡改偽作。這孔壁古文是孔子家族代代親傳，秦代禁民藏書，孔子第八代孫孔鮒將其家傳古經藏於故宅牆壁中，才得以保留下來。直到景帝末年，魯恭王毀壞孔子古宅，這些古經才復現於世。孔安國將這些古經獻於宮中，藏在天祿閣裏。這些孔壁古經是當世唯一真本全本。就以《論語》來說，孔子亡後，眾弟子為其守孝三年，為紀念老師，教導後人，眾弟子追憶孔子生平言論教誨，合編成《論語》。後來弟子們四散各國，各主一說，儒學開始分裂，知名的就有八家，各家傳人不斷添減自家《論語》。所以，今日我們所見《論語》中雜有孔子弟子及再傳弟子言論。其實，最早編訂《論語》時，各弟子哪敢僭妄自大，把自己的言論加入《論語》中？如今，孔壁《論語》已經焚，《論語》原貌再也無由得見了，唉……」

衛真道：「雖然沒有了古本，儒學照樣還是興盛無比啊。」

司馬遷道：「如果這些古經真本真是竇太后所焚，她若地下有知，恐怕也要深恨大悔了。儒家本義在於『仁義』二字，竇太后雖然嘴上恨儒，卻一向奉行仁慈節儉，這不正是儒家之義？焚了古文真本，卻讓篡改偽作大行其道，人人自言其理，爭搶儒家正統地位，讓人無從辨別，更難於反駁。看如今之儒，心中裝的是什麼？嘴裏又道的是什麼？」

柳夫人道：「雖然我自己也身為婦人，卻不得不説竇太后此舉真是『婦人之仁』，就像母親怕孩兒被火燙到，就嚴禁孩子去碰火，可孩子天性好奇左逆，不讓碰偏要碰，哪個孩子不曾偷偷玩過火？」

司馬遷點頭道：「確實如火，火既可照明煮食，又可燒人焚物。任何一家學説，總是有利有弊。本來諸子百家，各有勝處，兼收並濟，才能除漏去弊，臻於全善。當今罷黜百家、獨尊儒術，已是固步自封、鉗心障目，焚了古經真本，更是減除了儒家之益，倒生出重重弊端。」

柳夫人道：「此事還有些疑竇未明，我昨天所説的那位長陵圓郎，他當年因火災失職被斬，他的妻子如今卻還在世，老伯母當年對我甚是疼愛，多年沒見，我也正想去探望，藉機打問一下，她也許還記得些舊事。」

*****

前兩夜的消息早已傳遍街市，人們紛紛來到街口看那小兒，街上人比平日多了幾倍，又不敢靠近，都遠遠躲著議論。

成信只得又調集了幾十個衛卒扮作平民，混在人群裏監看。直到黃昏閉市時，人群才漸漸散去，卻絲毫未見盜馬賊蹤跡。

又空折騰一日，到了晚間，成信疲憊之極，衛卒有輪值，他卻不敢去歇，只能斜靠著，盹一會兒，看一會兒；看一會兒，又盹一會兒，從來沒受過這等苦。又記掛著減宣那邊，不時派人去打探，回報總是仍在查問，並無結果。

成信心想：監看太嚴，那盜馬賊必不敢現身，這樣何時能了？得留個缺口讓他鑽才好。於是吩咐東街巡查衛卒撤走，其他街上監看的便服衛卒均躲到兩邊房舍中，街上全都空出來。又派兵卒在市外密密埋伏。

木樁上也不再點燈籠，只在小兒身上及繩索上掛了些鈴鐺，只要一動，便能聽見。

吩咐安排下去後，成信吃飽飯，少喝了些酒，命熄了燈，端坐窗前，靜待賊人落套。

這時正值月半，月光皎潔，照得街頭清亮。四周寂靜，秋風掠過時，落葉瑟瑟飄下，鈴鐺微微響動，此外再無聲息。除了夜半出來尋食的老鼠，也看不到任何影動。成信卻不敢懈怠，強忍困意，繼續屏息監視。

昏昏欲睡之際，忽然聽見鈴聲齊齊振響，只見那小兒動了動身子，木樁上繩索隨之滑落！

成信及其他衛卒都目瞪口呆，看著小兒伸胳膊甩腿，在活動身子，正在吃驚，卻見小兒身後的木樁忽然晃了晃，居然齊根斷掉，倒到地上！

成信輕聲吩咐侍衛，所有人都不要妄動，侍衛忙去傳令。

成信本來睏倦已極，這時頓時清醒，睜大了眼繼續盯著街心，那小兒活動了一會兒，卻不走，坐到地下，向四周張望，像在找什麼人。但很久都不見有人影，也再未出現什麼異樣。

一直盯看到天亮，成信才下了樓，到街口查看，小兒還抱膝睡著，繩索仍是斷成幾截，再看木樁，斷面與地平齊，平展展，像是鋸子鋸斷的一般。成信本來對鬼神巫術半信半疑，此刻親眼目睹，不由得不信了。

這時，小兒也醒來，揉了揉眼睛，抬頭望向成信，眼中又現出得意之笑，成信看著那雙黑亮亮圓眼，心裏不由得升起懼意。

侍衛在一邊問道：「大人，現在該如何處置這小兒？仍綁起來？」

成信這時心裏毫無主張，又不好露出來，只裝作沒聽見。

侍衛又問了一遍，成信怒道：「急什麼！」

第十三章　長陵圓郎

第三天清早，韓嬉回來了。

她滿面春風，搖搖走進門，硃安世和趙王孫忙迎上去。

韓嬉用手帕輕拭額頭細汗：「快拿酒來，好好犒勞我一下！」

硃安世忙問：「那孩子呢？」

韓嬉蹙眉嬌嗔道：「我累了這兩日，也不問聲好，道聲辛苦，一心只顧著那小毛頭。」

硃安世只得陪著笑，接她進屋，斟了一杯酒，雙手遞上：「你辛苦了，請先飲這杯酒。」

韓嬉笑著接過酒，呷了一口：「這才對嘛。」

趙王孫笑道：「嬉娘就不要再吊耍老硃了，事情辦得如何了？」

韓嬉忽然瞪起眼：「你派了暗探跟蹤我，這會兒又來問我？」

趙王孫笑道：「哈哈，什麼都瞞不過你這雙慧眼，我們只是不放心，才派了那家人去城裏看看，他至今還沒回來呢。」

韓嬉慢悠悠道：「你們不用等了，我給他派了個差事，正在扶風城裏蹲著呢。」

趙王孫笑道：「哈哈，我也正是這個意思，怕你需要人手。」

「呦！給個洞兒你就鑽。我看你該改名叫『趙王鼠』！」

「哈哈，你連日辛勞，請再飲一杯酒。」趙王孫笑著執壺，給韓嬉添滿了酒，才笑著探問，

「想來事情已經辦妥了？」

韓嬉舉起杯，小口啜飲，半晌，才放下酒盞，笑望著硃安世：「你得再敬我一杯，我幫你又添了些名頭。」

硃安世心裏焦急，卻不敢發火，又幫她滿上酒，陪著笑問：「什麼名頭？」

韓嬉笑眯眯道：「那減宣一向心毒手辣，威名赫赫，我替你好好嚇唬了他一場。」

硃安世不知道她在說什麼，只得繼續賠笑：「好！好！感謝嬉娘！」停了停，又問，「那孩子現在怎麼樣了？」

韓嬉輕描淡寫道：「我已經安排停當，今日酉時，到扶風城南三十里午井亭接他。」

硃安世和趙王孫面面相覷，不明就裏。

韓嬉又道：「不過還有一件事，我沒跟你商量就定了。」

「什麼？」

「你得用汗血馬換那小毛頭。」

＊＊＊＊＊

減宣一夜未曾安枕。

雖然府宅內外都有士卒嚴密巡守，卻覺著房裏各個角落都有盜賊藏身，再加上府裏人竊竊私語，都說那小兒是個妖童巫兒，夜裏只要有一點輕微響動，他便立即驚醒。

天剛亮，信使就來回報昨夜街頭又現怪事。減宣忙起身穿戴，命駕車去街口親查。剛坐上車，一抬頭，頭頂傘蓋內側用細線掛著一小捲白錦。減宣忙伸手拽下，打開一看，上面血紅幾行字：

最後饒你一命，今日酉時將小童送至城南三十里午井亭，以小童換汗血馬，若有伏兵，必取汝命！　硃

減宣忙收起來，坐在車上呆呆思忖：這盜賊神出鬼沒，那小兒又古怪無比，監守如此嚴密，卻能在自己宅裏隨意來去，飯食之中都能下手，他要取我之命，易如反掌，並不是虛言恐嚇。況且，汗血馬失盜，杜周負主要之責，我捉不到賊人，並非大過，就算捉到，也功歸杜周。我何必為此擔上性命？如果眾人議論不假，那小兒一身邪術，更加可怖，招惹不得。賊人說以小童換汗血馬，不知是真是假？如果是真，倒是求之不得，倘若是假，白白放了這小兒，我難逃私自縱賊之罪……

減宣盤算良久，猛然想出一條兩全之策，便命車駕前往府寺，召集屬臣前去議事，並叫人傳令給成信，帶那小兒到府寺中。

成信正不知該如何是好，接到減宣使令，忙命人押著小兒，很快趕到府寺，其他屬臣們都已聚齊。減宣命人仍將小兒關押到後院廡房中，嚴密看守。

減宣稍微定定神，道：「接連五日，都不見那盜馬賊現身，找不出他的蹤跡，這樣下去不是辦法，你們有何良策？」

眾人紛紛獻策，減宣都搖頭不語，後來兵曹掾史言道：「水靜才好釣魚，城裏四處都是衛卒，那盜馬賊當然不敢現身，不如引到城外，假託將那小兒遣送到長安，那賊人必定會在半路劫奪，到時趁機捉他。」

減宣等的正是這個計策，卻故意問：「前日執金吾就是用這計策，反被那盜馬賊得手，豈可再用這法子？」

兵曹掾史答道：「賊人上次得手，必定志驕意滿，正可藉其得意，誘他落阱。而且上次失策有兩個原因：其一，當時有執金吾大人在，正好被盜馬賊脅持，逼住了衛卒；其二，人馬埋伏在路兩邊，只顧捉拿，沒有防備逃路。此次不要大人出馬，不給賊人脅持機會，除路兩邊埋伏外，再細細查看地形，將所有逃路都派人守住，讓賊人無路可逃。」

減宣點點頭，又問：「在哪裏埋伏好？」

兵曹掾史答：「東邊驛道一路平闊，雖有樹林，藏不了太多伏兵，不如北路或南路，都有山有河阻擋，逃路不多，又好埋伏。」

「既說押送小兒東去長安，如何又選南北路？」

「兵法云：虛者實之，實者虛之。那盜馬賊狡猾之極，若不是已混入城中，則必定在城裏有其耳目。卑職想了條穩妥計策，不愁那馬賊不上當——先派一隊兵馬，用一輛廂車，再弄一個小兒替身坐在車裏，出東門走大道，露些破綻給那馬賊；而後再派一個人扮作平民，一人獨騎，帶著那小兒裝作繞道走南路或北路，仍露些破綻給那馬賊，馬賊見了，必定得意輕敵，偷偷尾隨真小兒。卑職在半路上埋下伏兵，小兒帶到那裏，故意下馬休息，等馬賊來劫，一舉擒獲。」

減宣大喜：「那就選南路，城南漳河口，左右河灘泥濘，只有一橋通南北。你速去部署，多帶人馬，多設幾重埋伏。漳河南邊是鄗縣地界，我發書召鄗縣縣令，率人馬前來協助。只是不知派何人帶那小兒出城誘賊為好？」

成信聞言，忙躬身道：「卑職願往。」

減宣更加高興：「此是成敗關鍵，也只有你能勝任。就這麼定了，你們速去安排部署，時辰就定在黃昏酉時，成信帶小兒到橋北口，等賊人出現，南北夾擊。」

眾人領命退下，各自去準備。

＊＊＊＊＊

柳夫人乘車，衛真騎馬護從，到了長陵邑。

當年那長陵圓郎雖然職位不高，但也算小富之家，長陵圓郎因為那場火災被處死罪，其家也隨之敗落，如今住在窄巷中，一小院仄暗的門戶。

柳夫人下車，輕輕敲門，開門的是一位中年婦人，是長陵圓郎的兒媳張氏。

柳夫人忙笑著問候：「嫂子好！」

張氏愣了半晌才想起來：「柳夫人？原來是你！快快請進，有好些年頭沒見了，竟認不出你來了。淺屋陋房的，都沒個乾淨地方讓你坐……柳夫人今天忽然光臨，有什麼事嗎？」

柳夫人忙道：「說哪裏話？又不是外人。因為好久不見，來拜望一下老太太，」
「婆婆已經過世了。」
「哦？什麼時候的事？」
「去年春天。」
柳夫人聽了，說不出話，半晌才歎息一聲：「竟是來晚了，都沒看到老太太最後一面。她的靈位可在？我去拜祭拜祭。」
張氏引柳夫人進了堂屋，昏暗中見正面木桌上擺著兩個靈牌。柳夫人忙走到桌前，跪在地下，想起兒時受過老太太的慈愛，誠心誠意，深深叩拜，心裏默禱了一番，良久，才起身。
張氏問道：「柳夫人今天來，恐怕還有其他事情吧。」
柳夫人道：「本來還想問老太太一樁舊事，誰知她已作古……」
「什麼事？」
「三十幾年前，長陵那場大火。」
「那時我也還是個小姑娘呢，你就更小了。你問這個做什麼呢？」
「倒也沒什麼，只是我丈夫編修史錄，覺得其中有些疑惑，我想起老太太親歷過那場火災，所以才來探問。」
「我婆婆在世時，也常常念叨那場火災，說我公公是被人嫁禍，冤死的。」
「哦？她是怎麼說的？」

「説火災前幾天，我公公就曾發覺事情有些古怪，那幾天，每到半夜，就有幾個人偷偷搬運箱子到高園便殿，藏在殿後的一間寢房裏，一共搬運了有七八隻箱子。他見那些人穿戴著黃門衣冠，知道是宮裏的宦官，帶頭的一個看冠冕服飾，職位還不低，所以不敢去問，裝作沒見。白天趁人不在，他偷偷溜進去，打開那些箱子，裏面全都是竹簡。後來，到那天，高園便殿忽然起火，公公帶人去救火，發現起火地點竟是那間藏箱子的寢房，公公怕那幾只箱子裏的竹簡很貴重，便冒火衝進寢室裏，火又大、煙又濃，什麼都看不見，他隨手亂抓，只抓到一根殘簡。不知道誰在寢室裏外鄰舍都澆了油，所以那火很快燃起來，根本撲不滅，把大殿都燒了。第二天公公就下了獄，被判失職，送了命。」

「那根殘簡還在嗎？」

「在，我婆婆説那是公公冤死的證據，一輩子都珍藏著，卻也從來沒機會給人看過，更不用説申冤了。」

張氏説著走到靈牌前，從靈牌後面取過一條細長的布卷，打開布卷，裏面一根舊竹管，管口用布頭紮著，她解開布頭，從竹管中倒出一根竹簡，竹簡已經發黴，一頭燒得焦黑。

張氏將竹簡遞給柳夫人，問道：「不知道這上面寫的是什麼？」

柳夫人接過竹簡，見簡上寫了一行字，是古字，也認不得。便道：「我丈夫大概能認得，這竹簡能否借用兩天？」

張氏道：「都已經三十多年了，現在婆婆也去世了，我們留著它有什麼用？柳夫人儘管拿去。」

柳夫人拜謝了，又寒暄幾句，留下帶來的禮物，告辭回去。

*****

趙王孫找來一把黑羊毛，讓硃安世黏在臉上作假鬍鬚，好遮人眼目。

硃安世對著鏡子，在頷下抹了膠，捏著羊毛一撮一撮往下巴上黏，費了許多氣力，卻始終不像，倒累得雙臂酸乏，正在惱火，身後忽然傳來一串嬌膩笑聲——是韓嬉，她斜靠在門邊，望著硃安世笑個不住。

驪兒的事情，韓嬉始終隻字不提，硃安世一直憋著火，卻只能小心賠笑，回頭看了一眼，嘿嘿笑了兩聲，繼續黏他的鬍鬚。

韓嬉搖搖走到他身邊，伸出纖指，輕輕拈住硃安世正在黏的一撮黑羊毛：「黏斜了，再往右邊挪一點兒。」

硃安世許久沒有接近過女子，韓嬉指尖貼在自己手指上，柔嫩冰涼，不由得心裏一蕩，忙嘿嘿笑了兩聲，縮回自己的手。

韓嬉笑道：「粗手笨指的，來，姐姐幫你黏！」

硃安世只能由她，嘿嘿笑著，伸出下巴，讓她替自己黏鬍鬚。

韓嬉左手托住他的下巴，右手拈起羊毛，一縷縷黏在他的頷下，手法輕盈靈巧。

這幾年，硃安世終日在征途馬廄之間奔波，看的是刀兵黃沙，聞的是草料馬糞。這時，臉頰貼著韓嬉的手掌，柔細滑膩，聞著她的體香，清幽如蘭，臉上更不時拂過她口中氣息，不由得閉起了眼，心醉神迷。

正在沉醉，卻聽韓嬉輕聲道：「鬍茬都已經冒出來了，黏不牢。」

硃安世睜開眼，韓嬉的臉只離幾寸，眉毛彎細，斜斜上挑，一雙杏眼，黑白分明，臉上肌膚細滑白嫩。比起妻子酈袖的秀雅端麗，另有一種嫵媚風致。硃安世全身一熱，忍不住嚥了一口口水，聲音異常響。登時窘得滿臉通紅。幸好韓嬉正專心致志在黏鬍鬚，好像沒有聽見。

硃安世乾咳了兩聲，才小心道：「還是我自己黏吧。」

韓嬉卻全神貫注，正在黏一小撮黑羊毛：「別急，就好了。」

硃安世只得繼續伸著下巴，不敢再看再想，重又閉起眼睛，盡力想著妻子生氣時的模樣，心裏反覆告誡自己：酈袖別的事都能容讓，這種事可絲毫不容情。

「哈哈，早知道，我也該剃光鬍子了！」耳邊忽然傳來趙王孫的笑聲。

韓嬉猛聽到笑聲，手一錯，一撮羊毛黏斜了，笑著叱道：「趙胖子，莫吵！」

硃安世怕趙王孫看出自己的窘狀，嘿嘿乾笑了兩聲。

趙王孫笑著走進來：「不吵不吵，不過下次我連頭髮也剃掉，你得好好替我黏一黏。」

韓嬉一邊繼續黏著，一邊笑道：「你最好連腦袋也割掉，我最愛替人黏腦袋。」

硃安世哈哈笑起來，韓嬉輕手拍了一下他的臉：「別亂動！」

三人說笑著，半個多時辰，髫鬚才全部黏好。

韓嬉拿過銅鏡遞過來：「嗯，好了，自己瞧瞧。」

硃安世接過鏡子一看：一部絡腮髫，鬚根密植，絲毫不亂，竟像是真的一樣。只是羊毛比自己的髫鬚軟，看起來比原先文弱一些。

硃安世笑著道謝：「多謝！多謝！」

韓嬉笑望著他，居然沒有再嘲戲，目光中也沒了慣常的輕佻銳利，竟露出幾許溫柔。

硃安世心裏又一蕩，忙轉開眼，問趙王孫：「如何？」

趙王孫端詳一番，讚道：「很好，很好。沒想到嬉娘竟如此心細手巧！」

第十四章　午井小亭

臧宣命人又找來狗兒，仍扮作驩兒，坐上廂車，一隊騎衛，大張旗鼓出東門。狗兒的父母上次就已擔驚受怕，現在兒子又被強行帶走，跟著車隊，一路哭喊，護衛將士故意呵斥狗兒的父母，吵嚷得路人盡知。

這一邊，成信穿了民服，到府寺去領驩兒。

臧宣見他來，摒退左右，對成信道：「我這府寺中有人私通賊人，已將計謀洩露給那盜馬賊。」

成信大驚：「何人如此大膽？」

「你暫時無須知道，我已命人暗地監看他，等捉了那盜馬賊，再一起審辦。」

「盜馬賊既已知情，眼下該如何是好？」

「裝作不知，將計就計。漳河邊的埋伏仍叫它埋伏，不要驚動那賊人。我已另行部署，你仍舊帶了小兒出城南，早兩刻上路，一路快奔不要停，過了漳河，酉時趕到午井亭，將小兒丟在那裏，你自己繼續騎馬向南奔。我已傳書鄗縣縣令，在午井布下埋伏。」

成信心裏略有猶疑，卻不敢多問，便領命去帶了驩兒出來，抱上馬。驩兒始終不言不語，只拿一雙圓眼盯著人看，成信心裏不自在，但有命在身，只得小心上馬，盡量縮後身子，不碰驩兒的頭背，心裏暗禱：這小兒別在半路上使出什麼巫術才好。

＊＊＊＊＊＊

硃安世心裏擔憂驩兒，急著要商議，韓嬉卻始終隻字不提，只讓靜待。

太陽西斜時，韓嬉才道：「時辰差不多了，可以動身了。」

硃安世巴不得聽到這句話，忙跳起身來，奔到後院牽出汗血馬。汗血馬一直藏在柴草屋裏，憋了幾天，猛然來到敞院，見到天光，頓時四足踢踏，揚鬃長嘶。

韓嬉說要用汗血馬換取驩兒，硃安世雖然捨不得，卻也只得答應。他輕拍馬頸，感歎道：「好夥計，你我相伴兩年多，現在卻要分別嘍……你莫怪我心硬，畢竟驩兒那孩子更要緊，唉……」

汗血馬似乎聽懂了，低頭在硃安世身上挨擦，硃安世更加不捨，伸手不住撫摸馬鬃。

韓嬉走過來道：「等會兒這馬就要交回給減宣了，這段路就給我騎騎，讓我也試試這神馬。」

硃安世忙道：「這馬進皇宮後，劉老彘也只騎過它一次，它眼裏只認我一個，你可得小心。」

韓嬉不信，伸手牽過韁繩，剛要抬腳踩馬蹬，汗血馬忽然長嘶一聲，揚起前蹄，韓嬉險些被掛倒在地。硃安世忙攬住韁繩，輕撫馬背，溫聲安慰：「好夥計，莫惱莫惱，這是我的朋友，還是天下出了名的大美人，你就讓她騎一騎——」

韓嬉正在氣惱，聽了這話，不由得笑靨如花，不過再不敢冒然去騎，站在一邊，等馬靜下來，才小心靠近。硃安世攙住她的胳膊，輕輕扶她上馬，這次汗血馬未再亂跳。硃安世牽著韁繩，在後院慢慢遛了一圈，看汗血馬不再抗拒，才把韁繩交給韓嬉。引著馬走到前院，趙王孫已經備好兩匹好馬，在大門邊等著。

趙王孫問：「真的不要帶些人手？」

韓嬉騎在馬上，不敢亂動，小心道：「不必，人多反倒礙眼。」

出了大門，硃安世和趙王孫各自上馬，一左一右，護著韓嬉，慢慢走了一段，看汗血馬似已接納韓嬉，這才逐漸加快速度，向午井亭馳去。幾十里路，很快趕到。距午井亭兩里遠，草野中有一叢柳樹，韓嬉扯住韁繩停下來：「我們就在這兒等。」

三人都不下馬，靜靜注視午井亭，硃安世心裏納悶，但看韓嬉微微含笑，似乎盡在掌握，知道問也白問，只能耐住性子等。

落日將盡，秋風裏一片平野，午井亭孤零零佇立在夕陽中。

＊＊＊＊＊

「果然是一支古簡！」

司馬遷小心翼翼接過那支殘簡，輕輕拈著，細細審視，簡上字跡已經模糊，但大致仍可辨認，他一字一字念道：

「子曰：天下者，非君之天下，乃民之天下。民無君，尚可耕且食，君……」[63]

還有幾個字，因下面一頭燒焦，已根本看不到字跡。

---

[63] 孟子曾言「民為貴，社稷次之，君為輕」。《禮記》有言「大道之行也，天下為公，選賢與能，講信修睦。」《呂氏春秋》也言「天下非一人之天下也，天下之天下也。」

衛真跟著念了一遍，吐吐舌頭說：「這句話實在有些大膽。」

司馬遷深歎一聲：「何止大膽，今朝誰要說出這等話，定是謀逆之罪，必誅九族。」

衛真瞅著殘簡燒焦的一段：「不知道後面這幾個字說的是什麼？」

司馬遷凝視片刻：「順著句意，大致應該是『君無民，何以存』的意思。」

「這話說得其實在理。以『子曰』開頭，難道是《論語》？」

「應當是。不過現在流傳各本，都不曾見這句話。」

「不過，孔子怎麼會說這種話呢？」

「雖然這句話我第一次見到，但據我所知，孔子說出這種話，不但不奇怪，反倒是必然之理。天下歸於一家一姓，其實是秦漢以後的事情，秦漢以前，天子雖然名為天下之主，卻絕非私有獨占天下。黃帝、堯、舜、禹時代，各部族聯盟，實行禪讓制，天下共主由各族推選，而且天子之位不能傳於子孫，即所謂『天下為公』，又稱為『大同』。孔子一生最敬仰，便是堯舜禹三王之道。」

衛真瞪大了眼睛，奇道：「我竟從來沒想過這事！從我生下來，這天下就是劉家的天下，一直覺得這是天經地義。可惜，可惜，我怎麼沒生在那個時候？『天下為公』這麼好，怎麼就中斷了呢？」

司馬遷沉思了片刻，才徐徐答道：「我也時常在想此事，源頭恐怕是私心私欲——起初人們同勞同食，彼此一視同仁。但人總有差異，力有強弱，智有高下，能者多勞，久了自然覺得不平，人心由此開始動蕩，生出分歧爭端，分出貴賤高低，並日盛一日、愈演愈烈。弱肉強食，成王敗寇。天下之位自然不再是有德者居之，而是有力者奪之。強者愈強，弱者愈弱，屠殺十萬、百萬人的性命，直到爭出個天子來。秦國嬴政便是最後的贏家，所以自稱始皇帝。雖然都叫天子，但古之天子與今之天子有天壤之別。」

「是從什麼時候開始，天下不再為公？」

「在黃帝之世，征伐早已開始。不過直到禹之世，天下各部族仍然還是禪讓制。當時皋陶輔助大禹治理天下，素有德望，禹便薦舉皋陶，要禪位給他，皋陶卻亡故了。」

「皋陶怎麼會死得那麼巧？」衛真睜大了眼睛。

「皋陶之死，我也懷疑，但史無明文，無從查證。」

「之後禹就傳位給自己兒子了？」

「沒有，皋陶亡故後，禹又薦舉另一位賢人，名叫益。禹死後，益本當繼天子之位，益雖然也是大賢，但功業尚淺，怕人心不服，就轉而讓位給禹之子啟，許多諸侯感念大禹恩德，也都去朝拜啟。啟於是繼位，建立夏朝。夏朝乃是歷史上極其巨大之轉捩，從此大道消隱，天下不再為公，開始『天下為家』世襲之制。」

衛真問道：「益是真心讓位嗎？」

司馬遷搖搖頭：「不得而知。」

衛真又問：「之前都是選賢舉能，啟壞了古時規矩，當時竟沒有人反對？」

「自然有一些諸侯不服，有一個諸侯國叫作有扈氏，有扈氏率部族反抗啟，啟發兵征伐，大戰於甘，即今日扶風南郊，啟大獲全勝，一舉滅了有扈氏，因此威望大增，天下賓服。」

「那就是以力奪之。」

「也不盡然。大禹治水，功在千秋，啟在當時也有賢名。一半在德，一半靠力。」

「高祖打下漢家天下，也是如此。」

「夏商周三代雖然『天下為家』，但大道公義尚未完全滅絕，那時方國林立，各自為政，諸侯只是朝貢天子，並不完全臣服。天子也絕不像後來秦漢帝王，能將天下占為己有、視為私產。」

「前日我聽主公誦讀《詩經》，似有一句『普天之下，莫非王土；率土之濱，莫非王臣』，周天子不也是獨占天下？」

「西周實行分封諸侯之制，天子只是天下共主，姬姓也並未盡占天下，諸侯國中尚有不少前代王侯及功臣，如幾個著名大國：齊國封給重臣太公望，是姜姓；宋國封給商紂王之兄微子啟；秦國則是嬴姓舊族……」

「高祖得了天下，各功臣也被分封了啊。」

「高祖可以分封功臣，也可以隨時誅滅，韓信、彭越、黥布、樊噲……這些赫赫功臣後代而今安在？當年白馬之盟，高祖就曾言『非劉氏而王，天下共擊之』。莫說這些異姓王侯，自景帝以來，劉姓諸侯王又剩了多少？西周天子則沒有如此殺伐獨斷之權。」

「難怪這支竹簡上，孔子會說這樣大逆不道的話。看來大逆不道的不是孔子，而是後世帝王。」

「孔子在世之時，周室早已衰微，天下紛亂，弒君三十六，亡國五十二，諸侯奔亡者不可勝數，天子更是有名無實。孔子憂患世亂，　生奔走，希望能撥亂反正，還天下太平。他深知天下不可無主，但更不可有暴君，所謂『苛政猛於虎』。因此才推崇上古王道，警醒世人。」

「今天誰還敢說這種話？難怪竇太后厭惡儒學，要燒了孔壁《論語》。她這樣做，反倒是幫了儒家，當今天子如果見孔子竟然說過這種話，怎麼可能大興儒學？」

「當今之儒早已不是當年之儒，今天的儒生，見了這句話，怎麼肯讓天子聽到見到？恐怕自己早就先悄悄燒掉了。」司馬遷長歎一聲。

「難怪現在所傳各種《論語》參差不齊，恐怕各家都爭著在刪除這種語句。」

「從這支殘簡來看，帛書上那句『高陵上，文學燔』所言應當是真的。」

柳夫人一直在一旁默聽，這時插話道：「據張氏說，她公公長陵圓郎當年見到七八隻箱子，不知道裏面共有多少卷古書？恐怕不止是孔壁《論語》被焚。」

司馬遷不由得又長歎一聲：「誰能料到，當朝也有焚書之事？而且做得如此隱秘？」

柳夫人也輕歎一聲：「這件事看似出乎意料，其實在情理之中，人都愛聽好話，厭惡壞話，聽到對自己不利的話，當然是深惡痛絕，恨不得堵住別人的嘴巴，何況是天子？手掌全天下人生殺予奪的威權，怎麼可能容忍有人公然違逆？」

司馬遷搖搖頭歎道：「堯舜之時，在街衢要道口，樹立『誹謗之木』⑭，用來傾聽民意。人有不滿，都可以刻字於其上。到今世，卻有了『腹誹』之罪，唉……」

*****

成信帶著小兒，共騎一馬，出了扶風城。

他想那盜馬賊有汗血馬，身手又快，不敢輕忽，不停揮鞭打馬，向南疾奔。很快到了漳河，左右看看，並沒看到伏兵蹤影。不由得暗叫可惜：這裏果然是伏擊的好去處，上千兵馬藏在密林山凹裏，卻絲毫不露行跡，若不是計謀洩露了，那盜馬賊定然逃不掉。

他心裏想著，馬卻絲毫不減速，飛快奔上石橋，駛過南岸，繼續疾奔，又行了七八里，到了午井亭。

這時已是黃昏，夕陽如金，秋風寂寂，亭子空落落立在路邊，遠近看不到一個人影，更見不到伏兵。

成信心裏納悶：這裏毫無遮擋，一望無餘，不知道人馬藏在哪裏？

*****

「來了！」韓嬉道。

⑭《史記・孝文本紀》：「古之治天下，朝有進善之旌，誹謗之木，所以通治者而來諫者。」

硃安世雙腿一夾，忙要奔出，韓嬉制止道：「不要急，再等等。」遠遠見那匹馬奔到午井亭邊，忽然停下來，馬上隱隱兩個人，一個成人，一個孩子。那個成人跳下馬，又把孩子抱下來，一起走進亭子。片刻，那個成人轉身離開了亭子，翻身上馬，繼續向南奔去，孩子則留在亭子裏。

硃安世睜大眼睛，仔細辨認，小小一點黑影，看不清是否驩兒。

「好了，走！」韓嬉打馬前衝，硃安世和趙王孫忙緊跟上去。

三匹馬疾疾奔行，等奔近一些，硃安世漸漸看清楚，亭中的孩子果然是驩兒，他驚喜不已，不由得朗聲大笑。

汗血馬跑得最快，等硃安世趕到時，韓嬉已經站在亭中，伸手攬著驩兒肩膀，笑吟吟等著。

「硃叔叔！」驩兒大叫著跑出來。

硃安世跳下馬，張開臂抱住驩兒，歡喜無比，如同見到自己兒子一般，接連把驩兒拋向半空，驩兒又叫又笑。

「好了，趕緊走吧，待會兒就有人來了。」韓嬉催道。

話音剛落，一陣蹄聲從東北面草坡上傳來，轉頭一看，八匹馬疾速衝下草坡，向亭子這邊奔來。

硃安世抬眼張望，心猛地一沉：八匹馬上的人都是蒼色繡衣，人人手執長斧，夕陽下斧刃金光閃耀。

*****

成信奔了幾里，又回頭時，午井亭已經小如一頂冠帽，卻不見了小兒，不知道是因為遠看不清，還是小兒已經走了。

成信越發納悶，卻只能照吩咐繼續奔行。快到渭河時，見前面一大隊人馬奔過橋來，近些一看，認出是郿縣縣令率隊，成信忙跳下馬，在路中央等候，隊伍奔到，郿縣縣令也認得成信，喝住人馬，在馬上問：

「成掾史？你為何一人趕來？賊人已經捉住了？」

成信大驚：「減大人不是命你在午井亭埋伏？你怎麼才趕來？」

「什麼？減大人是命我酉時四刻，到漳河口會合啊。」

「計劃已變，你難道不知？」

「我只接到這一道旨令，並未聽説計劃有變。」

成信驚得合不攏嘴：「那小兒我已丟在午井亭了！」

成信急忙上馬，狠命抽鞭，打馬回奔。到了午井亭，見亭裏空空，哪裏有小兒蹤影？

成信呆在原地，全身僵住。

郿縣縣令隨後趕到，下馬過來，連聲詢問，成信卻像是中了邪一般，大張著眼，根本沒聽到。

半晌，一騎快馬從北邊飛馳而來，是兵曹掾史手下信使，那信使見到成信，急停住馬，跳下來大聲問道：「成掾史，你是怎麼了？為何不依計行事，打馬就奔過漳河，不停下？那小兒在哪裏？」

成信這才回過神，他畢竟歷練已久，隨即明白：自己被減宣設計陷害！

百口莫辯，唯一之計，只有逃走，他偷看看左右，趁人不備，奔出亭子，飛身上馬，打馬就奔。

郿縣縣令先前已經起疑，見成信逃走，忙喝令：「成信私放罪犯，速速緝捕！」

成信見後面人馬紛紛追來，只有拼命加鞭，盡力狂奔。東邊幾十里是天子苑囿上林苑，他曾在裏面任過職，那裏嶺谷幽深、湖河縱橫，可以暫時藏身。便打馬向東，奔往上林苑。

郿縣縣令率眾緊追不捨，大聲命令：「不要讓他逃進上林苑！」

幾十里馬不停蹄追逃，很快奔到上林苑，眼看成信就到奔進苑門，郿縣縣令急命手下放箭。頓時，箭矢如雨，疾射向成信，成信聽到箭響，不敢再直奔，拽馬左右躲閃，箭羽紛紛射中上林苑門楣、門柱、兩旁樹幹。

成信躲閃之即，捕吏追得更近，連連發箭，成信再難躲避，背上接連中了幾箭，摔下馬，折頸而亡㊺。

㊺《史記・酷吏列傳》：「（減宣）為右扶風，坐怨成信，信亡藏上林中，宣使郿令格殺信，吏卒格信時，射中上林苑門。」

第十五章　草野鏖戰

「快走！」硃安世忙將驩兒抱到馬上，自己隨即飛身上馬。

「那是些什麼人？」趙王孫也趕忙上馬。

「就是我說的那些蒙面刺客！」

韓嬉本來要把汗血馬留在午井亭，但看情勢緊迫，便也騎上汗血馬。東邊回去的路已經被截，大路北邊通往扶風，剛才帶驩兒那人又去的南邊，只能往西邊奔。硃安世便穿過大路，打馬向路西的草野中疾奔，韓嬉和趙王孫緊隨其後。回頭看時，那八騎繡衣刺客正急急追來。

奔了沒有多久，卻見前面不遠處樹林中也衝出八匹馬，馬上同樣是繡衣長斧。

「不好！」硃安世急忙環視四周，尋思對策，斜眼望看西北角小山丘下有條小路，便在馬上抱起驩兒，朝韓嬉喊道：「你帶驩兒從那邊走！」

趙王孫也喊道：「我來攔住他們，老硃你也走！」

「我怎麼能逃走！你和嬉娘一起走，你還要帶驩兒去長安！」

「嬉娘也可以帶孩子去長安。好！我們兩個一起攔住他們！」

韓嬉這時也神色嚴峻，帶馬到硃安世身邊，伸手接過驩兒，抱在身前，說了聲：「你們當心！」隨即挽動韁繩，向西北方向奔去。

硃安世和趙王孫各自拔刀劍，護住韓嬉左側，一起疾奔。

西面那八騎直直向他們衝來，果然是上次那些刺客，蒼青繡衣，面罩青紗，襟繡蒼鷹。

眼看就要衝到，硃安世大喝一聲，迎上前去，舉刀向最右前的那人砍去，那人揮斧要格，硃安世迅即轉手斜砍，一刀砍中那人右臂，硃安世手腕一拐，接著又刺中馬頸，那馬痛嘶一聲，前身陡起，那名刺客手臂中刀，抓不牢韁繩，頓時跌下馬背。硃安世無暇多看，揮刀又向第二個刺客攻去。與此同時，趙王孫也舉劍衝向第三個刺客。

韓嬉則清叱一聲，打馬疾奔。

第二個刺客已有防備，見硃安世刀砍來，急舉手中長斧迎擋，「當」的一聲，刀身與鐵柄相擊，硃安世手掌一麻，忙攥緊刀柄，又斜斜刺出，那刺客不守反攻，斧頭向硃安世肩頭砍落。斧長刀短，不等刺中敵胸，自己就要先被斧頭砍中，硃安世忙緊扯韁繩，馬身急轉，竄到那人右側，手中刀也隨即繞過長斧，向刺客腰間橫劃，刺客急忙掉轉斧柄去攔擋。硃安世手腕猛垂，刀身陡然向下，一刀砍中刺客馬頭，那馬吃痛，狂跳起來，一頭撞向正衝過來的第四名刺客。硃安世乘機揮刀，將第二個刺客刺下馬去。

這時，忽聽趙王孫「啊」的一聲痛叫，硃安世轉頭一眼，趙王孫左肩被刺客砍中，鮮血頓時冒了出來。這幾年趙王孫養尊處優，身體發福，手腳早不靈便。

硃安世忙要去救，一分神，自己身前第四個刺客已經閃過驚馬，揮斧向他迎頭砍來，硃安世急忙躲閃，但已略遲，右肩被斧刃削過，一陣刺痛，連衣帶肉被削去一片，刀幾乎脫手。硃安世咬牙舉刀，向那刺客回刺，接連三刀，都被躲過，他大叫一聲，跳了起來，向那刺客猛撲過去，那刺客嚇了一跳，愣在馬上，硃安世握刀揮下，重重砍在那人肩上，隨即兩個人一起墜落馬下。剛才那第二個刺客剛從地上爬起來，正好被壓住，三人一個壓一個，一起落到地上。硃安世在最上面，剛一落地，便跳起身，一刀戳下，刀尖刺穿上面刺客的身子，刺進下面刺客的胸部，兩個刺客相繼慘叫一聲。

與此同時，趙王孫那邊也傳來一聲慘叫，趙王孫居然也將一個刺客砍下馬背。

硃安世抽出刀，抬頭環視，韓嬉已經奔離幾丈遠，剩下五名刺客，兩名先後衝向趙王孫，一名衝向自己，而最後兩名則撥轉馬頭，要去追韓嬉。

硃安世見衝向自己的那名刺客只隔幾步遠，便邁步疾奔，迎了上去，揮臂斜砍，一刀砍中馬前腿，那匹馬重重栽倒，硃安世又揮一刀，刺中落馬刺客。隨即拔出刀，躍上自己那匹馬，喝斥一聲，一陣疾奔，攔住最後兩名刺客，連連舞刀，左擊右攻，那兩名刺客各自揮斧，一起夾擊。三匹馬不斷盤旋，急攻十幾個回合，硃安世接連幾次險些被砍中，卻毫無畏懼，一邊怒喊，一邊反擊，正在酣戰，耳邊又傳來趙王孫一聲慘叫，一分神，左腿被斧頭砍中，一陣劇痛。硃安世痛叫一聲，反手一刀，也刺中了左邊那個刺客的腹部，接著手腕發力，橫著一劃，將那人肚皮劃開，那個刺客慘叫一聲，跌下馬去。硃安世正要高興，右肩猛地一痛，又被砍中，痛徹心扉，刀頓時脫手。

硃安世怒吼一聲，轉身一把抓住那人的斧柄，用力一撞，將那人撞下馬去，自己也跟著俯跌下去。兩人一起墜到地上，硃安世舉起拳頭一陣猛打，那名刺客被他壓住，躲閃不開，連中幾拳，慌亂中猛地一掙，滾到一邊，硃安世一把搶過他的斧頭，猛力一砍，砍中刺客頭部，刺客悶哼一聲，再不動彈。

硃安世嘶吼著向趙王孫望去，趙王孫渾身上下到處是血，和他纏鬥的那兩個刺客，一個已經倒在地下，另一個則仍在揮斧猛攻，趙王孫氣喘吁吁，已經招架不住，一不小心，手臂又被砍中，手中的劍隨之落地。那名刺客揮動斧頭，向趙王孫橫著砍去，硃安世大叫一聲「小心！」猛衝過去，但還未趕到，那一斧已經砍中趙王孫的頸部，趙王孫一頭栽下馬來。

硃安世怒吼一聲，幾步奔到，一斧砍中刺客馬頭，那馬狂跳，刺客被甩了下來，硃安世邊吼邊砍，幾斧將刺客砍死。再去看趙王孫時，見他躺在黃草地上，頸部一道深口，血水汩汩湧出。

「老趙！趙大哥！」硃安世撲過去，跪在趙王孫身邊，空張著雙手，不知道能做什麼。

趙王孫滿臉血汙，掙扎著道：「這些刺客果然不尋常，那孩子值得救……」他想笑一笑，卻終沒能笑出來，喘息一陣後，溘然而逝。

東邊傳來一陣密急的蹄聲，東邊八騎蒼衣刺客已穿過大路，向這邊急急奔來。

*****

秦宮《論語》失竊，孔壁《論語》又早已被焚，司馬遷沒有真本實據，《孔子列傳》也就遲遲難以落筆。

柳夫人看丈夫連日悶悶不樂，便勸慰道：「孔子生平履歷你是大致知道的，何不先勾勒出來？至於孔子的言論，當今流傳各個版本，我想其中雖然可能有錯漏之處，但也絕不至於通篇皆假，可以將這些版本互相對照，如果某句話各本都有，這句話應當是真的。能用則用，不能用就先空著。」

司馬遷點頭道：「還是你高明，如今看來，這個法子應該是最好了。」

柳夫人笑歎道：「不是我高明，而是你太執著。你每個字、每句話都要落到實處才能心安。但你想，自《論語》成書，已近五百年，這五百年間，春秋戰國秦漢更迭，戰禍兵燹、世事紛擾，再加上後世儒家弟子，派系分裂，彼此攻訐，世間恐怕早已沒有了真正的原本《論語》。」

司馬遷道：「其他版本也許會增刪篡改，但孔壁《論語》是孔子後人代代相傳，應不會亂動一個字，當是最早的定本。」

柳夫人道：「這也是無可奈何之事。如果孔安國仍在世，還能求問於他，但現在人書俱亡，也就只能抱殘守缺，有多少算多少。」

司馬遷歎息一陣，手中握著那支殘簡，低聲念誦：「子曰：天下者，非君之天下，乃民之天下。民無君，尚可耕且食，君……」而後慨然道，「孔子一生寂寞，如今雖然舉世尊崇、萬民頌揚，其言論卻殘缺不全，缺的又偏偏是這些公義大道。後世以為孔子只教人愚忠愚孝，卻不知道為何而忠、為何而孝……」

這時，衛真抱了一卷《論語》正走進來，聽到這段話，道：「前幾天我看《論語》，有一句說『老而不死是為賊』，嚇了一跳，孔子怎麼會說出這等大逆不道的話，當時就想，這話肯定是後人亂加上去的。」

司馬遷笑道：「你這叫斷章取義，這話前面還有兩句呢？」

衛真嘻嘻笑著念道：「幼而不遜悌，長而無述焉，老而不死，是為賊。」

司馬遷點頭道：「孔子雖然尊奉禮治，卻絕不刻板生硬。長者固然該尊敬，但並不是只要年長就必得尊敬。像這句所言：一個人年幼時不知謙遜恭敬，長大後又沒有值得稱道的言行，老了之後徒費糧食、苟延殘喘，這樣的人，當然不值得尊敬。」

衛真笑道：「也就是說——值得尊才尊，值得敬才敬？」

司馬遷又點點頭道：「所謂上行下效，父慈子才能孝，君仁臣才會忠。所以孔子先責長，再責幼。為君為父以身作則，才能讓臣子恭敬忠誠。到後世，卻本末倒置，不敢問父是否慈、君是否仁，只責問子是否孝、臣是否忠。」

衛真道：「噢，我這才明白何謂『君君臣臣、父父子子』！這八個字是不是說：君要像君，臣要像臣，父要像父，子要像子？」

司馬遷頷首笑道：「孺子可教。君要守君之道，臣才能守臣之道。父子亦然。」

衛真問道：「如果君不守君之道，該怎麼辦？」

司馬遷道：「君如果暴戾，臣自然奸佞，孔子在世時，弒君篡逆數不勝數，到秦始皇登基，獨掌威權，大臣雖然無力篡位，但天下怨聲載道，所以才有陳涉揭竿而起，百姓紛紛響應，短短幾年，秦朝便土崩瓦解。」

衛真又問：「不論大臣篡逆，還是百姓揭竿，都難免流血殺伐，難道沒有不流血的方法？」

司馬遷低頭望著那支殘簡，沉思良久道：「堯舜禪讓，選賢舉能，就不曾流血。這支殘簡上說『天下者，非君之天下，乃民之天下』，這句話，其實便是追述古道，給出的長治久安、萬世良方——這天下是萬民公有，天子只是受天下人之託，代為治理天下，如果治理不好，便另選賢人。天子不得將天子之位霸為己有，更不能把天下當作私產傳於子孫。」

「這道理雖然好，但當今之世能行得通嗎？」

司馬遷長喟一聲，搖頭歎息：「自春秋戰國以來，霸道橫行，天下漸漸淪為強盜之世，誰貪忍兇悍，誰便是贏家，天理公義再無容身之地。」

衛真道：「就算強爭到手，贏也只能贏得一時，你強，還有更強者，大家都虎視眈眈，最終都難免被他人吞掉。」

司馬遷點頭道：「以力勝人，力衰則亡。這正如兩個人交往，和則共榮，爭則兩傷。可惜世人只貪眼前之利，不求長久之安。」

衛真壓低聲音問道：「這麼說來，這劉家的天下，有朝一日也要被別家吞占？」

司馬遷道：「這是自然，只在遲速而已。」

衛真道：「聽說山東已經盜賊紛起……」

司馬遷歎道：「如果人們仍將天下視為私產，你爭我搶，強盜將永為刀俎，百姓則永為魚肉。除非有朝一日，天下人都明白、並共守這支殘簡上的道理：這天下是天下人之天下，任何人不得獨占……」

正在議論，伍德忽來傳報：「御史大夫信使到！」

＊＊＊＊＊

劉敢接到扶風傳來的急信，忙來稟告：「減宣放走了那個小兒！」

杜周臉上被硃安世拳擊處，雖然腫已消去，但青痕猶在，疼痛未褪。他並不作聲，微低著頭，連眼珠都不動，盯著面前案上一隻青瓷水杯，聽劉敢繼續稟報：

「減宣受到盜馬賊恐嚇，據說那小兒還會巫術，便設了個計，用那小兒換汗血馬，誰知盜馬賊並未中套，那小兒和汗血馬均下落不明，應該是被盜馬賊奪回逃走了。」

杜周聽後，心裏一沉，氣恨隨之騰起，嘴角又不禁微微扯動。他仍盯著那水杯，一隻蒼蠅飛落到杯沿，繞著圈爬動，而後竟爬進內壁，伸出細爪，不停蘸著杯內清水，洗頭刷腦。杜周看得心煩，悶聲道：「深秋了，還不死！」

劉敢先是一愣，隨即尋著他的目光望見那隻蒼蠅，忙起身幾步湊近，揮袖趕走了那蒼蠅，又喚門邊侍立的婢女，換一個乾淨杯子來。

杜周轉開目光，望向窗外，雖然日光明亮，但樹上黃葉髒亂，風中寒意逼人。

回到長安後，他立即進宮面見天子，上報平定讁戍生亂一事，天子聽後不置可否，卻聲色嚴厲，問他汗血馬失竊一案，他哪裏敢說屢屢受挫於硃安世，只說已找到盜馬賊蹤跡，正在急捕。

天子聽後大怒，只給他一個月期限。

一個月後若仍追不回汗血馬，會發生什麼，杜周當然心知肚明。他任廷尉⑯那幾年，專查重臣高官，一年能達上千案，一案能牽扯上百上千人，大臣被棄市滅族的情景，沒有誰比他眼見親歷的更多。仕宦這些年，他自己也幾次陷於罪難，卻都不及汗血馬失竊之罪重，本來還可藉那小兒作餌，誘捕硃安世，現在卻魚入汪洋……

劉敢躬身靜候杜周示下，杜周卻能說什麼？

他唯一能想到的，如何不著痕跡將罪過推給減宣。

縱觀當今朝中官吏，治獄查案，能與他比肩的，唯有減宣。減宣曾官至御史大夫，位列三公，官祿萬石，僅次於丞相、太尉。杜周則最高只到廷尉，位在九卿，官祿兩千石。現在減宣雖然官位低於自己，卻難保日後不會復起。這次減宣放走小兒，罪責難逃，藉這一過失，正好扳倒減宣。

不過，汗血馬失盜是由我主查，減宣只是輔助辦案，我自己始終難脫首責之過……

劉敢跟隨杜周多年，熟知他的心思，壓低聲音，小心道：「減宣不但放走了那小兒，更犯了件觸禁的事。」

杜周聞言，仍冷沉著臉，道了聲：「哦？」

劉敢忙伸頭湊近，繼續道：「減宣命扶風賊曹掾史成信帶了那小兒去換汗血馬，成信卻於途

---

⑯廷尉：官名，為九卿之一，掌刑獄，主管司法的最高官吏。

中放走小兒，逃往上林苑，鄗縣縣令率人追捕，放箭射死成信，一些亂箭射到上林苑門楣上。箭射御苑門，罪可不小，雖然是鄗縣縣令追捕，主使卻是滅宣。」

杜周心中暗喜，卻不露聲色，只問道：「上林苑可上報此事？」

「還沒有，不過卑職與上林苑令是故交，這就寫信知會他。此事起因於汗血馬，大人可先將此事呈報天子，可不必提及箭射上林苑門一事。等上林苑令也上奏了，兩罪合一，都歸於滅宣一人，大人則可免受牽連。」

杜周心中稱意，口裏卻道：「再議。」

劉敢忙躬身道：「此次是滅宣謀略失當、自招其禍，大人就算顧念故交之情，皇上也不肯輕恕。」

「嗯……」杜周故作猶豫不忍。

劉敢當然明白，忙道：「法度大過人情，大人不必過於掛懷。卑職一定從公而治、依律行事。」

杜周又點點頭，知道劉敢必會辦好，便轉開話題，問道：「盜馬賊線索查得如何了？」

「前日，卑職已遣人到茂陵便門橋，捉拿了郭公仲及家人，審問得知，郭公仲與那硃安世幾年前曾有過往，硃安世從軍西征後，再未見過。卑職怕郭公仲有隱瞞，又拷問了他的妻子及兒女，他妻子起初不招，卑職又拷打她的兒女，她才招認說，硃安世原有妻室，並生有一子，四年前，硃安世被捕後，其妻攜子逃亡他鄉避禍。」

「哦？那兒子多大？」

「七歲。」

杜周「哼」了一聲，卻不說話。

「大人所捉那小兒也是七、八歲，硃安世屢次不顧性命救那小兒，恐怕那小兒正是他的兒子。」

杜周點頭沉思。

「他妻子為何與兒子離散，卑職尚未查出。不過，卑職還從郭公仲妻子口中盤問出，硃安世原來家在茂陵，他妻子逃走前，將房舍賣與他人。卑職前去那院房子查看，見房簷角上掛著這件東西——」

劉敢說著取出一串東西，呈給杜周：一個錦帶紮的小小冠帽，下面拴了一條細竹篾編的竹索。因為風吹日曬，那竹篾已經灰舊，錦帶也褪色欲朽。

杜周拿著竹索，細細審視，卻不知道這是什麼東西。

劉敢道：「據那新房主說，他搬來之時，這東西就掛在簷角，當時竹篾還是青綠的，錦帶也色澤鮮亮，應該是新掛上去的，因為太高，掛在那裏倒也好看，所以沒有取下來。據卑職看來，這件東西有些古怪，以前不曾見過。卑職懷疑，這是硃安世妻子臨走前，留給他的暗語，指明她逃亡後的藏身之處。那硃安世這次逃逸後，必會去找妻子，如果能破解得這個暗語，便能搶在他前面，以逸待勞捉住他。不過卑職想了一夜，也想不出這東西暗指之意。」

杜周略點點頭：「湟水西平亭那裏可有回音。」

「暫時還沒有，不過再過兩、三日應該就到了。」

第十六章 草洞殺敵

眼見那八騎繡衣人就要衝來，硃安世卻疲之力盡。

他掙扎著站起身，找回自己的刀，插入鞘中。右臂連受重傷，連刀都舉不起，便用左手揀起一柄長斧，以斧柄撐地，挺直了身子，迎視那八騎繡衣人。

這時，身後忽然響起一陣蹄聲。

回頭一看，竟是韓嬉，騎著汗血馬奔了回來。

硃安世忙大吼：「別回來！快走！快走！」

韓嬉卻像是沒聽見，一陣風飛馳而至，驩兒卻不在馬上。

「驩兒呢？」

「我把他藏起來了。老趙？老趙死了？」

「你快走！幫我把驩兒帶到長安，交給御史大夫！」

「一起走！」

「我得攔住他們，你快走！」

「你不走我也不走！」

這時繡衣人蹄聲已近，只在幾十丈之外，硃安世爭不過，只得就近牽過趙王孫的馬，翻身上馬，兩人一起驅馬飛奔。

穿過平野，前面一片荒坡。韓嬉驅馬上坡，硃安世緊緊跟隨，後面繡衣人也窮追不捨。奔上坡頂，只見土丘連綿，兩人奔下山坡，谷底生滿荒草，草高過馬背，並無路徑。韓嬉引著硃安世衝進荒草叢，在谷底迂曲奔行，追兵漸漸被拉遠。

兩人奔到一處山谷岔口，韓嬉忽然停下來，指著左邊道：「孩子在那棵小楊樹下面草凹裏，你把馬給我，我引開追兵！我騎的是汗血馬，不許跟我爭！」

硃安世只得聽從，翻身下馬，將韁繩遞給韓嬉：「你小心！」

韓嬉伸手牽住韁繩，盯著硃安世笑道：「記住，你又欠了我一筆！」說完，催動汗血馬，牽著硃安世的那匹馬，向前疾奔，頃刻便隱沒在荒草中。

硃安世轉身鑽進茂草叢，邊走邊將身後踩開的草撥攏，掩住自己足跡。走了一陣，來到那棵小楊樹下，到處是荒草，不知道那草凹在哪裏。

硃安世小聲喚道：「驩兒，驩兒，你哪裏？」

「硃叔叔！」左邊傳來驩兒聲音。

樹側一叢亂草簌簌搖動，驩兒從底下露出頭。

硃安世忙過去撥開草，也鑽了進去，草底下是個土坑，蹲兩人還有空隙。硃安世伸手將坑口的草攏好，伸手攬住驩兒，笑道：「好孩子！咱們又見面了。」

驩兒也分外高興，但隨即便看到硃安世渾身是血，忙關切道：「硃叔叔，你受傷了？」

「嘿嘿，小傷，不打緊——」

外面忽然傳來馬蹄聲，幾匹馬停在岔口處，兩人忙閉住嘴，聽見馬上人商議：

「這兒是個岔口，分頭追！」

「右邊草被踩開了，而且是兩匹馬的痕跡，應該是往右逃了。」

「小心為好，五人往右，三人往左！」

「好！」

五匹馬向右邊疾奔遠去，三匹馬向左邊行來，馬速很慢，想是在查找蹤跡，一路走到小楊樹前，停了下來。驢兒睜大了眼睛，硃安世輕輕搖搖頭，用目光安慰。

三匹馬往前行去，半晌，又折了回來，蹄聲伴著陣陣唰唰聲，應是在揮斧打草。

不久，蹄聲又回到小楊樹前，略停了停，便返回岔口，漸漸遠去。

驢兒正要開口說話，硃安世忙搖頭示意，他細辨蹄聲，離開的馬只有兩匹。側耳聽了一陣，果然，坑外不遠處忽然響起一陣輕微的簌簌聲，透過草隙，只見一個繡衣人提著長斧，在草間輕步移動，不時向四周窺伺。定是剛才偷偷下了馬，留下來探聽動靜。良久，那人才慢慢離開，走向岔口處。外面又響起蹄聲，是單獨一匹馬。

等蹄聲消失，硃安世才笑著說：「好啦，這次真的走了——啊！」

坑外亂草間中忽然閃出一柄斧頭，猛地砍進來！

硃安世忙護住驢兒急躲，肩頭一陣劇痛，斧頭砍中他的左肩！

硃安世悶吼一聲，一把抓住斧柄，往上一推，將斧刃推離肩頭，隨即猛地翻肘，壓偏斧頭，往裏一抽，坑外握斧之人被猛地拉近，硃安世跟著一拳重擊，拳頭正擊那人臉部。那人吃痛，發力要奪回斧頭，硃安世大吼一聲，騰身一跳，撲向外面，正好撞向那人，兩人一起倒在草叢裏，翻滾扭打起來。

硃安世雙手扼住那人咽喉，那人伸手在硃安世肩頭傷口處狠狠一抓，硃安世痛叫一聲，幾乎暈死。手一鬆，那人用力一翻，將硃安世壓在身下，硃安世脖頸反被扼住。他拼命揮拳亂打，那人卻毫不鬆手，眼看就要窒息，那人忽然痛叫一聲，一把斧頭砍在他頭頂，是驩兒。

那人反手一掌，將驩兒打翻在地，硃安世忙一記重拳，砸中那人左耳，順勢一翻，將那人甩倒，隨即一把抽出刀，拼命一刺，刺中那人胸部，刀刃洞穿後背，那人身子一掙，隨即嚥氣。

硃安世忙回頭看驩兒，驩兒剛從地上爬起來，左臉一大片青腫。

「驩兒，你怎麼樣？傷得重不重？」

驩兒走過來，搖搖頭，咧著嘴笑了一下，扯到了痛處，疼得咧嘴，卻仍笑著說：「我沒事。硃叔叔，你又受傷了？」

「你沒事，我就更沒事了。」

「這些人殺了我媽媽，殺了幾個叔叔伯伯，還有他們的家人……」驩兒恨恨望著地上的繡衣人，眼中忽然湧出淚。

「你以前就見過他們？」硃安世大吃一驚。

「他們一直在追殺我，追了好幾年，追了幾千里。」驩兒用袖子擦掉眼淚，「我總算報了一點仇。」

硃安世看他瘦小倔強，不由得一陣疼惜，想伸手查看他臉上傷處，雙臂卻痛楚不已，手都舉不起來，只得望著驩兒溫聲道：「有硃叔叔在，斷不會再容他們作惡。那另外兩個惡徒過一會兒就要回來，我們得馬上離開。」

他望望四周，這時天色漸暗，自己雙臂受傷，肯定敵不過繡衣人，又沒有馬，也逃不遠。他思忖片刻，站起身，咬牙忍痛從繡衣人身上抽回自己的刀，插回鞘中。本想將繡衣人的屍體藏起來，卻根本沒有這力氣，驩兒年紀小，也幫不到，只有丟在這裏了。

「好，我們走！」硃安世一瘸一拐向岔口處走去。

「那些人就是走的那邊啊。」

「他們搜過的地方，不會再細搜。」

兩人沿著馬踩過的草徑，來到岔路口，繼續沿著草徑，向繡衣人的方向走去，走了一段，硃安世掃視兩邊，見右邊草叢中有塊大石，便對驩兒說：「去那邊，走草根空隙，小心不要踩斷草。」

兩人小心翼翼走向那塊大石，硃安世仍邊走邊忍痛撥攏身後的草，掩住足跡。繞過大石，兩人躲在石頭後面，硃安世抓了些藤蔓遮擋兩邊。剛躲好，前面隱隱傳來蹄聲。很快，馬蹄聲已經近前，硃安世在石側偷偷觀望。

暮色中，兩個繡衣人各自騎馬，另牽著一匹空馬，正原路返回，趕向剛才的岔口。

硃安世心想：很快天就黑了，至少今晚不會有事。韓嬉也應該已經甩開了追兵。只是這兩個繡衣人發現那具屍體，肯定不會輕易離開，要想躲開他們恐怕不容易。

「硃叔叔，你在流血。」驩兒小聲道。

硃安世低頭一看，兩肩及大腿的傷口都在往外滲血，剛才行走時血恐怕已經在滴，幸好天色已暗，血跡不易分辨，不然行跡已經暴露。

他等那兩個繡衣人走遠，忍痛從背上解下背囊，取出創藥，又抽出匕首，要割下衣襟包紮傷口，但雙臂疼痛難舉。

「讓我來——」驩兒要過匕首，「傷口要先清洗一下。」

驩兒說著打開硃安世背囊，找到一方乾淨布帕，又取過水囊，拔開木塞，將布帕沖洗乾淨，而後轉身湊近，半蹲著，輕手擦洗硃安世的傷口。各處都清洗乾淨後，才將藥細細塗上，又用匕首將布帕割成幾塊，蓋住傷口。最後才在硃安世衣襟上割了幾條布帶，一處一處穩穩包紮好。

硃安世看他手法竟然如此輕巧熟練，大為吃驚：「你是從哪裏學來的？」

驩兒笑了笑：「是姜伯伯教我的。當時還在常山，姜伯伯被那些繡衣人砍傷，我們躲到一個破屋子裏，他也是手動不了，就口裏說著教我，讓我幫他包紮傷口。」

「冀州常山？」

「嗯。」

「什麼時候的事？」

「大前年。」

「那時候你才五歲？」

「嗯。」

硃安世說不話來，自己雖然自幼也東奔西躲，卻從不曾經過這等生死險惡。看驩兒包好藥包、整理背囊，行事動作竟像是個老練成年人。這時天已黑下來，看不清驩兒的神情，望著他瘦小的身形，硃安世心裏說不來是何種滋味。

驩兒取出乾糧，掰下一塊，連水囊一起遞過來：「硃叔叔，你餓了吧，喝點水，吃點東西。」

硃安世忙伸手接過來：「你也吃。」

驩兒卻道：「我等一下再吃，得先背完功課。你吃完了，好好休息一下，我看著。」

「今天還要背？」

「嗯，今天一天都沒背。」

驩兒靠著石頭坐下來，閉起眼睛，嘴唇微動，無聲默誦起來。

硃安世邊吃邊看，心想：為這孩子，雖然費了些氣力，卻也真值得。

吃完後，他傷痛力乏，昏昏睡去。

等硃安世醒來，天已經全黑，月光微弱，夜風清寒。

他轉頭一看，見驩兒趴在石沿上，定定向外張望。

「驢兒，你一直沒睡？」

「硃叔叔，你醒來啦？」驢兒回過頭，眼睛閃亮，「我一直沒睏，剛才那兩個人又回來了，沒停，也沒往這邊望，直接走了。我就沒叫醒你。」

「走了多久了？」

「好一陣了。硃叔叔，你傷口怎麼樣了？」

「好多了，我們走。」

「嗯。」驢兒站起身，拎起背囊就要往身上背。

硃安世笑著要過來背好，手臂動起來還是扯痛：「硃叔叔雖然受了傷，這點背囊還背得動，何況又經你這個小神醫醫治。」

兩人沿著草坡爬上坡頂，四處一望，到處黑漆漆、冷清清，只聽得到草蟲鳴聲。

硃安世低聲道：「我們得先找個安穩地方躲一陣子。」

兩人向西南方向走去，硃安世腿上有傷，走不快，一路摸黑，走走停停，天微亮時，找到一處山洞，兩人躲進去休息。

硃安世腿傷痛得厲害，坐下來不住喘粗氣，驢兒走了一夜，也疲乏不堪，卻仍去洞外找了些枯枝蔓草，把洞口仔細遮掩好，又解下硃安世背上包袱，取出皮氈，在硃安世身邊地上鋪好，才坐下來休息。

硃安世笑望著他：「白天我們不能走動，天黑了再走。趕了一夜路，你趕緊好好睡一覺。」

「我不累，硃叔叔，還是你先睡，我看著。」

「你再跟我爭，硃叔叔就不喜歡你了。」

驢兒咧嘴笑了笑，才枕著背囊乖乖躺下，硃安世取出一件長袍，替他蓋好，自己也躺下來，伸臂攬住驢兒，輕輕拍著，驢兒閉起眼睛，很快便靜靜睡著。

＊＊＊＊＊

司馬遷忙到院門前，迎候御史大夫信使。

那信使下了車，卻並不進門，立在門外道：「御史大人請太史令到府中一敘。」

司馬遷一愣：「何時？」

「如果方便，現在就去。」

「好，容在下更衣，即刻就去。」

司馬遷回到房中，柳夫人忙取了官袍，幫著穿戴。

司馬遷納悶道：「這新任御史大夫名叫王卿，原是濟南太守[67]，才上任幾天。我與他素未謀面，又不是他的屬下，不知道找我做什麼？」

柳夫人道：「無事不會找你，小心應對。」

司馬遷道：「我知道。」

---

[67]《資治通鑑》：是歲（天漢元年），濟南太守王卿為御史大夫。

柳夫人邊整理綬帶，便歎道：「談古論今，當今恐怕少有人能及得上你，但人情世故，你卻及不上大多數人。這些年，多少人以言語不慎招罪？你雖不愛聽，我還是要勸你，能少說一句，便少說一句。他說什麼，你儘管聽著就是了，有什麼不高興，都放在肚子裏，別露出來。你別的不看，就看在你的史記才完成一小半，你也好歹得留著命完成它。」

司馬遷溫聲道：「我都記在心裏了，放心。」

出了門，伍德已經備好了車，司馬遷上了車，信使驅車在前引路，衛真騎馬跟行。

路上，司馬遷反覆尋思，卻始終猜不出御史大夫召見自己的原因，便索性不再去想，心裏道：管他什麼原因，我自坦坦蕩蕩，並沒有什麼見不得人的地方、說不出口的話。除了一件事——私著史記，而這事他人並不知道。念及此，他隨即釋然。

到了御史府，那信使引司馬遷進了大門，衛真在廊下等候，有家臣迎上前來，引了司馬遷穿過前廳，來到正堂，只見一個中年男子身穿便服，五十左右年紀，面相端嚴，正跪坐於案前翻閱書簡，正是王卿。

司馬遷脫履進去，跪行叩禮，王卿放下書簡，抬起頭端坐著受過禮，細細打量了片刻，才開口道：

「你可知我今天為何找你？」

「恕卑職不知。」

「我找你是為了《論語》。」

司馬遷心中一驚，卻不敢多言，低頭靜聽。

王卿繼續道：「你上報說石渠閣秦本《論語》失竊了？」

「是。」

「石渠閣中原先真的藏有秦本《論語》？」

「是。」

「你讀過？」

「並未細讀，只大致翻檢過。」

「但這書目上並沒有秦本《論語》。」王卿指著案上書卷。

司馬遷抬眼望去，案上書簡應是御史蘭臺所存的天祿、石渠二閣書目副本。

他心裏暗驚：石渠閣藏書目錄已經被改過，難道蘭臺書目副本也被改了？

王卿見他怔怔不語，便問道：「莫非是你記錯了？」

司馬遷忙道：「卑職雖非過目不忘，但那秦本《論語》及石渠閣書目不只見過一次，斷不會記錯。」

「石渠閣書目我也查過，也沒有秦本《論語》條目。石渠閣、御史蘭臺都無記錄，除你之外，也不曾有他人看過秦本《論語》。」

「秦本《論語》是用古篆書寫，今人大多不識，所以極少人讀過它。」

「你能讀古篆？」

「卑職也只粗通一二。」

「難怪，想來是你一知半解，讀的是其他古書，卻誤以為是《論語》。這事定是你記錯了，以後莫要再提。」

司馬遷正要據理力爭，但念及妻子囑託，只得忍住，低頭應道：「是。」

王卿又道：「子曰：不在其位，不謀其政。今後無關於太史之職的事，你都不要再去管。」

「是。」

「好了，你回去吧。」

******

湟水岸邊，西平亭⑱。

西平亭建在高臺之上，四周以塢壁圍合，如一座小城。塢內有官守、屯兵和居人房舍，塢上可舉烽火。設護羌校尉，主管練兵守備諸事，另有督郵，督察屬吏、查驗刑獄。

西羌以游牧為生，自當年敗退西海之後，雖偶有侵犯，卻都是零星擄掠，近年並無大的戰事，因此，這裏常年清靜，歲月寂寞。

⑱西平亭：今青海省西寧市。元狩二年（西元前一二一年），為阻斷南北、隔絕羌胡，驃騎將軍霍去病西征湟水，建西平亭，設臨羌、破羌二縣，西抵青海湖，東接金城，以防衛西羌，湟水流域自此納入漢朝疆界。

這天午後，護羌校尉和督郵正在亭上飲酒，忽然聽到一陣急促蹄聲，舉目眺望，一匹馬由東疾奔而來，看鞍轡及騎者衣冠，依稀可辨是驛騎。這裏地處邊塞，又少戰事，難得有驛使前來，兩人忙一起下亭。

很快，那驛騎駛進了東門，來到兩人面前。驛使下了馬，呈上驛報，兩人一起展開閱讀，原來是執金吾杜周從長安發來的緊急公文。西平亭到長安有兩千五百多里路，驛騎站站接替，日夜兼程，竟只用了六天半。

護羌校尉讀罷驛報，與督郵商議：

「原來是我們這裏一個老戍卒流竄到京畿，不知道犯了什麼事？」

「執金吾千里迢迢送來急報，恐怕事情不小。」

「老戍卒該由你管，煩勞你去查一下。」

「好說，這裏一共才幾百戶屯戍的犯族，又有簿記，這事好查。」

這督郵名叫靳產，出身窮寒，卻位賤心高。

他因見公孫弘一個牧豬之人，五十歲才學《春秋》，卻能官至丞相，心中羨慕，十幾歲便立下死志，拋家捨親，四處求師。交不起學資，就以勞力充抵，清廁掘糞，都在所不辭。學了近十年，勉強習了點《春秋》，又百般幹求，謀了個小吏之職。盡心盡力十來年，才得了這個督郵之銜。奈何這裏偏僻荒冷，一年之間，連生人都見不到幾個，怎麼能長久安身？

現在終於有了這樁差事，他歡喜無比，一遍遍誦讀那驛報，見那一行行墨字，恍如一級級登天之階。

他忙喚了書吏來，命他查檢屯戍戶籍。

沒用多久，書吏就查好回報：「據驛報所言，那老兒應當是隨驃騎將軍西征來此的犯卒，那批犯卒都聚居在湟水邊曲柳亭，我已經命人傳報那裏的亭長，讓他查問失蹤人口。」

不到一個時辰，曲柳亭亭長就趕來稟報：「曲柳亭除死喪者外，這兩年只有一人失蹤，此人名叫申道，原籍琅邪，現年六十一歲，是當年淮南王一案從犯，來這裏屯戍已經有二十一年。據其家人說，他是七月離開，回鄉奔喪。」

靳產道：「應該是此人，他家中還有何人？」

亭長道：「還有五口人，一個老妻，兒子，兒媳，兩個孫子。兒子是戍卒，現不在家，在西海臨羌戍守。」

靳產聽了，轉著眼珠尋思半晌，命那亭長暫莫回去，聽候吩咐，自己忙去見護羌校尉。

護羌校尉聽後道：「定是此人無疑，就寫了呈報傳回長安吧。」

「這樣是否過於簡率了？」

「驛報讓我們查找老兒身分，現在已經查明，還能如何？」

「這窮寒之地，連鬼都記不得咱們，現在好不容易有長安大官交差事給咱們辦，正好應當多盡些力。」

「話雖如此說，但這差事就算想使力，也沒處使。除此之外，我們還能做什麼？」

「至少有兩樁事情可以再挖它一挖：其一，這老兒來歷；其二，這老兒去因。」

「你剛才不是已經說過，這老兒是受淮南王一案牽連，被遣送到這裏屯戍，那老兒家人又說他是回鄉奔喪。」

「這其中還有兩個疑點：一、他當年與淮南王是何關係？二、他原籍琅邪，既說回鄉奔喪，為何在京畿犯事，還帶了一個小童？」

「這些事我是摸不著門道，你若有興致，就再去追查一下，有功勞就歸你。」

靳產巴不得這句話，忙歡喜告辭。

第十七章　申家童言

硃安世醒來睜開眼，覺得手臂酸麻。

轉頭一看，原來是驩兒枕住了自己小臂，睡得正香，便不敢動，繼續側身躺著。日光透過洞口枝葉，射進洞裏，照在驩兒小臉蛋上，雖然布滿灰塵，卻仍稚嫩可愛，硃安世心裏一暖，不由得想起了自家兒子，笑著輕歎了口氣。

兒子睡覺沒有驩兒這麼安分，睡時頭朝東，等醒來，朝南朝北朝西，唯獨不會朝東，還愛流口水，褥子時常濕一片……

硃安世正笑著回憶，驩兒也醒了，他睜開眼睛，見自己枕著硃安世的手臂，慌忙爬起來：「硃叔叔，壓痛你了吧，你臂上有傷，我……」

「我的傷已經好多啦，已經覺不到痛了——」硃安世伸臂舞弄了兩下，雖然還是有些扯痛，卻笑著道：「小神醫手到病除！」

「不能亂動！得好好養幾天！」

硃安世嘿嘿笑著揉了揉驩兒頭髮，站起身，到洞口邊窺望，這時天已近午，外面一片荒林，十分寂靜。

他肚中饑餓，便回身要取乾糧，忽然想起來，笑著問驩兒：「你還是要先背了再吃？」

「嗯。」

「那好，等你背完，我們再一起吃。」

等驪兒背完，硃安世掰了一塊胡餅遞給他，兩人坐在皮氈上，一起吃起來。

硃安世問道：「你現在可以告訴我你背的是什麼了吧？」

驪兒為難起來，搖了搖頭說：「我……我真的不知道。」

「哦？」

「娘帶著我到處逃，每天都按時要我背，這些句子我都不懂，我問娘，娘也不告訴我，只說我必須牢牢記住，一個字都不能漏，說這比我的命還貴重，到時候要完完整整背給兒寬伯伯聽。」

「哦……」硃安世雖然納悶，卻也想不明白，便道，「我得跟你商量一件事——」

「什麼？」

「現在到處在追捕我們兩個，這一陣子恐怕不能去長安了。我的妻兒在成都，我想先帶你去成都躲一躲，等風頭過了，再送你去長安，你看怎麼樣？」

「嗯，好！」驪兒點點頭，忽然想起什麼，問道，「對了，硃叔叔，我在扶風城裏被捆在木樁上，你用的什麼法術割開繩子的？那隻神鼠是你使法術派去的？」

「法術？神鼠？」硃安世大愣，隨即想起來，他還一直沒有功夫細問韓嬉是如何解救驪兒的，便笑道，「設計救你出來的不是我，是昨天那個嬸嬸，她名叫韓嬉。」

「韓嬸嬸會法術？」

「這個我也不清楚，連你如何被救出來，我都不知道。你說的法術是怎麼一回事？」

「我被綁在木樁上，到第三天夜裏，繩子忽然就斷了，可是沒一個人靠近過木樁，我不知道是怎麼一回事，也不敢亂動。第四天夜裏，繩子又自己斷掉了，還是沒有人靠近過。第五天夜裏，不但繩子斷了，連木樁都斷了，我只見到一隻老鼠。我猜那隻老鼠肯定是隻神鼠，繩子肯定是被它咬斷的。」

硃安世忽然記起：韓嬉去扶風時帶了一隻小籠子。籠子裏可能便是驩兒說的那隻老鼠，不過，就算老鼠能咬斷繩索，怎麼可能咬斷木樁？想了一陣，理不出頭緒，便搖頭笑道：「那個韓嬉嬉手段厲害得很，恐怕真的會法術，等以後見到她，問過才知道。」

等到天黑，硃安世帶著驩兒離開山洞，繼續向西南潛行。走走歇歇，又是一夜，晨光微現時，到了眉縣。四野蕭寂，城門緊閉。兩人正在駐足喘息，身後隱隱傳來馬蹄聲，硃安世忙攜了驩兒躲到路邊樹叢裏。片時，四匹馬飛奔而過，仔細一看，馬上竟然是繡衣刺客！

硃安世掌心裏驩兒的小手猛地一顫。硃安世低頭朝驩兒笑笑，低聲說：「不怕！」心裏卻暗叫不妙。

那四名繡衣刺客到了城門下，大聲呼叫，城門咣啷啷打開一道縫，一個守衛探出頭來，刺客們並不下馬，最前面那個不知從懷裏取了什麼東西給那守衛看，守衛轉身回去。不久，城門又拉開一些，四個刺客撥馬進城，城門又重新關閤。

這些刺客究竟是什麼來頭？居然能叫開城門？難道是官府之人？但官府之人又怎麼會夜劫府寺？

硃安世暗暗詫異，卻也無從得知。

他知道進城路徑，便帶著驢兒繞到城北角，城牆邊有棵大榆樹，城牆不高，榆樹有一根枝杈離牆頭只有幾尺遠，硃安世背起驢兒，用腰帶縛緊，忍著傷痛，攀上榆樹，看四下無人，便抓住那根枝杈，盪了兩盪，縱身一躍，輕輕跳到牆頭，取出繩鉤，鉤住牆頭，溜下城牆。趁著無人，鑽進小巷，來到一家宅院後門，照著規矩，三輕三重，間錯著叩了六下門。

不一會兒，有人出來開門，一個四十多歲黑瘦男子，是硃安世的故友，名叫漆辛。

＊＊＊＊＊

司馬遷回到家中，柳夫人急急迎出來：「王卿找你何事？」

司馬遷將原委說了一遍，柳夫人才吁了口氣：「延廣滿門喪命，一定與《論語》有關，現在王卿剛剛上任，就來過問此事，看來這事真的得丟開不管了。」

司馬遷道：「連御史蘭臺所存的藏書簿錄都已經被改，這背後之人，權勢之大，令人可怖。」

柳夫人道：「說起來，王卿應該倒也是一番好意，他讓你不要再管此事，其實是在救你，讓你不要招惹禍患。」

司馬遷道：「回來路上我才想起來——王卿正是以《論語》起家，當今儒學主要分齊、魯二派，王卿習的是齊派《論語》⑲。」

衛真問道：「這齊魯二派有什麼區別呢？」

司馬遷道：「一揚一抑。齊學通達，精於權變迎合；魯學拘謹，一向固本守舊。齊儒擅長高談闊論，最能鼓動人心，當今天子獨興儒術以來，所倚重的公孫弘、董仲舒等人都是齊派之儒。所以當今儒學，齊派最盛。二派之爭，早已不是學問之爭，而是權力之爭。」

衛真道：「兩派《論語》差別也大致這樣嗎？」

司馬遷道：「《齊論語》篇幅章句要多於《魯論語》。據我看來，其中不少語句，似是齊儒為迎合時變而添加。前日我讀《齊論語》，其中有一段言道：『君子謀道不謀食。耕者，餒在其中矣；學也，祿在其中矣。』先言君子應當謀求仁義之道，而不應為飽口腹而憂心勞碌，又說耕種謀食，終生難免於窮困，努力學道，卻自然能得俸祿。」

衛真道：「這話說得不錯啊，修習儒經，如果學得好，自然能得高官厚祿，一輩子做農夫，只能一輩子受窮。」

司馬遷道：「天下學道，誰能及得上孔子？按這句話所言，孔子當得貴爵顯位，富貴無比，但事實上孔子一生困窮，奔走列國，始終不曾得志，曾自嘲如喪家之狗，哪裏有什麼『祿在

⑲《漢書・藝文志》：「《論語》十二家，二百二十九篇……漢興，有齊、魯之說。」《論語集解・敘》（何晏）：「《齊論語》二十二篇，其二十篇中，章句頗多於《魯論》。琅邪王卿及膠東庸生、昌邑中尉王吉，皆以教授。」

其中』？孔子弟子中，顏回最賢，卻身居陋巷，冷水粗飯，二十九歲頭髮盡白、困窮早亡。只有到了今世，學儒才可以謀官，才真的能言『學也，祿在其中』。」

衛真道：「看來學道，還得看世道。」

司馬遷點頭道：「當年我師從於孔安國，他曾引述古本《論語》中一句話：『邦有道，貧且賤焉，恥也；邦無道，富且貴焉，恥也』。說求道在己，富貴在外。若天下有道，賢能者必受重用，你貧賤，自然因為你不夠賢能，因而貧賤是你之恥辱；反之，天下無道，奸邪者才能得重用，你若得到富貴，必定是因為你無恥。」

衛真道：「天下有道無道，怎麼分辨呢？」

司馬遷沉思片刻：「道者，既指言，又指路，人心通路也。世間有不公，人人若能直言其事，公義自然通達，邪惡自然祛除，天下自然歸於正道；反之，眼見不公，人卻不敢言、不能言，則邪惡日盛、公義日喪，天下勢必趨於邪途。故而，有道無道，只看言路是否暢通、世人能否說真話。」

衛真問：「齊派《論語》善於迎合時變，是不是魯派《論語》更真一些？」

司馬遷搖搖頭：「也不盡然，《魯論語》泥古不化，過於迂腐，言忠言孝的篇幅最多，責君責父的言論極少。看似恭順守禮，其實是一種柔媚之道。《魯論語》開篇便是『有子曰：其為人也孝悌，而好犯上者，鮮矣。不好犯上而好作亂者，未之有也。君子務本，本立而道生。孝悌也者，其為仁之本與？』敬事父母為孝，恭事兄長為悌，正如前日我們所說，父不慈，兄不賢，上行下效，哪裏能有子之孝、弟之恭？這句話卻說孝悌是仁之本，有些本末倒置。此外，『子』是極高之尊稱，在今世所傳《論語》中，孔子弟子只有曾參和有若兩人被稱為『子』，恐怕是流傳過程中，由曾參和有若兩人的後世弟子所添加。」

衛真道：「難怪古本《論語》被毀，這兩派，哪一派都不願意見到古本《論語》。」

司馬遷歎息道：「王卿今天召我，本意恐怕正在於此。」

柳夫人道：「不管他出於何意，這都是下了一道禁令。再查下去，恐怕結果比延廣更慘。你如果想留住命、順利完成史記，那就得盡力避開這件事。」

*****

湟水督郵靳產帶了隨從，與那亭長一起離了塢壁，向東行了廿里，到了曲柳亭。

西平亭地處偏遠，一切簡陋，曲柳亭更加窮寒，並沒有什麼官署，平常議事辦公都在亭邊一間低矮土屋中。因一向無事，土屋裏滿是灰塵和鳥鼠糞便，靳產在門外一看，皺起眉頭，便不進去。亭長忙跑去取來乾淨席子坐墊，鋪在亭子裏。靳產坐下，讓亭長帶申道家人來。

不一時，申道的家人都被帶來，跪在亭外。老婦人頭髮花白、腰背已躬，兒媳四十多歲，一個十來歲少年，一個七八歲小童。一家人雖然農服粗陋、灰頭土臉，但看神情舉止，都從容恭肅，不像一般樸笨農人。就連那個小男童也規規矩矩，毫無頑劣之氣，顯然家教甚好。

靳產一看便知，從兩個婦人和那個少年口中問不出實話，略一思索，隨即命亭長將那個小男童帶到遠處一棵柳樹下，能看得見亭子這邊，卻聽不到這裏説話。

靳產問那少年：「你叫什麼名字？」

少年雖然跪著，卻腰身挺立，頭頸微垂，不失禮度，從容答道：「小人名叫申由仁。」

「我召你們一家人來，你知道是為什麼嗎？」

「小人不知。」

「你祖父在哪裏？」

「歸鄉奔喪。」

靳產猛然喝道：「説謊！」

少年卻依舊鎮定從容：「小人不敢，祖父確實是歸鄉奔喪去了。」

靳產又喝道：「還敢抵賴？」隨即轉頭吩咐身邊的一個軍士，「鞭他二十！」

軍士走出亭，來到少年身邊，舉起馬鞭，狠狠抽向少年脊背，少年身上中鞭，疼得咧嘴皺眉，卻不喊叫。那軍士見狀，發力更狠，轉眼間，少年背上粗布便被抽裂，露出肌膚血痕，少年卻始終咬牙，不發一聲。

他祖母和母親一起大聲哀告：「大人，手下留情！孩子到底犯了什麼過錯？」

靳產並不答言，看著二十鞭抽完，才道：「將他們三個帶到柳樹那邊，讓那小童過來。」

小童被帶過來時，雖然沒哭，卻已經嚇得滿眼是淚。

靳產和顏悅色道:「不要怕，你哥哥剛才是因為說了謊，才挨了打。不說謊，就不用挨打。」

小童擦掉眼淚，滿眼驚恐。

靳產溫聲笑問:「你叫什麼名字?」

小童拖著哭腔:「申由義。」

靳產又問:「你祖父去哪裏了?」

小童聲音仍在發抖:「娘說祖父回家鄉去了。」

「你娘剛才也告訴我了，你果然是不說謊的乖孩子。」靳產笑眯眯點點頭，隨即吩咐隨從，「這孩子不錯，得獎勵一下，給他一個橘子。」

湟水地處高原，不產橘子，道路迢遠，橘子運到這裏十分稀罕珍貴，平常人極少能見到。靳產知道申道有個小孫子，來之前特意帶了幾個橘子。隨從聽命，拿了一個橘子遞給小童，小童卻不敢接。

靳產笑眯眯道:「這是長官的賞賜，你必須接。」

小童聽了，才小心接過，握在手裏，卻連看都不敢看。

靳產又笑道:「你吃過橘子沒有?」

小童搖搖頭。

靳產便命隨從另剝開一個橘子，取一瓣給小童嘗:「這也是長官的命令，你必須吃。」

小童小手顫抖，接過來放進嘴裏，小心咬了幾口，橘子汁液從嘴角流出，忙用袖子擦掉。

靳產和藹笑問：「香不香甜？」

小童輕輕點頭，驚恐之色褪去一些。

靳產道：「你哥哥說謊，挨了鞭子，你祖母和你娘沒說謊，所以沒打她們。我用她們說過的一些事來考考你，你若答對，還有橘子賞，若是說謊，就得挨鞭子。」

小童又驚恐起來。

靳產慢慢道：「好，我先來問第一件，你娘已經告訴我了，但我要看你是不是說謊：你祖父走之前，先收到了一個口信，是不是？」

小童猶疑片刻，點點頭。

靳產笑道：「嗯，好孩子，果然沒說謊，再賞一個橘子。我再來問第二件，有兩個答案，你選一個：一、到你家捎來口信的那個人你以前見過；二、你從沒見過。」

小童輕聲道：「我沒見過。」

靳產道：「又答對了，再賞一個橘子。第三件事，那個口信是從哪裏送來的？你從四個地方中選一個：一、破羌；二、金城；三、天水；四、長安。」

靳產來到路上就已想好：申道絕不是回鄉奔喪，他到湟水這裏屯戍安家已經二十年，從未離開過，這次突然離開，必定是有什麼人找他辦事。既然申道是在京畿犯事，那個人最東應該不過長安。東去長安只有一條大道，於是就選了沿途最重要的這四個地點。

他見小童猶豫不答，便笑道：「你娘已經告訴我了，我只是看你說不說謊，你哥哥剛才就說謊了。」

小童望了望軍士手中那根沾著血跡的鞭子，咬了一會兒嘴唇，才低聲說：「金城。」

靳產笑道：「這孩子確實極乖極聰明，再賞一個橘子！最後一問，答對了賞三個橘子，答不對就抽一百鞭子。」

小童睜大了眼睛，嚇得臉色蒼白。

「從金城稍信來的那人是你祖父的朋友，他的名字是——」靳產隨口編了三個名字，「一、劉阿大；二、張吳志；三、何匡。」

小童聽了，果然有些茫然詫異。

靳產忽然變色，大聲喝道：「快說！」

小童冷不丁被驚到，打了個寒顫，眼淚頓時湧出。

靳產忽又轉回笑臉：「這三個人都不是，對不對？」

小童含著淚，點點頭。

靳產笑道：「嗯，好孩子！果然不說謊！你告訴我那個人的名字，我就讓你回家。」

小童邊哭邊道：「我也不知道他叫什麼，我只聽祖父祖母叫他『老楚』——」

*****

見到硃安世，漆辛瞪大眼睛，驚異之極，隨即回過神，忙招手示意，硃安世一步閃進去。

漆辛忙關好門，引硃安世到了內室，這才握手歎道：「硃老弟，久違了！」

硃安世解開衣帶放下驪兒，笑道：「嘿嘿，長安一別，已經有五、六年啦。兄弟惹了些事，這次來，是向漆大哥求助的。」

「你的事蹟傳得遍天下盡知，這幾日我一直在替你擔心，前天還特意跑到扶風去打探消息，城裏城外轉了幾趟，沒碰到你，只看到這孩子被拴在市口——」

「我說硃兄弟一定會來找你，被我說中了吧？」一個婦人掀簾走了進來，是漆辛的妻子邴氏。

硃安世忙拱手行禮：「嫂子好！」

邴氏也忙還禮：「硃兄弟，你來了就好了，你漆大哥這幾日焦心得了不得，怎麼勸也無益。」

漆辛道：「你快去置辦些湯飯，硃兄弟這幾日恐怕連頓好飯都沒吃過。」

邴氏笑著出去，漆辛又道：「硃兄弟，你這次太過於膽大莽撞了，這種麻煩豈是惹得的？」

「嗐！我也是一時氣不過。」

「那汗血馬呢？」

「被韓嬉騎走了。」

「韓嬉？她也扯進來了？難怪那天在扶風我看到她急忙忙走過，因記掛著你，也就沒去招呼她。硃兄弟，你現在是怎麼打算？」

「我準備去成都。」

「緝捕你的公文早就傳遍各郡縣，昨日我表弟來家，他在梓潼做小吏，說廣漢郡守已經下令嚴查緝捕你，廣漢如此，蜀郡也應該一樣，你怎麼還能亂跑？」

「我妻兒都在成都。」

漆辛低頭沉思片刻，才道：「這幾日風聲緊，何況你身上又有傷，就先在我這裏躲藏幾天，養好傷。我想個周全的法子，設法護送你去成都。」

「謝謝漆大哥！」

「哪裏的話？我夫妻兩個的命都是你救的。」漆辛感歎道。

數年前在茂陵，漆辛犯了事，硃安世曾救過他一命。

硃安世笑道：「嘿嘿，咱們兄弟就不說這些見外的話了。若是我一個人，想去哪裏就去哪裏，誰攔得住我？只是現在帶著這孩子，不得不小心行事。所以才來求助漆大哥。」

「對了，這孩子是怎麼一回事？」

「我是受人之託，要保他平安。」

「唉，你自己已經惹了天大的禍，還承擔這些事。不如你把這孩子留在我這裏。」

硃安世低頭看了一眼驩兒，見驩兒眼中隱隱露出不情願，便道：「這孩子不但官府在追捕，還有刺客一路在追殺，剛才進城前，我看到那些刺客也來了眉縣。留在大哥這裏，恐怕不方便，還是我帶著他吧。」

＊＊＊＊＊

湟水督郵靳產得意無比，要過一隻橘子，剝開皮，連著三瓣一起放進嘴裏，邊鼓腮大嚼，邊揮手示意，命小吏將申家兩個婦人及那少年帶過來。

小童懷裏捧著幾個橘子，見親人過來，哭著叫道：「娘——」

申道的老妻和兒媳料到孩子已經洩了密，望著孩子，無可奈何，只能深深歎氣，那少年卻狠狠瞪著弟弟，滿眼怨責。

督郵笑道：「事情我已盡知，現在只要一個住址，就放了你們。說吧，那姓楚的住在金城什麼地方？」

三人聞言都大吃一驚，沒料到孩子竟說出這麼多隱情，驚慌之餘，均滿眼絕望，頹然垂下頭。

督郵又道：「申道那老兒已經被捉住，在扶風獄中自殺了。」

申家婦幼四人猛地又抬起頭，同聲驚呼。

督郵道：「他所犯的罪可以滅族，只要你們說出那姓楚的住址，可饒你們不死。」

兩個婦人和那少年重新低下頭，都不作聲，淚珠滴落塵埃。那小童望望親人，又看看督郵，淚珠在眼中打轉。

「你們既然不說，就休怪我無情了。」督郵轉頭吩咐軍士，「先從小童鞭起，從小到老，一個一個鞭死！」

軍士領命，舉起鞭子，看小童望著自己，驚恐無比，渾身簌簌顫抖，鞭子停在半空，下不了手。

督郵喝道：「鞭！」

軍士不敢違令，只得揮下鞭子，用力雖不重，小童卻痛叫一聲，栽伏在地，大哭起來，懷裏的橘子四處滾開。

他的母親痛喊起來：「國有明律，老弱幼孺均該寬宥免刑[70]，你這是公然違反律令！」

督郵叱道：「在這裏，我就是律令！再鞭！」

軍士又揮下鞭子，抽在小童背上，小童更加慘叫痛哭起來：「娘——娘——」

他的祖母、母親、哥哥都心痛無比，爭著磕頭哭告：「大人，饒了他吧，要鞭就鞭我！」

督郵冷冷笑道：「你們不用急，等鞭死了他，就輪到你們了。」

那少年聽了，猛地跳起來，衝過去奪軍士手裏的鞭子，另外兩個軍士忙趕上前，幾腳將少年踢翻，按到地上。督郵又命令繼續鞭打，軍士只得一鞭一鞭抽下，小童大聲叫著娘，哭喊滾躲，十幾鞭子之後，小童嗓子已經喊啞，身上一道道傷痕。他的祖母和母親不住磕頭哭告：「大人！請饒了孩子吧！」

督郵道：「那就說出那姓楚的住址！」

小童母親終於不堪忍受，嘶喊道：「皋蘭鄉甜瓜里！」

---

[70] 中國法律早在西周時期就有「矜老恤幼」的原則。《禮記・曲禮上》云：「八十、九十曰耄；七年曰悼。悼與耄雖有罪，不加刑焉。」漢代沿襲這一恤刑原則。漢景帝後元三年（西元前一四一年）「著令：年八十以上、八歲以下，及孕者未乳、師、侏儒，當鞫繫者，頌繫之。」（《漢書・刑法志》）「鞫繫」，即監禁；「頌繫」，即給予寬宥待遇，免戴刑具。

第十八章　棧道符節

一輛牛車在褒斜棧道間緩緩而行。

挽車人是漆辛，牛車上擺著一具棺木，車前一邊坐著邴氏，另一邊坐著一個女童。女童身穿綠衣，梳著小鬟，眼睛又圓又黑，是驩兒。硃安世則躲在棺木之中。

這是邴氏想出的主意，她見驩兒生得清秀瘦小，又靦腆少言，便將驩兒裝扮成個女童。他們夫妻則扮作扶親人靈柩回鄉，讓硃安世躲在棺木之中，隱秘處鑿幾個洞透氣。路上關卡雖嚴，卻沒有誰會開棺查驗。

歷來蜀道艱險，這褒斜棧道北起眉縣，南達漢中，過劍門通往蜀中，是漢初丞相蕭何督修。在秦嶺山脈褒水和斜水河谷中，於山壁上淩空鑿石架木，修築棧道。此後歷代多次增修，當今天子繼位後，更大加修造，從此棧道千里，車馬無礙。

硃安世躺在棺木中，起初很是舒坦，正好養傷。連躺了幾天，越來越窒悶難捱，卻也只得忍著。

牛車吱吱咯咯在棧道上顛簸，行到正午，停了下來，硃安世猜想應該是到了歇腳之處，他聽外面沒有聲響，想出去透口氣，正要開口詢問，忽聽見馬打響鼻的聲音，知道外面還有其他旅人，便沒有作聲。正在側耳，猛聽到邴氏和驩兒一起驚叫，隨即，一陣兵刃撞擊之聲。

他忙用力推開棺蓋，抓起刀，挺身出棺，眼前依山而建小小一座亭子。

亭子中，漆辛正揮劍與兩個人惡鬥，那兩人身穿蒼青繡衣，各執一柄長斧，竟是繡衣刺客！而邴氏則護著驪兒躲在亭外牛車旁、山壁凹處。

硃安世忙跳下牛車，兩步奔進亭子。

這時，漆辛剛擋住右邊一斧，左邊另一斧已迅猛揮向他的腰間，眼看就被砍中！硃安世暴喝一聲，舉刀疾刺左邊刺客，那刺客猛聽到身後聲響，一驚，不及防備躲閃，手臂已被刺中，長斧隨之落地。硃安世舉刀又砍，那刺客側身一閃，手臂雖然中刀，卻臨危不亂，向後略退半步，隨即抽出佩劍。硃安世不容他喘息，連連進擊，那刺客左遮右擋，叮叮幾聲，盡數封住硃安世攻勢。

硃安世喊一聲「好！」手臂加力，一陣狂削猛砍，那刺客勉強抵擋，腳步不住後移，漸漸退出亭子，退到棧道之上，硃安世步步緊逼，揮刀力砍，那刺客縮身一躲，刀砍進棧道邊木樁上，深逾數寸，刀刃皆沒，硃安世忙回手抽刀，刀卻嵌在木樁中，急切間竟沒能抽出，那刺客卻趁這間隙，一劍砍向硃安世手臂，硃安世只得棄刀躲閃。那刺客得勢連刺，硃安世只能連連後退，腳下木板高矮不平，一不留神，被絆倒在亭邊。

那刺客一劍刺來，硃安世急忙側身一滾，隨即一腳踹向刺客小腿，刺客忙抬腿躲閃，卻沒想到硃安世這一腳是虛招，另一隻腳隨即實踢過去，刺客膝蓋被踢中，站立不穩，合身倒向硃安世，硃安世雙腿一夾，正好卡住刺客頸部，用力一絞，刺客略一掙扎，隨即斷氣斃命。

硃安世一腳踢倒那個刺客，挺身跳起，拔回自己的刀，回頭看去，漆辛和另一個刺客鬥得正惡，硃安世舉刀上前助攻，那刺客見同伴已死，硃安世又來夾攻，頓時慌亂起來，肩頭猛地被漆辛砍中，接著小臂又被硃安世刺中，長斧頓時脱手落下。

漆辛舉劍就砍，硃安世忙揮刀攔住：「留活口！」隨即一刀逼住那刺客，厲聲問道：「誰派你來的？」

那刺客半邊臉一大片青痣，目光陰沉，直視著硃安世，並不答言。

硃安世又問：「你們為何要追殺這孩子？」

那刺客仍不答言，一步步慢慢向後挪，硃安世也一步步進逼，刀尖始終不離他的咽喉：「不說？那就死！」

那刺客退到亭邊護欄，再退無可退，便站住，木然道：「你不知道？不知道還捨命救他？」

硃安世刀尖抵住他的咽喉：「快說！」

那刺客猛地大笑起來，笑了一陣，忽然轉眼望向亭外的驩兒，失聲驚叫道：「你看他！」

硃安世忙回頭去看，手中的刀忽然一斜，身側漆辛急呼，硃安世頓知中計，急回頭時，那刺客將身一倒，已倒翻過護欄，滾入到江水之中，江水深急，很快便被沖遠。

「嗐！」硃安世氣得跺腳。

「他恐怕也活不了。」漆辛道。

硃安世回身走到亭邊，在死去的那個刺客身上搜了一番，從他腰間搜出一塊半圓金牌，正面刻著半隻蒼鷲，背面幾個篆字，他認不得，便拿給漆辛看。

漆辛接過一看，大驚：「這是符節！」

「我就是盜了符節，才從宮中逃出來，但那是竹塊，怎麼又會有這種符節？」

「你從過軍，應該知道虎符，虎符是銅製的，乃是天子憑信。一分為二，一半留京師，一半交予使者，持符節如同天子親至，持虎符才能發兵。」

「如此說來，這些刺客是皇帝老兒派來的？」

漆辛搖頭道：「如果是皇帝派遣，又何必偷偷摸摸做刺客？而且據你所說，這些刺客在扶風，還和官府對敵，這事實在難解……」

硃安世想不出所以然，便不再想，回頭看驩兒垂著頭，像是做錯了事，便走過去，拍拍他的小肩膀，笑著問道：「驩兒嚇壞了吧？」

驩兒搖了搖頭。

「那你為何垂頭喪氣的？」

驩兒仍低著頭，不答言。

「哈哈，我知道了，你是因為扮成女娃，心裏彆扭不痛快，是不是？」

驩兒噗地笑了起來，眼淚卻跟著掉下來。硃安世蹲下身子，伸手幫他擦掉淚水，溫聲安慰：「驩兒，這不關你的事，是他們可惡！你一點錯都沒有，硃叔叔不許你責怪自己，記住沒有？」

驩兒輕輕點了點頭，卻仍咬著嘴唇，神情鬱鬱。

硃安世將他抱上牛車，笑道：「硃叔叔最愛和這些惡徒鬥，殺一個惡徒比喝一斗酒都痛快！」

邴氏也走過來，輕撫驩兒的頭髮，連聲感歎：「可憐的孩子，這些人怎麼連個孩子也不放過？剛才那兩個人認出他後，舉著斧子就砍過來，絲毫不留情……」

漆辛道：「不知道他們是怎麼認出他來的？」

驩兒低聲說：「都怪我，剛才他們盯著我看，我心裏害怕，就想躲開……」

硃安世忙道：「硃叔叔不是說了？不許你責怪自己，剛說完你就忘了？」

驩兒又低下頭，不再言語。

漆辛擔心道：「不知道前面還有沒有他們的同伴？」

硃安世回頭看看亭子裏兩匹馬，略想了想：「那天在眉縣，他們一共四人，這兩人走南下這條道，另兩人應是往西去追了。倒是這兩匹馬得想辦法處置掉，不能留下蹤跡。」

硃安世先將刺客屍體抛入江中，而後左右環顧，一邊是峭壁，一邊是江水，除非把馬也抛到江水裏，他向來愛馬，心中不忍，便將兩匹馬的鞍轡解下來，抛到江中，轉身道：「馬就留在這裏吧，過往的人見了，應當會貪心牽走。」

他又安慰了驩兒幾句，這才鑽回棺中，漆辛蓋好棺蓋，吆喝一聲，牛車又重新啟程。

＊＊＊＊＊

長安，執金吾府寺。

「減宣在獄中自殺了[71]。」劉敢得到消息，忙來稟告，杜周聽後一怔。

劉敢繼續道：「卑職知會上林苑令後，他上了一道奏本，減宣被下獄，射中上林苑門楣，觸犯大逆之罪，當族，減宣知道不能倖免，便在獄中自殺，其家被滅族……」

杜周耳中聽著，心中湧起一絲憐意。他與減宣畢竟同儕多年，也算得上是知己。減宣事事小心，辛苦半生，曾經功業赫赫，最終卻落得這般收場。這宦海浪險，朝夕難測，他不由得想到自己，如今汗血馬仍不知所蹤，雖然減宣替自己暫抵一時之罪，汗血馬若追不回來，自己旋即也將與減宣同命。他心想著那情景，喉嚨中不由得發出一聲怪歎，如打嗝一般。

劉敢聽到，吃了一驚，忙低下頭，裝作不曾聽見。

杜周忙清清嗓，隨即正色，問道：「湟水回信了嗎？」

劉敢忙取出一份絹書，起身急趨，雙手奉遞給杜周：「這是湟水發來的急報，今早剛收到。」

杜周接過後，略看了一眼，隨手放到案上：「怎麼說？」

「湟水護羌校尉收到卑職驛報後，按卑職指令，設計拷問逼供，得知那老兒名叫申道，當年是淮南王劉安門客，通習儒術，尤精於《論語》。由於淮南王更重道家，因此未受重用。淮南王謀反失敗後，申道免於死罪，只被流徙到湟水。一個多月前，他接到金城一故友的口信，連夜趕到金城，想是受了故友之託，接到那小兒，然後輾轉送至扶風。」

「嗯。」

---

[71]《史記・酷吏列傳》：「宣使郿令格殺信，吏卒格信時，射中上林苑門，宣下吏詆罪，以為大逆，當族，自殺。」

「卑職已先料到那老兒定是受人之託，故而在驛報中吩咐明白，若有線索，就近傳急報給所在官府。那申老兒故友在金城的住址已經查明，湟水護羌校尉也已傳報給金城縣令，兩地相距只有幾百里，驛報隔天就能收到。再過幾日，金城的驛報就能送來了。」

「嗯。」

「還有一事更加蹊蹺——扶風刺客衣襟上削落的那片斷錦——」

＊＊＊＊＊

黃河，金城。

元狩二年⑫秋，驃騎將軍霍去病大破河西匈奴，得勝歸來，於皋蘭山北、黃河南岸修建守城，西控河湟，北扼朔方，固若金湯，故取名「金城」。

靳產親自持驛報，連夜趕赴金城，拜見金城縣令。縣令見是長安執金吾杜周急報，又事關汗血馬，忙命縣丞陪同靳產，迅即出城，緝捕嫌犯。

縣丞一看驛報，心裏不禁納悶，但不敢多問，急忙喚車，與靳產一同趕到皋蘭鄉。

皋蘭鄉長、亭長已先接到快馬急報，早已帶了一干人在路上迎候。

近前停下車，縣丞問道：「那姓李的可曾捉到？」

鄉長答道：「沒有——」

⑫西元前一二一年。

「嗯?為何?」

「那人已經死了。」

「死了?何時?」

「上個月。」

「怎麼死的?」

「這個——還未查明,屬下們仍在追查。」

「他家人呢?」

「也都死了。」

「也是上個月?」

「是。」

「你說的是上個月那件滅門案?」

「正是。」

「唶!早知如此,就不需要跑來了。」

靳產忙問,那縣丞解釋道:上個月,一樁滅門案震動金城,皋蘭鄉甜瓜里一個名叫楚致賀的人全家被殺,卻找不出兇手。

上月初四,楚致賀鄰居見他家白天大門緊閉,半日聽不見動靜,敲門也沒人應,幾個鄰居最後一起撞開了門，進去一看，楚家老少全都倒在地上，早已死去，每個人脖頸上都是一道口子，血流遍地。那些鄰居驚慌失措，一看是六具屍體，以為楚致賀也在其中，後來才發覺，年長的那具男屍並不是楚致賀。幾天後，一個牧羊童在皋蘭山的一個山洞裏發現一具男屍，全身遍是傷口，經辨認，正是楚致賀。案發後，金城縣令也曾著力查過，卻毫無頭緒，只得擱下。

靳產聽了，心中越發歡喜：看來此事果然牽連極廣，這樁差事若辦好了，何愁不能出頭？

兩人掉頭回去，靳產一路細細詢問那樁滅門案，一邊聽，一邊在心裏暗暗思尋盤算。

兩人到了城中，稟告縣令，縣令聽了也大吃一驚，犯愁道：「沒想到這姓楚的居然牽涉到汗血馬被盜案。當年杜周為廷尉時，曾交代我一件差事，我沒能辦好，結果被貶到這個羌胡之地，如果這件事再應付不好……但這是個死案，叫我如何再查？」

縣丞低頭皺眉，不敢應答。

靳產小心稟道：「看驛報，其實倒是有了一些頭緒。」

「哦？什麼頭緒？」

「卑職在路上聽縣丞言道，這楚致賀原本是一介儒生，乃淮南王劉安的門客，淮南王謀反事敗，楚致賀被謫為戍卒，二十一年前隨驃騎將軍西征，留戍在金城。而卑職在湟水查出，那姓申的老兒也是淮南王門客，這申、楚兩人是故交，楚致賀被滅門也許和淮南王有關聯？」

「淮南王已經死了二十幾年了，能有什麼關聯？」

「就算查不出來，畢竟也算一點收獲，報給執金吾大人，他應該能從中找出些有用的東西。」

「嗯，但只有這一點，怎麼夠交差？」

「還有兩條——」

「快說，快說！」

「縣丞剛才言道，那姓楚的家裏還有一具無名男屍。而據鄰居所言，案發前一晚，天剛黑，有一個男子帶了一個小童偷偷摸摸進了楚致賀家。那男子應該就是那具無名男屍。但沒有找到他帶來的小童屍體。驛報上說，那姓申的老兒也帶了一個小童。兩個小童應該是同一人。楚致賀不是死在家裏，可能正是帶了那小童逃走，於途中被殺，小童又被那姓申的老兒救走。」

「嗯，有道理，有道理！還有一條呢？」

「縣丞還言，案發前後幾日，有人看到三個繡衣人騎著馬，在皋蘭山腳下遊蕩。驛報上說扶風有繡衣刺客要刺殺那個小童，這兩夥繡衣人恐怕是同一路人，楚致賀全家應該正是那三個繡衣人所殺。」

「好！很好！有這三條，足以應付了！」縣令喜不自禁。

「如果只上報這三條，執金吾恐怕仍會以為大人辦事不盡心。卑職以為。還可以再挖出些東西來。」

「話雖有理，但這個案子我這裏查了一個多月，已經是個死案，還能挖出些什麼？」

「那具無名男屍。」

「上月我已命人查過，並沒有查出什麼來。」縣令搖搖頭。

「現在有了小童這條線索，或許就能追查出他的來路。」

「一個死人身上怎麼追查？」

「上個月案發後，大人下令在全縣稽查──」

「是啊，當時金城共有十幾個人走失逃逸，相關人等都被召來認過，都不認得那人。這一個多月來，也並沒有人來認領那具男屍。」

「卑職剛才在路上細想，此人定非本地人。而且據卑職推斷，那男子應是從北路而來。」

「哦？你是從何得知？」縣令又睜大眼睛。

「有三個證據：第一，那男屍身上衣服，縣丞說他穿的是複襦。上個月才入秋，卑職進城時留意，金城街市上，今天還有人穿著單衣。只有西邊、北邊才會冷得這麼早。」

「如何斷定不是西邊，而是北邊？」

「那男子是上月初四趕到這裏，初七，那申老兒接到楚致賀的口信，從西邊湟水趕來，接走了那小童。」

「他們會不會一前一後從湟水趕到金城來的呢？」

「應該不會，如果兩人都是從湟水趕來，姓楚的又何必從金城又稍口信回去？而且從湟水到金城單程快馬至少得要兩天，日期也合不上。此外湟水地偏人稀，哪怕來隻野狗，也躲不過人眼，卑職來之前，已經命人細細盤問過，除了給申道傳口信的人，這兩個月並沒有人到過湟水。」

「有道理，第三個證據呢？」

「縣丞說那男子身上有把鑌鐵小刀，是西域所產，卑職想，這種刀只有在北地才容易買到。」

「嗯，有道理。但北地綿延幾千里，怎麼能知道他是從哪裏來的？」

「北地雖廣，卻只有一條路通向西域，自去年征伐大宛得勝後，這條道再無戰事，路上行人稀少，大多是胡漢商旅，那男子單身帶一個小童，應該容易被人記住，沿途查訪，應不難查出他的來處。」

「好！我馬上派人北上去查！只是——找誰好呢？」

靳產聞言，暗暗後悔不該心急，將事情說得輕了，不過見這縣令優柔寡斷，忙道：「此事恐怕還是由卑職親自去查為好。一來執金吾急報是傳到湟水，湟水首當其責；二來，若另找人去查，怕手生不諳門道；三來，卑職方才所言，也只是妄測，就算能查出那男子來路，他已是死人，恐怕極難再往下追查；四來，大人將現在查出的這些上報給執金吾，已足可表功，但若再遣人追查，查出些線頭倒好，若查不出，反倒畫蛇添足，抹殺了現在這些功勞，又要惹得執金吾不高興。」

靳產邊說邊偷覷縣令神情，縣令果然被說動，尤其最後一條，正觸到其要害，縣令假作沉吟半晌後，才道：「聽你方才一番言語，由你出馬，當然最好，只是太辛苦你了。」

靳產暗喜，忙躬身道：「這是卑職職分之內，敢不盡犬馬之力？此去若能查出一絲半點，都賴大人之福。」

「好，若辦得好，我就將你遷調到我這裏，好好重用你！」

靳產心裏暗笑：此去若真能查出隱情，這小小金城豈能安得下我的坐席？但面上絲毫不露，假意跪下叩頭謝恩：「卑職賤軀，願為牛馬，供大人驅馳！另外，卑職還有一事求告，大人能否先行發急報給沿路各郡縣，等卑職到時，辦事更便捷些。」

「這個容易，我立即讓人去辦。」

第十九章　棺木囚車

牛車腳程慢，行了近一個月，才出了褒斜道，經漢中，穿劍閣，來到梓潼⑦³。

硃安世一直躺在棺木中，只在夜深無人時，才能出來透氣，這十幾日竟比遠征大宛三年更加難熬，憋得五臟六腑幾乎要炸，一算路程，才走了一半，焦躁得想殺人。

「要進城了，小心。」漆辛在棺外小聲提醒。

硃安世忙凝神屏氣，牛車速度放慢，吱吱咯咯碾過木板，應是在過城門吊橋，之後停下來，聽到守城衛卒盤問漆辛，漆辛小心應答，幾句之後，牛車又緩緩啟動，硃安世這才放了心。

又行了一陣子，牛車停了下來，硃安世正猜想漆辛在買吃食，卻聽見驢兒驚叫起來：「放開我！放開我！」

硃安世大驚，要跳起身，又不知外面情形，不敢冒然行事。再聽，驢兒仍在叫，卻聽不見漆辛和邴氏的聲音，事情不妙！硃安世忙抓住刀，推開棺蓋，剛坐起來，卻見十幾把長戟逼住自己，捕吏將牛車團團圍住！

他定神一看，牛車停在官府大門前，臺階上立著一位官吏，看衣冠，是郡守。左右幾個文吏，十數個執刀護衛，行人全都被兵卒擋在街道兩頭。

而漆辛，竟緊抓驢兒手臂，正拖扯著走向那郡守！

---

⑦³ 梓潼：西漢高帝六年（西元前二〇一年），置廣漢郡，轄十三縣。治所設在梓潼（今四川梓潼縣）。

硃安世驚如雷轟，大叫道：「漆大哥！」

他自幼歷盡人情涼薄險惡，從不輕易信人。活到今天，這世上能信的，除了酈袖，只有少數幾個朋友。他雖曾豁出性命救過漆辛，但不喜漆辛小心拘謹的性子，故而救過之後便丟開手，不願多交往。倒是漆辛，多年來始終不忘恩情，只要見面，必定先要叨謝一番，並想方設法要報恩。硃安世卻不過他一片盛情，才接納了這個朋友。哪知竟會如此！

漆辛站住腳，回轉頭，滿面惶愧：「硃兄弟，我對不住你，我兒子犯了死罪，現在梓潼獄裏，表弟幫我說情，郡守恩准，只要獻出你，可免我兒死罪。硃兄弟，你於我有救命之恩，可我只有這一個兒子……」

漆辛聲音哽咽，流下淚來，邴氏站在一邊也深低著頭，不敢看硃安世。

硃安世說不出話，牙齒咬得咯吱吱響，攥著刀柄的手幾乎要擰出血，半晌才瞪著眼，一字一字狠狠道：「你陷害我可以，為何連這孩子也要拖進來？」

漆辛噗通跪到地下，嗚嗚哭起來：「郡守說連你和孩子，還有汗血馬一起獻上，才能免掉我兒子死罪……」

他的手始終緊緊抓著驩兒手臂，驩兒卻不再掙扎，望著硃安世，眼中竟是關切、自責多於驚慌。

硃安世心中雖然怒火騰燒，卻也只能恨歎一聲，環顧四周捕吏，知道萬無可能脫困，便鬆手棄刀，慢慢站起身，氣極而苦笑，連聲道：「好！好！好……」又望著驩兒道，「驩兒，是硃叔叔害了你，倘若你能僥倖活下來，一定要記住，萬萬不能輕易相信人，日後就是見了硃叔叔，也不能輕易相信。」

驪兒眼中這時已全然沒有了驚慌，只有擔憂和難過。硃安世心下稍安，一眼望見旁邊停著一輛木籠囚車，心中閃念：雖然被捕，料不會就地處罰，應是要押解去長安，只要不死，何必灰心？

於是，他細細整理了一下皺起的衣衫，這些日子他的鬍髭已經長出，黏的假鬍鬚已經脫落不少，頷下發癢，他索性伸手把餘下的假鬍鬚全都扯淨，而後才抬腿跳下牛車。車邊的捕吏嚇了一跳，攥緊兵刃，時刻緊逼。硃安世視若無睹，逕直走向漆辛，漆辛不由得向後退縮，雙眼驚恐，盯著硃安世，卻又不敢直視。抓著驪兒的手箍得更緊，驪兒忍不住輕哼了一聲。幾個捕吏忙執刀攔住硃安世，硃安世停住腳，冷笑而立。

郡守下令道：「押起來！」

他身邊兩個捕吏，一個捧赭衣[74]，一個拎鉗鈦[75]。兩人一起走過來，硃安世身邊的一個士卒收起刀，伸手要剝硃安世的衣裳。硃安世抬臂攔住，自己動手解開衣衫，一件件徐徐脫掉，脫得赤條條，眾目睽睽之下，嘴角冷笑，旁若無人。

捕吏遞過囚衣，硃安世接來套在身上，另一捕吏先將鉗上鐵圈箍住他的脖頸，鐵圈前面鏈著

---

[74] 赭衣：囚衣，用赤土染成赭色（紅褐色），無領，不縫邊，以區別於常服。

[75] 鉗鈦：秦漢時期拘押重罪犯用鐵質刑具。鉗是頸部鐵圈，鈦是腳鐐。

兩根鐵鏈，鏈端兩個鐵扣，分別銬住他的雙腕，鎖好，又用鐵鈦銬住他的雙腳。而後捕吏推過囚車，打開木柵門，硃安世抓著木欄，抬腿鑽進囚車，手足鐵鏈哐啷啷響，他靠著木欄坐好，見兩邊圍觀的行人大多臉露讚意，不由得微微一笑。

郡守又下令：「將這小兒也押進去。」

漆辛遲疑了片刻，才鬆手，一個捕吏捉著驩兒的手臂，將他拉到囚車邊，抱起來推進囚車裏。硃安世並不出聲，望著驩兒笑了笑，點點頭，伸手示意他坐到自己身邊。

*****

執金吾府寺。

劉敢滿面喜色，匆匆趕來。叩拜過後，他忙不迭道：「那片斷錦果然出自宮中！」

他取出刺客繡衣上那片斷錦，細細指給杜周看——

「卑職初見這斷錦，看它織工細密、紋樣精細，懷疑是宮中內造，便拿到未央宮織室去查問。織室令見到這片斷錦，先是一愣，隨即便掩住驚訝，說這錦並非出自織室。我看他神色異常，便沒有多說。回來後，立即去找了一個舊識，他曾在織室為丞，眼光極老到，他看到這片斷錦，毫不猶豫說這定是出自於宮中織室。僅從經線數量上就可以看得出：一寸錦，民間經線一般四百根，最好的也只能到五百五十根，宮中織室織的錦，經線則是六百根。」

「哦？」

「此人與織室中一個織婦有舊情，我讓他將這片斷錦偷偷傳遞給那織婦看，那織婦看了也一口斷定，這錦必定是出自宮中織室。她說這錦是絨圈錦，所用的不是普通提花技藝，而是起圈提花——」劉敢指著上面的紋樣說，「普通織錦，紋樣與錦面平齊，起圈提花卻能讓花紋突起成絨。是用細竹絲做假緯，用經線繞著假緯起圈，織好後再抽去假緯。這種技藝是織室近年新創，尚未傳到民間——」

「當真?」杜周一直閉目在聽，不由得睜開眼睛。

「這兩人斷不會看走眼，這片斷錦必是宮中之錦。如此看來，這事疑竇實在太多：既然是宮中之錦，為何織室令不敢承認?扶風那些刺客為何會穿宮中之錦?能用宮中官錦做袍，那些刺客來歷大不一般。刺客不一般，他們要刺殺的那小兒必定更不一般。」

「嗯。」

「卑職已經買囑那個織婦，讓她暗暗查探這錦的來龍去脈。卑職怕她一人力單，織室歸少府管，卑職又在少府中找了兩個人，分頭去查這事。」

「暗查。」

「卑職知道，此事看來非同小可，況且刺客之事已經無關汗血馬，越出大人職分，卑職一定小心在意。」

「好。」杜周微一點頭。

「此外，那盜馬賊妻子所留暗語，卑職還未猜破，不知大人是否——」

杜周微微搖頭，盯著几案上的蒼錦，沉思不語。

*****

硃安世和驩兒坐在囚車裏，前後二十幾個衛卒騎馬監看，離開梓潼，返回原路，緩緩北上。

硃安世見驩兒一直低著頭，心事重重，他伸手攬住驩兒，想安慰幾句，卻不能開口說話，因為他口中含著一捲細鐵絲。

這鐵絲是在趙王孫莊上時，韓嬉贈給他的。只有一尺多長，比馬鬃略粗，鐵絲上遍布細密鐵粒，是一根絲鋸⑯。當時硃安世拿著試鋸一根木樁，沒幾時，木樁應手而斷，他大為高興，連聲道謝，捲成小捲兒藏在貼身處。

在梓潼府寺外，他見無法突圍，便假意整理衣衫，偷偷取出絲鋸捲兒，又藉扯掉假鬚，趁機將絲鋸藏進嘴裏。

率隊的校尉異常警醒，不論白天黑夜，隨時命人輪流緊看，士卒稍有懈怠，立遭鞭打，故而絲毫沒有空歇。硃安世只能一直閉著嘴，絲毫不敢動唇齒。到吃飯時，士卒隔著木欄遞進乾糧，硃安世接過來，卻不能吃，轉手遞給驩兒。驩兒並不知情，見硃安世不說話不吃飯，雖然接過，卻只拿在手裏，也不吃不語，低頭默默坐著。硃安世心裏著急，卻不好勸。

⑯絲鋸：據《世界古代前期科技史》（安家瑤）：商、周時期玉石加工已採用了青銅製作的絲鋸工具。另據考古發現，戰國鐵器盛行，玉器加工已使用鐵絲絲鋸，戰國到漢代的一些玉器上能夠看見鋸料時留下的痕跡。

到了夜間，士卒又挑著燈輪流在木籠外看守。硃安世假裝睡覺，側過身，偷空從嘴中取出絲鋸，攥在手心裏。這才坐起來，搖醒驩兒，拿起白天沒吃的乾糧，分了一半，遞給驩兒：「英雄不做餓死鬼，吃！」

驩兒一臉迷惑，見硃安世大口嚼著，也就吃了起來。士卒在一邊看見，搖頭而笑。

要天亮時，硃安世又瞅空將絲鋸塞到臀下坐住，這才開口和驩兒說話。憋了一天，這時心情大快，盡說些開心逗樂的事，不但驩兒愁容頓掃，連近旁的士卒也聽得大樂。

行了幾日，出了劍閣，沿路來到嘉陵江，峽谷之中，只有窄窄一條山道。

傍晚時分，到了山坳間一片略微坦闊處，校尉下令歇息，士卒們搭灶拾柴，準備晚飯。硃安世左右望望，一邊是陡峭山壁，絕難攀登，另一邊是深闊江水，有幾丈寬，對岸山勢略微平緩，但峰頂連綿，如同遮天屏障，南北望不到邊。他心中暗想了幾種脫身方法，卻都難以施行，便索性不再去想，坐著靜待時機。

吃過夜飯，天漸漸暗下來，校尉與其他士卒都已裹著氈子躺倒休息，只有四個士卒挑燈值夜，其中兩個守在囚車邊，繞著囚車一圈圈踱步，驩兒也靠著硃安世睡著。

四下一片寂靜，只有水流聲和蟲鳴聲。

忽然，前面遠遠傳來馬蹄聲。

這麼晚還有行人？

硃安世略有些詫異，值夜士卒也一起伸頸張望。蹄聲越來越響，是四匹馬，從北邊奔了過來，值夜士卒都將燈籠伸向路邊照看，那四匹馬經過囚車時，硃安世仔細一看，見四匹馬上都掛著長斧，斧刃映著燈火，寒光閃耀，馬上竟是繡衣刺客！

硃安世忙向裏扭過頭，前三匹馬都奔了過去，第四匹卻突然勒住，向囚車湊過來。

「大膽！」衛卒厲聲喝止。

「囚車裏是什麼人？」那刺客聲氣傲慢。

前面三匹馬也倒轉回來。

「找死？還不走開！朝廷重犯豈容你亂問？」衛卒怒罵道。

刺客鼻中極輕蔑哼了一聲，硃安世不由得微微轉頭，偷眼斜瞄，見那刺客從腰間取出一件東西，拿給衛卒看，燈影裏金光一閃，硃安世想那東西恐怕是符節。

果然，那衛卒見到之後，聲調忽變，連聲道歉：「小人該死！小人該死！囚車中是長安盜賊，就是盜了汗血馬那個，還有一個小兒……」

那刺客不等衛卒說完，忽然抽斧在手，直直向囚車衝來。硃安世大驚，他手腳被鎖鏈銬著，囚車又矮窄，只能急轉過身子，用背護住驩兒。倏忽之間，那刺客已經衝到囚車外，舉斧就砍，喀嚓一聲，木籠上橫樑登時被砍斷。

那刺客繼續揮斧，從木籠缺破處，向硃安世頭頂狠狠砍落，硃安世忙抬起兩條腿，扯緊腳上鐵鏈，擋住刺客斧頭，腳腕上鐵環猛地一勒，疼得他齜牙咧嘴。

驢兒被驚醒，見此情景，急忙縮到籠子內角。那刺客毫不停頓，連連揮斧猛砍，咔嚓！咔嚓！幾根木欄接連被砍斷。硃安世只能用腳上鐵鏈左遮右擋，木籠裏沒有多少騰挪餘地，稍一不慎，斧頭滑過鐵鏈，撞到腳踝，雖未砍傷，也已經痛徹骨髓。

其他三個刺客隨即也一起驅馬衝了過來，先前那個士卒待在原地，手足無措，另三個忙揮矛上前攔擋，那三個刺客毫不容情，揮斧就砍，三個士卒猝不及防，頃刻間，其中一個慘叫一聲被砍倒在地，接著另一個也被砍傷。

燈籠全都掉落在地，眼前頓時黑下來。

硃安世應付一個刺客已經吃力，現在光亮頓暗，看不清斧頭，只能靠聽力分辨，另一個刺客又已衝到木籠外，他心裏大聲叫苦，只能用背死死抵住驢兒，能拖一時算一時。幸好校尉及其他士卒都被驚醒，全都抓起兵器，喊叫著趕了過來。三個刺客立即背轉身，護住囚車，分別抵擋上前的士卒。

第一個刺客繼續揮斧，不斷砍向硃安世。有幾個士卒點燃了火把，有了亮光，能看清斧頭，硃安世心下稍安，不斷挪轉身子，用手腳上的鐵鏈抵擋刺客攻勢。光亮之中，他隱隱辨認出，這刺客半邊臉一大片青黑，竟是前日棧道跳江的那一個，又悔又怒，心想一味這樣只守無攻，遲早要受傷。抬眼一覷，頭頂木欄已經被砍斷幾根，大致已能站起身，便趁刺客一斧揮空的間隙，猛力一踢，踢中刺客左臂。刺客略微一退，他忙騰身站起來，不等刺客再次舉斧，雙腳一蹬，撲向刺客，左肘猛力擊下，擊中刺客臉頰，隨即摟住刺客脖頸，緊緊箍住，兩人一起栽到地上，硃安世不容刺客掙扎，右手又是一肘，刺客頓時暈死過去。

他才從地上爬起，旁邊一個刺客察覺，揮斧逼開身前士卒，一扭身，斧頭斜砍過來。硃安世急忙側身躲過，腳下被鎖鏈一絆，又栽倒在地，手正好碰到掉在地上的斧頭，順手抄起，抓住木欄，縱身鑽回囚車。

那個刺客被士卒纏住，無暇繼續來攻。硃安世環顧左右，另兩個刺客也都各自被數個士卒圍攻，校尉一邊呼喝指揮、一邊揮刀參戰，竟無人顧及囚車。硃安世大喜，低聲叫驩兒抓緊，隨即揮斧砍斷木籠前方木欄，伸出手抓住轡繩，用力一蕩，大叫一聲，驅動馬車，向前急衝。前面一個刺客和士卒正在惡鬥，馬車奔過，撞開刺客胯下之馬，踢翻兩個士卒，一路向北急衝。奔出幾丈遠，衝進暗夜之中，硃安世回頭一看，三個刺客已經逼退士卒，驅馬趕來，那校尉也忙高聲大叫，命士卒各自上馬。

硃安世知道馬車跑不快，很快將被追到，繞過一段彎路後，用力抽動轡繩，讓馬跑得更快，隨即棄了轡繩，回身到木籠後面，抱起驩兒，說聲「小心」，縱身一躍，跳下馬車，滾進路邊草叢。這裏一帶都是一丈多高的陡斜江岸，根本無法停住，兩人逕直滾向江中，緊急之中，硃安世騰出左手，迅疾抓住一把野草，才止住落勢。大半個身子已經泡在水中，江水湍急，身子隨即被沖斜。

秋草已經枯黃，承受不住兩人重量，硃安世忙將驩兒托起來：「抓緊草根！」驩兒忙伸手死死攥緊兩把野草，硃安世這才騰出手，換了兩叢草抓緊，兩人緊緊貼在陡坡上。

這時，三個刺客已經追了過來，馬不停蹄，疾奔而過。很快，校尉率士卒也緊隨而至。等追兵全都奔過後，硃安世才小聲說：「爬上去。」

兩人爬到坡頂，硃安世從囚衣上撕下幾條布帶，栓作一條繩子，讓驩兒趴到自己背上，用布繩緊緊捆好，這才又溜下陡坡，探到水中，伸臂蹬腳，向對岸游去。

江水湍急，他手腳都被鐵鏈銬著，腿臂不能大張，使不上太多力氣，加上鐵鏈及驩兒的重量，游得越發吃力，根本無法抵抗水流，不斷被沖向下游，只能拼力划水，斜斜向對岸一點點挪近。手臂漸漸酸軟，幾次沉下水去，險些被江水吞沒，驩兒也被水嗆得不住劇咳。他咬緊牙關，拼死挺住，才終於游到對岸。趴到岸上時，筋疲力盡，癱在石板上動彈不得。

沒過多久，斜對岸隱隱傳來馬蹄聲和呼叫聲，看來追兵已經追到了囚車，發現硃安世半路跳車，又沿路找了回來。

硃安世不敢逗留，喘息片刻，強掙著爬起來。他一動，手腳上的鐵鏈便哐啷作響，幸好響聲不大，他輕手解開布繩，放下驩兒，將布繩一頭繫在腳鏈中央，一頭用手提著，避免鐵鏈碰地，這才伸手牽著驩兒向山上爬去。

爬了一陣，馬蹄聲已經來到了正對岸，回頭一望，幾根火把在岸邊晃動。這時夜靜山空，對岸的話語聽得異常清楚：

「這一路都沒有山洞、樹叢，那賊人沒地方可躲，這邊峭壁又陡，也爬不上去。」

「他一定是跳進江水裏了，難道游到對岸去了？」

「江水這麼急，他就是手腳沒被鎖，也難游過去。」

「那他能去哪裏？」

「該不是被江水沖走，淹死了？」

「休要囉嗦，仔細查找！」

士卒們不再說話，火把慢慢向南邊移動，只聽見馬蹄聲和兵刃撞擊石頭的聲音。

硃安世鬆了口氣，牽著驢兒繼續登山。山勢越來越陡，不但驢兒越走越慢，硃安世也氣喘吁吁。一夜走走停停，天快亮時，才終於爬到山頂。硃安世怕對岸看見，牽著驢兒向山裏又趕了一段，找了處茂密草叢，這才一起躺倒。

雖然夜寒露重，兩人疲乏已極，很快呼呼睡著。

第二十章 山野猛虎

山上滴起雨來，山風越發濕冷。

砵安世被凍醒，轉頭一看，驢兒還在熟睡，但皺著眉頭，臉蛋潮紅，伸手一摸，額上滾燙。不好，孩子生病了！

砵安世忙伸手輕輕搖動：「驢兒，驢兒！」

驢兒迷迷糊糊呻吟著，卻睜不開眼。砵安世四處望望，見不遠處有塊巨石，石下有個凹處可以避雨，便抱起驢兒走過去，先輕輕放到石下，然後撿了幾抱尚未打濕的枯草黃葉，厚厚鋪在石凹裏，才讓驢兒睡好，又折了些樹枝遮擋住山風。昨夜渡水過來，兩人身上衣服至今未乾，身上火石在梓潼時已被搜走，沒辦法生火烘烤，只能用枯葉厚厚堆在驢兒身上。

他粗識一點草藥，忙去採了些牛燥葉、葴、蒲公英，沒有瓦罐，煎不成藥，只能在石塊上搗爛，一點一點餵給驢兒。忙了半晌，腹中饑餓，又去掘了幾個山薯胡亂充饑。之後便坐在驢兒身邊看護。

雨淅淅瀝瀝越下越密，山上越來越冷。

他忍不住打了幾個寒噤，見驢兒縮成一團不住發抖，便躺下來，把驢兒抱在懷中，替他保暖。驢兒漸漸沉沉睡去，砵安世一動不敢動。

當年，兒子生病時，他就這樣抱在懷中。分別幾年，不知兒子現在是什麼模樣、是否照舊跟他親？他笑著長歎一口氣，望著雨幕，想像別後重逢的情形，妻子酈袖見到他，定會又裝作生氣，冷著臉不理睬他，等著他陪好話。這次不同以往，惹了這麼大的禍，分別這麼久，定得好好陪些不是才成。他在心裏反覆思量著各種甜話、乖話、趣話、真心話……正眯著眼睛笑著浮想，驩兒忽然叫道：「娘！娘！娘！」

驩兒仍閉著眼、皺著眉，在夢裏哭起來，眼角滾下淚珠。硃安世輕輕替他擦掉淚水，不由得深歎一口氣。

一連兩天，驩兒始終昏迷不醒，一會兒笑、一會兒哭、一會兒驚叫，硃安世看著心疼，但沒有火種和衣被，只能定時給他餵藥，又把山薯搗成泥，餵他吃一些，然後一直守在他身邊。心裏不住念：孩子啊，你千萬得好轉過來，不然硃叔叔就白花這麼多氣力救你啦！

鉗鈦箍著手腳，實在礙事，他找了塊硬石，想砸爛鐵鐐上的鎖，但費盡氣力也沒能成功，倒是幾次失手，砸到手腳，疼的他哇哇怒叫，只能恨恨作罷。

他攀上巨石，舉目眺望，只見四周群山連綿、峰巒如波，根本望不到邊。出入蜀地只有峽谷間一條驛道，沿路絕難避開盤查，只能翻山越嶺。他心裏暗暗叫苦，不論南下去成都，還是北上回長安，都得越過這重重山峰。他獨自一人要走出去都艱難，何況還有驩兒？想了一陣，也沒有他途，還是先醫治好驩兒再說。

到第三天，驩兒才睜開眼睛，見硃安世正在給自己餵薯泥，有氣無力地說：「謝謝硃叔叔……」

「你終於醒來啦，嘿嘿！」硃安世大是開心：「不要説話，乖乖吃！」

又過了兩天，驩兒病勢漸漸好轉，能自己坐起來吃東西。他從懷裏取出一捲兒東西遞給硃安世，硃安世一看，竟是那捲絲鋸！那夜逃得急，全然忘了這東西，更沒有跟驩兒說起，倉皇中他居然能留心，硃安世甚是納罕：「哈哈，你什麼時候把它拿著了！」

驩兒並不作聲，只是微微一笑。能替硃安世做一點事，他顯然十分開心。邴氏替他梳的小鬟已經散亂，頭髮披散著，恢復了男孩兒的模樣，雖然身子還是虛弱，但圓圓的黑眼睛又閃出光亮。

硃安世接過絲鋸捲，套在指頭上轉悠，感歎道：「這東西寶貴，丟不得。」

他想起韓嬉說這絲鋸是精鐵製成，連鐵器都能鋸斷，便坐到石凹邊的草地上，扯開絲鋸，兩手拽緊，試著鋸腳上的鐵鏈。鋸了一陣，果然鋸出一條細縫。他大喜，埋頭加勁繼續鋸起來。正鋸著，驩兒忽然低聲叫道：「硃叔叔！」語氣十分怪異。硃安世抬起頭，見驩兒盯著石凹外，滿眼驚恐，他順著目光回頭一看：一隻猛虎！

那隻老虎立在兩丈外，渾身斑斕，身形強壯，雙眼泛著黃光，定定盯著硃安世，一陣一陣發出低重鼻息。

硃安世頭皮一麻，頓時呆住，一動不敢動。老虎盯了片刻，忽然抬腿奔了過來！

硃安世這才回過神，慌忙要站起身，卻一頭撞到頂上的岩石，一陣暈痛，一屁股又坐了下來。這時，老虎已經衝到眼前，兩隻粗爪撲向硃安世！硃安世嚇得魂飛魄散，忙張開雙腿，繃緊鐵鏈，攔向虎爪，但哪裏攔得住？鐵鏈被老虎一爪摁到地上，一聲咆哮，一股腥臭之氣撲面而至。老虎張開巨口，舌頭血紅、利齒森森，向硃安世咬來！

硃安世魂已不在，正好兩腿之間有塊大石頭，一把抱起來，用力推了出去。這時虎嘴正張得最大，那塊圓石一下子搡進虎嘴之中，老虎喉嚨中發出一聲怪叫，猛地頓住。硃安世忙撤回手，倒退著連蹭幾步，縮回到石凹裏，抓起一根粗樹枝，準備搏鬥。卻見那老虎猛搖著頭，要吐出那塊石頭。誰知那石頭剛好撐滿了虎嘴，又被虎牙卡住，吐了半天吐不出來。老虎伸出爪子，嘶吼著，要扒出石頭，然而石頭圓滾滾，無處著力，扒了半天扒不出來。它暴怒起來，不停轉圈打滾，石頭卻始終卡在嘴裏。

硃安世和驢兒看得目瞪口呆，過了半晌，那老虎竟嗚咽一聲，大張著嘴，含著那塊石頭，轉身向遠處跑去，不久便隱沒在樹叢之中。

硃安世這才慌忙抱起驢兒，跳出石凹，抓起掉在地上的絲鋸，沒命狂奔。

這深山之中，不知道還要遇見什麼。

他不敢再在地下睡，找了棵粗壯老樹，在枝杈上搭了個棚子，和驢兒住在裏面，讓驢兒繼續養病，等身子復原了再上路。

兩人斜靠在樹棚裏，想起那隻老虎，不約而同一起笑起來。起初還只是小笑，互相一對視，頓時大笑起來，再也停不住，笑聲驚得樹叢裏宿鳥撲拉拉一起驚飛開去，直笑到筋疲力盡，才漸漸止住。

硃安世已經很久沒有這般開懷大笑過，心頭悶氣一掃而光。自見面以來，他也是第一次見到驩兒笑得這樣開心，大是欣慰。

過了一陣，驩兒望著林野，忽然牽念道：「不知道那隻老虎吐出石頭來沒有？要吐不出來，它就得餓死了。」

硃安世想了想說：「它既然能呑進嘴裏，大概也能吐出來，只是當時太焦躁，等安靜下來，慢慢吐，應該能吐得出來。」

驩兒不再說話，望著遠處，不知道在想什麼？

硃安世問道：「你娘是讓你以後跟著那御史大夫嗎？」

驩兒搖搖頭：「我娘沒說，只說一定要找到御史大夫，當面背給他聽。」

「見到御史大夫，背給他之後呢？」

「我也不知道。」

「那你就跟著我吧，我兒子一個人太孤單，你們兩個年紀一般大，正好作個伴。你願不願意？」

驩兒扭過頭，眼睛閃著亮，狠狠點點頭：「嗯！硃叔叔，你的兒子叫什麼？」

「郭續。」

「哦，硃郭續……」

硃安世笑起來：「他就叫郭續，不是硃郭續。」

「他不是該姓硃嗎？」

「我本來姓郭，我父親被皇帝老兒無緣無故問了罪，我們郭家全族被斬，只有我僥倖被救走，為了活命，所以改姓了硃。我兒子自然該姓回郭。」

「難怪你把天子叫『劉老彘』……」

幾天悉心調養，驩兒已漸漸復原。

他畢竟是個孩子，在樹棚裏拘困了這幾日，見硃安世跳下樹，又去尋吃食，嘴裏雖不說，眼中卻露出跟隨之意。硃安世回頭看到，立即明白，他丟下驩兒去尋食本也不放心，不敢走遠，附近山果野菜薯根也幾乎找盡。於是他便在樹下伸出雙手笑問：

「你也該走動走動了，敢不敢跳下來？」

「敢！」

驩兒頓時爬起身，扒在棚沿邊，笑著望了望硃安世懷抱，稍一猶豫，隨即鼓起勇氣跳了下來。樹棚離地有半丈高，硃安世在下面穩穩接住，兩人一起笑起來。硃安世當年和兒子就時常這樣玩耍，看驩兒異常開心，他心頭一熱，竟湧起一陣酸楚，忙嘿嘿笑了兩聲，小心放下驩兒，牽著他的小手，慢慢往林子裏穿行。

沒有火，吃了幾天山薯野果，硃安世心裏寡燥，想另找些食物吃，問驩兒，驩兒卻說很好。硃安世笑起來：「你這孩子，問什麼都說好。小孩子家，要常說說『不好』才對嘛。」但這山裏，能有什麼？找了許久，依然只有山薯野果。

兩人穿出樹叢，來到一處山坳，忽然聽見前面傳來小獸啼鬧之聲。撥開草叢一看，下面一個山洞，洞口一隻猛虎！身邊兩隻小虎仔。

硃安世忙一把護住驩兒，躲在草叢後，一動不敢動。過了半晌，不見動靜，只聽見小虎仔仍在啼叫，聲氣竟十分哀惶。硃安世輕輕撥開亂草，偷偷望去，那隻大虎躺在地下，一動不動，嘴大張著，口中卡著一塊圓石。

居然是那天那隻老虎！它竟沒能吐出那石頭！

看來真如驩兒所言，它因此而餓死。再一看，它的肚腹露出乳頭，是隻母虎。兩隻小虎仔圍著它，不斷挨擦抓撥，含著母虎乳頭吸吮兩下，接著又哀啼起來。看來是餓極了，而母虎乳汁已乾。

硃安世看在眼裏，心底不由得有些歉疚。

「它是兩隻小虎的娘……」身邊驩兒忽然小聲說道，語氣有些傷憐。

硃安世知道他是觸景生情，想起了自己的娘，忙伸手輕輕攬住，低聲說：「我去捉幾隻野兔餵他們。」

「不好……」驩兒小聲道。

「嗯？怎麼不好？」

「野兔也有娘，也有兒女。」

硃安世一聽，先覺好笑，但略一想，又一陣感慨：這孩子心太善了。小兒天性都頑劣，不懂什麼善惡。自己的兒子當年還專門捉了蟲子弄死取樂，被酈袖責罵了幾次才不敢了。驩兒小小年紀，卻能處處替人著想，善心竟及禽獸。若不是自幼就身遭過大難，哪裏能有這片善感之心？

他溫聲問道：「你覺著該怎麼做才好？」

驩兒望著小虎仔想了半晌，小聲道：「我也不知道。」說完，眼中竟閃出淚來。

硃安世從未細想過這些事，一直以為，一物降一物，本來是自然之理。然而，此時以父母子女之心去看，忽然覺得，這自然之理竟是如此無情！他不由得記起趙王孫似曾說過一句話：「天地不仁」。當時聽了，渾不介意。此時猛然想起，看著驩兒滿眼傷心，聽著兩隻小虎仔哀哀而啼，再想起自己的妻兒，相隔千里，不知能否順利重聚，就算重聚，自己和酈袖有朝一日總得死。倘若死時，兒子已經成人還好，若不幸死的早，留下兒子孤零零在這世上，又得像自己幼時一樣孤苦無助……這樣一而二、二而三，心緒蔓延，無邊無際，竟至一片空茫灰冷。

他眼中一熱，落下大滴淚來。

臉上一涼，他才驚覺，忙抬手擦掉，幸好驩兒一直望著老虎，沒有發覺。

他萬分詫異，自己竟像婦人一樣愁感起來，不由得自嘲而笑。但臉上雖然笑著，心裏卻始終不是滋味。

良久，等心緒平復，他才蹲下身子，攬住驩兒雙肩，溫聲道：「我們不是有意要害死那隻母虎，我們只是自保。這世上的事情就是這樣，有好運，也有壞運，不論好壞，碰上了，都得自己承當。我看那兩隻小虎仔不算太小，也該斷奶，學著自己尋食了。就像你，小小年紀就沒了爹娘，你就得比別的小孩子多吃些苦，早點學會如何活命。其實硃叔叔也和你一樣，很早就孤單一個人，凡事只能靠自己。你看硃叔叔現在活得不是好好的？既然你不願我去捉野兔，那就讓它們自己求活吧。你呢，也得盡力好好活下去。這世上雖說太多不公，但至少這一條很公平——你盡力，才能得活；不盡力，只好去死。」

驩兒默默聽著，不住點頭，等硃安世說完，他抬起頭，望著硃安世，滿眼感激：「我命好，還有硃叔叔。」

硃安世咧嘴一笑，回頭望了望，那兩隻小虎仔似乎也啼累了，或者明白母虎已經死了，竟也不再哀啼，嗚咽幾聲，轉身離開，低頭嗅著，一先一後，向草叢裏鑽去，不久，便不見了蹤影。

硃安世笑道：「看，它們自己尋食去了。」

「嗯。」驩兒也微微笑了一下。

「我們自己也該尋食去了。」

又過了兩天，驩兒身體完全復原。

硃安世決計還是去成都，便帶著驩兒離開樹棚，穿林越谷、走走停停，依著日影，一路向南，在林莽中慢慢跋涉。

一路上，不論硃安世腳步多快，驢兒都始終緊緊跟隨，從未落後，也沒叫過一聲苦。硃安世要背他，他抵死不肯，問他累不累，他總是搖頭。硃安世說休息，他才休息。

*****

三個多月後，兩人才終於走出群山。

遠遠望見山下一條江水蜿蜒，江灣處小小一座縣城，是涪縣[77]。

這時已是暮冬，兩人早已衣衫襤褸、頭髮蓬亂。硃安世脖子上還套著鐵圈，雙腕鐵扣各拖著一截鐵鏈。他用絲鋸鋸斷手腳上的鐐銬，脖頸上的鐵圈和雙腕的鐵扣，卻使不上力，只能由它。

「嘿嘿，走出來啦！」硃安世和驢兒相視一笑，都格外開心。

兩人穿過密林，走下山坡，前面現出山間小徑。久隔人世，雙腳踏上人間小徑，硃安世頭一回發覺：路竟也會如此親切。

正走得暢快，轉彎處忽然走過來一個人，面目黧黑、身形佝僂，是個農家老漢。

見到兩人，那老人登時站住，眼中驚疑，手不由得握緊腰間一把鐮刀。

硃安世忙牽住驢兒也停住腳，溫聲道：「老人家，我不是壞人。」

那老漢上下打量硃安世，扭頭看看驢兒，又盯住硃安世手腕上的鐵扣鐵鏈，小心問道：「你

[77] 涪縣：今四川省綿陽市涪城區。

是逃犯？」

硃安世點點頭，正要解釋，老人看看驩兒又問：「這孩子是你什麼人？」

「是我兒子。」硃安世脱口而出。

這三個月跋涉，兩人朝夕相處，共渡饑寒艱險，早已與父子無異。

「孩子這麼小，你就帶他一起逃亡？」

「唉，我也是沒法子。」

「你犯了什麼事？給你戴上鉗鈦？」老漢神色緩和下來。

「我被發往邊地從軍，這孩子娘又沒了，在家裏無人照看，我才逃回家去，想帶他去投靠親戚，途中又被逮住，幸好有山賊劫路，我趁亂帶孩子逃了出來。」

老漢忽然歎口氣道：「我兒子因為自己鑄了幾件農具，亭長説是私鑄鐵器，將我兒子連兩個孫子一起，全都關進牢獄，又被強徵從軍，隨貳師將軍李廣利去北地攻打匈奴了。」

「我前年也是隨那李廣利西征大宛。」

「聽説李廣利遠遠趕不上當年的大將軍衛青和驃騎將軍霍去病，出征連連失利。只可憐我那兩個孫子，不知道還能不能活著回來……唉，不説這些了，説起來傷心——」老漢擦掉老淚，望望驩兒説：「這孩子吃了不少苦吧，前面轉過去就是村子了，小心被人看到。這樣吧，我帶你們走小路，從村後繞過去。」

「謝謝老人家。」

老漢慢慢引著硃安世、驩兒穿過一片竹林，沿一條僻靜小路，走了一陣，樹林後隱隱現出一片農舍。老漢停住腳，正要指路道別，眼見硃安世身上的鐵圈、鐵鏈，遲疑了良久，又道：「你身上戴著這東西，走不多遠就會被人察覺，乾脆你先到我家，我幫你去掉它。」

藏匿逃犯是死罪，老漢是擔著性命救助他們。硃安世連聲道謝，老漢卻擺擺手，又引著他們避開眼目，從村後偷偷繞到自家後院，推開柴門，讓兩人躲進柴房中。隨後去拿了鐵錘鐵鑿進來。原來老漢是個老鐵匠，沒用多久，便幫硃安世卸下鐵圈和鐵扣。硃安世被箍了幾個月，終於一身輕鬆，忙又連聲道謝。

老漢道：「這算得上什麼？我只盼能多幫幫別人，我那兒孫在外也能有人相幫。你們還沒吃飯吧，我已經讓渾家置辦了，你們稍躲一會兒，馬上就好。」

不多時，一位婆婆端著一個木托盤進來，盤上一盆米飯、一缽菜湯、兩碟醃菜。那婆婆手腳俐落、性子爽快，不等硃安世道謝，就已經擺放到木墩上，連聲催著他們快吃。

硃安世和驩兒這幾個月，全都是生吃野菜、野果、山薯，勉強療饑，維持不死而已，肚腸裏早已寡得冒煙。突然見到這熱飯熱湯，眼放光、口流涎，端起碗來就往嘴裏刨。驩兒忘了飯前的誦讀，硃安世吃得太猛，幾乎噎死，只覺得這頓飯比平生所吃過的任何珍饈都要美味百倍。

看他們狼吞虎嚥，兩位老人又是笑、又是歎氣。

吃飽後，老人找來兒孫的舊衣服讓兩人換上。硃安世又討要了一把匕首，一小段鐵絲。躲到日暮，等人們各自歸家，路上看不到人影時，老漢才送硃安世從後門出去。臨別時，硃安世和驢兒一起跪下，恭恭敬敬謝了兩位老人。

出了村子，沿著田間小路，兩人走到涪縣城外，這時天色已黑，城門早閉。

硃安世想這一路去成都，沒有乾糧和路費，得進涪縣弄一些。便把驢兒安頓在山邊一個小洞裏，自己隻身來到涪縣城下。涪縣依江而建，他顧不得天寒水冷，潛到江中，游到城牆臨江一邊，找到一條水道，有當地盜賊出入的小洞，便鑽進去，進到城中。

當年，他和妻子酈袖新婚時，南遊成都，曾經在這涪縣歇過兩天。當時，他囊中錢財用光，就趁夜裏酈袖睡熟後，去了城中最富的鐵礦主宅裏盜了些金子。城中路徑還大致記得，剛才和老漢攀談時，他又有意打問了那家鐵礦主，雖然朝廷已不許私家開鐵礦、築鐵器，那人還是使錢謀了個鐵官的職位，仍為當地巨富，家宅就在江岸一側。

硃安世避開巡夜衛卒，摸黑潛行，很快找到那座宅院，比先前更加寬闊軒昂。

他仍從後牆翻入，躲在暗中查看，見宅院大體格局未變，後院一片亭臺池樹，院子正中並排三座樓。用飛閣相連，中間那座主樓最宏偉，連頂上閣樓共四層。主樓正堂燈火通明，人語喧嘩，想是主人正在宴客，二層是主人寢居之所。富戶都有個習慣，將財帛寶物封藏在寢室樓上，以便看管。

硃安世躡足來到主樓後面，攀上樓邊一棵大柏樹，輕輕一縱，跳上二樓簷角，見房內漆黑，便放心越過木欄，跳進觀景廊，來到門前，門從內扣著。他掏出匕首，輕輕挑開門閂，推門進去，摸黑找到樓梯，上到三樓，門上著銅鎖。他取出向老漢討的那段鐵絲，戳進鎖眼，搗弄一陣，彈起簧片，頂開鎖拴，打開了鎖。進了門，黑暗中摸見屋內布置仍像當年，靠裏並排立著十幾個大木箱，都上著鎖。他打開了其中一把鎖，但剛掀開箱櫃，忽然覺得有什麼在扯動，一摸，箱蓋角上有一根絲線，連到地下。

不好！一定是主人防竊，新設了機關，線的另一端恐怕通到樓下，連著鈴鐺之類報警的東西！

果然，樓下隱隱傳來一陣叫嚷，隨後，便是幾個人急急上樓的腳步聲。

砵安世慌忙伸手摸進箱中，和原來一樣，裏面整齊堆滿小木盒子，他隨手抓起一個小盒子，沉甸甸的，顧不得細看，急忙下樓，剛到了二樓屋中，腳步聲也已到了門外。他忙從廊門出去，輕手帶好門，隨即從簷角跳到柏樹上，溜到地下，奔到後院，翻牆出去，後面一片叫嚷聲。

他急急從原路返回，游水來到城外，爬上岸，才打開那個盒子，裏面滿滿一盒金餅。

當年，他盜了兩盒，第二天興沖沖拿出一塊金餅去買車，準備繼續南下。酈袖知道錢已用光，正打算變賣自己的首飾，忽然看到金餅，立即沉下臉來，問他：「這又是你偷來的？」他忙解釋說從來都只盜官宦豪富，酈袖卻說：「做官的，也有只拿俸祿養家過活的，至於豪富，許多都是靠自己本事辛勞贏利。你憑什麼去盜？」他又解釋說都是事先打問清楚了才去盜的，從來不盜清廉本分之人。何況盜來的錢財也不全是自己用，時常散濟給窮苦之人。酈袖又問：「你自己用多少？分給窮人多少？」他從來都是憑著興致做事，哪裏記得這些，所以頓時噎住。

酈袖盯著他，良久，才正聲道：「你是我自己挑中的，嫁了你，此生我不會再做他想，我只想問明白一件事，也望你能誠心答我——你能否戒掉這盜習，你我夫妻二人好好謀個營生，安安穩穩度日?」

自從相識以來,硃安世事事依順酈袖,為了酈袖,便是捨了性命也滿心歡喜,那一刻,他卻忐忑起來。

他自幼便天不收、地不管,野慣了的,忽然讓他像常人一般安分守己、老實過活,恐怕連三天都熬不住……夫妻之間,不該有絲毫隱瞞,但若說實話,定會讓酈袖傷心,這又是他最不肯做的事。若順著酈袖的心意,酈袖固然歡喜,但話一出口,便得守信,此後的日子怎麼捱下去?

他望著酈袖,猶豫再三,不知道該如何對答。

酈袖也定定望著他,半晌,輕歎了口氣,眼裏沒有責備,竟滿是愛憐:「你這匹野馬,若給你套上籠頭轡繩,你也就不是你了。好,今後我不硬拗你的性子,但你也得答應我一件事。」

「什麼事?你儘管說!」

「你以後若要行盜,只能盜為富不仁、仗勢凌弱的貪酷之人,而且盜來的財物,自己至多只許留兩成,八成必須散濟給窮人。」

「好!我一直也是這麼做的,只是沒有你說的這麼清楚分明!」

想起當日情景,硃安世在夜路上獨自笑起來。

他念著老漢的救助之恩,便先趕回小村子,來到老漢家。心想以老漢為人,當面給他,必定不收,便翻牆進去,摸進廚房,黑暗中大致一數,盒裏一共二十枚金餅,便留下四枚,其餘十六枚金餅全都放到米缸中。這才潛行出村，趕到山邊，找到了驢兒。

驢兒縮在洞裏，正在打盹，聽到腳步聲，忙驚醒。

硃安世心懷歉意，但又不得不盡快離開，便拍拍他的小肩膀，道：「我們又得爬山。」

「嗯。」驢兒立即站起身。

他們連夜翻山，天微亮時，繞過了涪縣，遠遠看見山腳下通往成都的大道。

第二十一章　錦江錦里

外面下起了雨。

杜周立在窗前，望著雨絲漸漸變成水簾，垂掛簷前，聽著劈劈啪啪的水響，他心裏很是受用。他一向厭煩人笑，也厭煩人哭，更厭煩人喋喋不休。這時，僕役們都躲進屋去，院裏不見一個人影，雨聲大，罩住了人聲、畜聲。眼前耳邊頓時清靜，如同與世隔絕，讓他身心終於鬆緩，什麼都不必去防。

可惜的是，雨並沒有下多久，便淅淅瀝瀝收了場。

書房外妻子和僕婦說話的聲音又傳了進來，婦人家能說些什麼？無非針頭線腦、東長西短。杜周心裏冒出一陣煩惡，嘴角不由得微微抽搐。他咳嗽了一聲，外面妻子的聲音立即壓低了些，吱吱喳喳，像老鼠一般。杜周皺眉輕哼了一聲，抬頭望著簷角不時墜落的水滴，不得不又回到那樁心事：硃安世。

天子又催問過兩回，聲色越來越嚴厲，他卻只能連聲告罪。

錦帶紮的小冠帽，竹篾編的細索，究竟意指什麼？

他已經想了這麼多天，卻絲毫沒有頭緒，越想心越煩亂，書房外妻子的聲音卻又漸漸升高，一句句像濕毛蟲在心裏爬一般。一個僕婦接過話頭，絮絮叨叨，竟越發放肆：「當然還是蜀錦好。我家原來就在錦江邊上，那條江原來不叫這名字，後來人們發覺，織好的新錦在那江水裏洗過後，顏色格外鮮亮，換其他江水都沒這麼好，人們開始叫它『濯錦江』，後來乾脆就成了『錦江』，春天的時候，江面上飄滿了花瓣，那水喝起來都有些香甜呢……」

杜周聽得煩躁，正要開口喝止，他妻子又接回話頭道：「難怪朝廷單單在那裏設了錦官，還造了錦宮……」

聽到「錦官」二字，杜周心中一震：錦官？錦冠？

隨即他猛然記起：蜀地岷江之上，有一種橋是用竹索編成，稱為「笮橋⑱」。

錦冠，竹索，是成都笮橋！

他心頭大亮，鬱悶一掃耳光，嘴角不住抽搐，喜得身子都有些發抖，忍不住伸掌猛擊了一下窗櫺。

他妻子在外面聽到，忙住了嘴，隨即腳步簌簌，向書房走來，杜周忙袖手站立，仍看著窗外，並不回頭。他妻子在門邊張望片刻，見沒有事，知道他脾性，不敢發問，又輕步退出。

杜周開心之極，在書房裏連轉了幾圈，想找個人說，卻又沒有。他想到左丞劉敢，這世上也只有劉敢能稍微體會他一二。

巧的是，剛想到劉敢，劉敢居然來了。

＊＊＊＊＊

⑱笮（ㄗㄜˊ）橋：竹索編織而成的架空吊橋。據傳秦代李冰曾在益州（今成都）城西南建成的一座笮橋，又名「夷里橋」。

繞過涪縣後，硃安世不敢走大路，只在田野間穿行。

他步子雖然盡量放慢，驩兒卻已經累得氣喘吁吁、滿臉汗泥，但一聲不吭、盡力跟著。

硃安世心中不忍，見前面大路上有一座小集鎮，心想：不能把孩子累餓壞了。便領著驩兒趕過去，集鎮上人跡稀少，更不見官府公人。硃安世這才放心，找見一家村店，進去一屁股坐下，知道村店也做不出什麼珍肴，便點了一隻雞、二斤牛肉、一盆魚、幾樣菜蔬，給自己又要了兩壺酒。

店裏有現成的熟牛肉，先端了上來。

「驩兒，今天就先別念了，等吃飽了再念不遲。放開肚子，盡情吃！」

硃安世夾起一大塊牛肉，濃濃蘸了些佐醬，放到驩兒碗裏。驩兒猶豫了一陣，終於還是經不住饞，夾起放進嘴裏，大口嚼起來。兩人許久沒有沾過葷腥，況且又趕了一夜路，饑虎餓狼一樣，一起大吃大嚼，大吞大嚥。硃安世久沒聞到過酒味，更是渴極。

其餘菜肉，也陸續端上來，不一時，兩人吃掉了大半，兩壺酒盡都喝乾，清寡幾個月，終於飽足了一回。

吃罷，硃安世才想起來：他身上只有四枚金餅，一枚半斤，值五千錢，這頓飯卻不過幾十錢，拿這金餅付賬，恐怕會唬到店家。一扭頭，見後院停著一輛牛車，心中一動：驩兒一路疲倦，該買輛車代步。於是他便和店家商議買那輛牛車。連牛帶車時價不過二千錢，店家卻開口就要三千。硃安世假意討還了一會兒價，裝作沒奈何，才掏出一枚金餅。

即便這樣，店家還是睜大了眼：「我頂多只有一千錢，哪有這麼多餘錢找你？」

硃安世看後院還養著雞羊家畜，心想裝作販雞賣羊的小商販，路上方便行走。便又和店家商議，買了兩隻羊、十隻雞，外加一床被褥，一把刀，一籃熟食，算一千錢。店家找了一千錢，路途中正好使用。

吃飽喝足，硃安世哼著歌，駕起牛車，驩兒挺著飽脹的小肚子，躺在厚褥子上，兩人慢悠悠前行。

前去成都並不多遠，籠子裏雞兒不時鳴叫，車後牽著兩隻羊咩咩應和，簡直逍遙如神仙。

*****

劉敢匆匆趕到杜周府邸。

他雖然打了傘，但衣襟鞋履皆濕。進到書房，眉眼之間竟也喜色難掩。

杜周見他冒雨前來，知道有好信，便收起自己喜悅，嘴角下垂，恢復了常態。

劉敢叩拜過後，稟報道：「那塊斷錦有了線索。」

「哦？」

「它果然是出自宮中織室。卑職買通的那個織婦在織室庫房中找到了相同的蒼錦——」

劉敢說著取出一塊兩尺見方的錦，鋪展在几案上，那錦蒼底青紋，繡著一隻蒼鷲，劉敢又拿出那片斷錦，放在蒼鷲翅角位置，色彩紋樣一毫不差。

杜周盯著錦上蒼鷺，並不出聲，但心頭浮起一片陰雲。

「卑職也查出了它的去向——」劉敢望著杜周。

「說。」

「卑職在少府打探到，這錦是宮中黃門蘇文帶人趁夜取走的。」

「蘇文？」

「正是他，天子身邊近侍。但宮中並沒有詔命訂製這些錦，也沒有黃門或宮女穿這錦，更不見天子賞賜給誰。」

杜周仍盯著那錦，像是在注視一口黝黑深井。

劉敢略停了停，又道：「蘇文為什麼要私自訂製這錦？又為何會送到宮外，讓那些刺客穿？這背後恐怕有更大的玄機。卑職會繼續密查。」

杜周微微點頭，心底升起一股寒意，同時又隱隱有些欣喜：汗血馬固然稀貴，但此事看來更加深不可測。雖然凶險，卻值得一博。一旦探出其中隱秘，將是非常之功。

他心裏想著，面上卻絲毫不露。仕途之上，既無常敵，也無久友。劉敢跟隨自己多年，雖說辦事殷勤盡力，但此人心深志大，日後必定高升，需要時刻提防。不過，眼下此人用著極稱手，只要護緊軟肋，倒也無妨。何況當務之急，還是追回汗血馬。

於是他停住默想，沉聲道：「盜馬賊要去成都。」

「成都？大人已經解開了？對！對！對！成都號稱錦官城，錦官不正是錦冠？那竹索……

唉，我怎麼居然忘了？那年我去過成都，見過一座橋，很是奇異，不是用木石搭建，而是用竹索編成！卑職這就草擬緊急公文，速派驛騎南下，通報蜀道沿線郡縣。再讓蜀郡太守立即追查那硃安世妻子的下落！」

*****

司馬遷正在書房中埋頭寫史，忽聽到窗外有人高聲喚道：

「故友來訪，還不出來迎接！」

一聽到這聲音，便知是任安，司馬遷心中頓時一暖，忙擱筆起身，幾步趕出門去。只見任安大步走進院中，年近五十，身形高大，氣象爽闊。身後跟著一個僮僕。

司馬遷一向朋友極少，自任太史令後，息交絕遊，埋頭攻書，交往越發疏落，只有任安、田仁兩人與他始終親厚。尤其是任安，心地誠樸，性情剛直，與司馬遷最相投。

司馬遷迎上去，執手笑道：「多日不見，兄長一切可好？」

任安哈哈笑道：「我是來道別的！」

「道別？去哪裏？」

「蜀地。我剛被任命為益州刺史。」

「哦？」

「長安幾十年，活活憋煞了人，出去走走，正好開開心胸。」

司馬遷正不知道是否該道賀，任安原為北軍使者護軍，官秩比刺史高，但天下十三部州，刺史監察一州，權柄極大。現在聽他這樣說，隨即釋懷，替他高興。但同時，心下又多少有些悵然。去年田仁遷任三河巡查，現在任安又要離去，這長安城中更無可與言者。

這時，柳氏也迎了出來，笑著拜問。

任安轉身從僮僕手中接過一個盒子，遞給柳氏：「這是賤內讓我帶過來的。」

柳氏打開一看，是一盒精緻甜糕。

任安又道：「這是她特意蒸的，說讓你們也嘗嘗。」

柳氏忙謝道：「讓嫂子費心了，時常記掛著我們。這定是棗花糕了。」

任安笑道：「好眼力，正是河間⑲棗花糕。」

柳氏忙去廚下，吩咐伍德妻子胡氏置辦了酒菜，司馬遷與任安對坐而飲，談笑了一會兒。

任安忽然皺起眉頭，道：「昨天杜周找到我，託我到成都時，務必幫他料理一樁事。」

「關於盜馬賊？」

「你怎麼知道？」

「我只是猜測，杜周眼下最大的煩惱，當然是汗血馬失竊一事。這馬如果追不回來，杜周

⑲ 河間：地處冀中平原腹地，位於今河北省內，屬滄州市管轄。河間之名始於戰國，因處九河流域而得其名，古稱瀛洲。盛產糧棉瓜果，尤以金絲小棗著名。

休矣。」

「正是事關那硃安世。杜周查出他妻子現在成都，他料定硃安世必會逃往那裏，要我到成都，知會蜀郡太守，一定要捉住硃安世。這讓我實在為難。」

「你職在監察，能否捉到，該是蜀郡太守之責。」

「我不是怕捉不到硃安世。相反，我怕的是捉到他。」

「哦？這我就不明白了。」

「我沒向你提過，那硃安世與我相識多年，算是忘年之交，情誼非淺。」

「你怎麼會認識他？」

「他父親於我有恩。我年少窮困時，他父親曾數次相助，我能投靠大將軍衛青門下，也是由於他父親引見。其實他父親你也見過。」

「哦？姓硃……我想不起來。」

「他是改了姓。他原姓郭，他父親是郭解[80]。」

「郭解？」司馬遷大驚，隨即恍然歎道：「難怪，難怪，果然是父子，世上恐怕很難找到第二個人敢去皇宮盜走汗血馬。」

「這硃安世也實在魯莽，那汗血馬身形特異，極容易辨認，偷到手，騎又不能騎，盜它做什麼？」

---

[80] 郭解：西漢著名遊俠，詳見《史記・遊俠列傳・郭解》

「我猜他恐怕並不是為了貪這汗血馬。他既能從宮中盜走汗血馬，必然機敏過人，怎麼會不知道盜汗血馬是自找麻煩？」

「那能是什麼？」

「恐怕是洩憤。」

「洩憤？洩什麼憤？」

「我聽說他曾隨軍西征大宛，此次西征，去時六萬大軍，牛十萬，馬三萬，歸來時，只有萬餘人，馬千餘匹。大半士卒並非戰死，而是由於將吏貪酷，克扣軍糧，凍餒而死。而所得汗血馬才十匹，中馬以下三千餘匹。」

「這麼說他是因為怨恨李廣利？」

「恐怕不只，他定是知道天子極愛汗血馬，再加之他是郭解之子。」

「嗨！」任安長歎道：「硃安世這次真是闖了個天大的禍。他在扶風城又胡鬧一氣，減宣都因此自殺。還有一事更加奇怪，他自己性命難保，身邊竟還帶著個孩子，不知道那孩子是從哪裏來的，杜周格外囑咐，那孩子也一定要捉住。」

「我也聽說了，那孩子甚是詭異，到處風傳他會妖術——」

兩人又談論了一陣，任安要回去置辦行裝，飲了幾杯後，便起身告辭。司馬遷依依拜別，在門邊駐望良久，才黯然回屋。

柳夫人將棗花糕分作三份，一份捎給女兒，一份分給衛真和伍德胡氏兩口子，一份他們夫妻兩個享用。

她遞給司馬遷一塊，然後自己也拈起一塊，邊嘗便讚歎：「這棗花糕只有金絲小棗棗泥拌著棗花蜂蜜，才會這樣香糯滑爽。河間金絲小棗可是天下一絕，那裏的棗樹移到別處，棗子就會變得酸澀。就像咱們院裏這棵，棗子雖然結得多，卻沒那麼脆甜。聽說是因為河間那地方九河環繞，水土獨一無二……」

「九河環繞？」司馬遷心頭劇震，喃喃念道：「九河……九河……」

「怎麼了？」

「對！」司馬遷忽然叫道。

柳夫人被嚇得一抖，手中半塊棗花糕掉落在地。

「九河枯，日華熄！『九河』是河間，『日華』是日華宮！」

＊＊＊＊＊

五天後，硃安世到了成都。

二百多里地，所幸一路無人過問。

到成都北城門外時，正值傍晚，出城入城的人流往來不絕，雖有士卒執戈守衛，卻都漫不經心，不聞不問。

硃安世下了牛車，抓了把塵土，在自己和驢兒臉上抹了抹，更顯得土頭土臉，風塵僕僕。這才挽著牛車，低頭緩步走過去，過城門洞時，衛卒看都未看。進到城裏，硃安世駕車向城南趕去。

成都向來陰霾，今天卻意外放晴，夕陽熔金，霞染錦城，此時又是年關歲尾，富麗繁華之外，更增融融暖意、洋洋喜氣，正合歸家心境。

硃安世迎著夕陽，半瞇著眼，想到就要見到妻兒，心頭猛跳，不由得嘿嘿笑起來。

四年前，他被捕入獄時，知道妻子酈袖為了避禍，定會逃往他鄉。從大宛西征回來後，他還是馬上趕去茂陵家中，舊宅果然早已換了主人，在門前和那新房主攀談時，他一眼瞥見院裏房簷簷角上掛的那串飾物——小小巧巧一隻錦冠，下綴著一條竹索。

他立即明白那是妻子留下的記號，並馬上猜出了其中意思：

成都　夷里橋　錦里

新婚後，硃安世曾和妻子酈袖漫遊至成都，知道成都因設錦官，故而號稱錦官城。那錦冠自然是指「錦官」。酈袖極愛錦江邊、夷里橋一帶的景致。那夷里橋是用竹索編成，橫掛錦江兩岸，人行其上，橋隨人蕩，別處均未見過。那竹索自然是指「夷里橋」。夷里橋北，有片街里名叫錦里，整日熙熙攘攘，是錦城最繁華所在。

酈袖曾說如果長安住厭了，就搬到成都錦里，開一家錦坊，安逸度日。

牛車行不快，等到了錦江畔，天色已經昏暗，遠遠望見笮橋懸掛江水之上，只有三兩個行人走在橋上，橋索在暮色中悠悠搖蕩，硃安世的心頓時砰砰跳響。

當年，和妻子過橋時，他曾在橋中央用力搖蕩，想逗嚇酈袖，誰知酈袖非但沒有驚怕，反倒興致大漲，兩人一起晃盪一起笑，還惹惱了過橋的行人……想到這一幕，硃安世又忍不住嘿嘿笑起來，把驢兒嚇了一跳。

來到錦里街口，大多數店鋪全都關門歇業，街上只有稀疏幾個路人。

硃安世跳下車，挽著韁繩，望著兩邊門戶，挨家細看。

走了一段路，他一眼看到旁邊一扇門，左門角上鏤刻著一枝梅花，右門角上則是一隻蟬。

酈袖！

他心頭猛地一撞：酈袖最愛梅花和蟬，說人生至樂是「冬嗅梅香 夏日聽蟬」，當年在茂陵安家時，就曾請工匠在門扇角上鏤刻了這樣的梅蟬紋樣。

第二十二章　梅蟬雙枕

　　硃安世仔細拍打身上的灰塵，用衣袖揩淨了臉，又整理一下衣衫，這才抱下驢兒，牽著他走上前，抬手叩門。

　　走近細看，那門角上梅蟬圖案和茂陵舊宅的果然完全一樣、紋絲不差，恍然間，似回到了舊宅一般，硃安世心又咚咚跳起來。

　　半晌，聽見裏面響起腳步聲，有人出來開門，硃安世頓時屏住呼吸，一個婦人探出頭，卻不是酈袖。

　　硃安世一怔，那婦人也眼現戒備，上下打量後，才問道：「你有何貴幹？」

「我來找人。」

「找什麼人？」

「長安茂陵來的酈氏。」

「你姓什麼？」

「硃。」

「硃什麼？」

「硃安世。」

「呦！原來是硃妹夫，快進來，快進來！」那婦人神色頓改，滿面含笑，忙大開了門，連聲招呼，一邊又回頭朝屋中喊道，「酈妹妹，你丈夫回來啦！」

硃安世牽著驩兒進了院門，見小小一座院落，院中竟也有棵大槐樹，葉已落盡。另一邊栽著一株梅樹，梅花已經半殘，但仍飄散出些香意。正屋門上掛著半截簾子，裏面寂靜無聲，並不見有人出來。

硃安世站在院中，望著那簾子，心又狂跳起來。定定望了片刻，仍不見有動靜，微覺不對，回頭一看，卻見那婦人不關門，也不走過來，退到牆角，臉上笑容忽然變成懼意。硃安世大驚，忙伸手護住驩兒。

就在這時，簾子一掀，裏面衝出兩個人！

執刀拿劍，是士卒！

硃安世急忙轉身，拉著驩兒要出門，兩邊廂房又各衝出兩個士卒，手執兵刃圍過來。硃安世幾步趕到門口，卻見門外一個校尉帶著一群士卒攔住去路！

不可能奪門而出，硃安世急閃念，一把挾起驩兒，又回身向裏奔。院裏六個士卒已經圍成半圓，齊舉刀劍，向他逼來。硃安世大喝一聲，邁開步子，迎面衝向最中間的那個瘦卒。那瘦卒大為意外，不由得向後退縮，其他士卒見狀，忙挺刀劍，要上前阻攔。

「留活口！」門外校尉大喊。

硃安世一聽，大為放心，抬腿向那瘦卒踢去，瘦卒見他來勢兇猛，忙縮身躲閃，其他士卒聽了吩咐，都不敢亂動。硃安世乘這間隙，一腳踢倒那個瘦卒，幾步飛奔，衝進了正屋，關上門，插好門閂，這才放下驢兒。見屋子中間一個火盆，炭火仍燃，硃安世忙走過去，抓起盆邊的鐵鉗。

「撞開門！」校尉在門外吩咐。

隨後，門板響起撞擊之聲，士卒在用身子用力撞門。

驢兒眼皮隨著撞擊聲一眨一眨，腳也一步一步向後退。

「驢兒不要怕，你躲到後邊去。」

硃安世走到門邊，見門扇一震一震，隨時會被撞開。略一思忖，隨即伸手，一把抽開門閂。門忽地大開，兩個士卒側著身子猛地跌了進來。硃安世一把揪住靠前一個，大喝一聲，拋了出去，隨手又揪住另一個，也拋了出去。兩卒先後撞向門外士卒，被同伴扶住。

硃安世手執火鉗，前踏一步，立在門口，圓睜雙眼，作勢要拼命。

門外士卒看他這般雄壯兇悍，不由得心生畏怯，沒有一個敢上前。

「給我拿下！」校尉喝道。

那些士卒慢慢挪動身子，卻沒有誰敢先上前動手。那校尉大怒，抬起腳，朝自己身前一個執戈士卒狠狠踢了一腳。那執戈士卒一個踉蹌，向前栽了幾步，幾乎跌倒，他忙穩住身子，手握長戈，盯著硃安世，小心翼翼逼過來。硃安世正盼他能先攻，等長戈離自己一尺多時，猛喝一聲，向前一步，伸手一抓，攥住戈杆，用力一奪，那士卒手抓得緊，腳卻不穩，被猛地一帶，俯跌過來。硃安世抬腿一腳，踢翻那個士卒。隨後抄戈在手，跨出門外，那些士卒忙舉刃戒備。

硃安世環視一圈，猛地揮戈，向那些士卒橫掃過去，那些士卒慌忙各自躲閃。硃安世又略一蹲身，舞動長戈，向那些士卒小腿掃去，士卒們又急忙後退，有幾個避讓不及，腳踝被掃中，先後跌倒。

硃安世挺戈而立，怒目而視。

士卒們望望硃安世，又望望校尉，各個惶惶，跌倒的那幾個趕緊悄悄爬起來。

那校尉也不知所措，定了定神，才瞪著硃安世道：「我看你能鬥得了幾時？」

硃安世哼了一聲，朝那校尉一冷笑，心想能拖一時就拖一時，於是望望天，懶洋洋道：「天要黑了，老子要休息了，別吵老子睡覺。你們要戰，老子明天奉陪！」

說罷，他轉身進屋，「砰」地又關上門，插好門閂。側耳一聽，門外靜悄悄，毫無聲息，這才稍稍放了心。

他環視屋內，陳設布置竟也和茂陵舊宅一模一樣，只是器具上蒙滿塵灰，案上碗盞淩亂。酈袖向來愛潔，看來離開已有時日。不知道是逃走了，還是被官府捉拿？

*****

湟水督郵靳產離了金城，輕騎北上。

每到一處驛亭，他便前去詢問。果然有人記得，上個月確曾有一個漢子帶著一個孩童南下，形色甚是匆忙。

靳產心意越發堅定，沿途打問，一路向北，到了張掖[81]。

張掖山川風土迥異塞外，水草豐美，宛如江南。曾先後是烏孫、大月氏、匈奴領地，二十多年前，霍去病領軍西征，大敗匈奴，始設張掖郡。

靳產進了城，先去府寺拜見郡守。他本來職位低微，但如今身負執金吾急命，郡守甚是禮遇，說接到驛報後，已將事情查明。隨後命書吏帶他去軍營，找到校尉。

從校尉口中，靳產得知：死在金城楚致賀家中的那個男子名叫姜志。

姜志是冀州人，從軍西征，因立了些戰功，被升任為軍中屯長，管領五百士卒。去年，漢軍北進大漠與匈奴交鋒，大勝，俘虜了幾百匈奴，其中竟有數十個漢人，是被匈奴擄去為奴。姜志恰好受命監管囚犯，見其中一個漢人竟是自己伯父。這件稀奇事當時在軍中廣為傳聞。

姜志見伯父受盡苦楚、身體病弱，還帶著一個孩童，便在城中租賃了一院房舍，讓伯父住下來將息調養。然而他伯父染了風寒，一病不起，拖了一個多月，撒手辭世。過了不多久，姜志和那孩童忽然一起離開，不知去向。

靳產問那校尉：「當時俘虜的那些匈奴現在哪裏？」

「都在郡中鐵坊裏做工。」

「其中有沒有當年擄走姜志伯父的匈奴？」

---

[81] 張掖：今甘肅省張掖市，位於河西走廊中部。漢武帝元鼎六年（前一二一年）置張掖郡，意為「張國臂掖，以通西域」。

「這我就不清楚了……哦，對了——」校尉轉頭吩咐身邊小卒，「你去喚蔡黎進來。」接著他又對靳產解釋道，「蔡黎是姜志的同鄉好友，他或許知道些東西。」

不一時，一個軍吏走進帳中，跪地叩拜。

校尉道：「這位湟水督郵有些事要問你，你好生回答。」

靳產便問道：「那姜志的伯父叫什麼？」

蔡黎答道：「姜志不曾說過，屬下也未曾問過。」

「那孩童是姜老兒什麼人？」

「據姜老伯言，是他在途中救的一個孤兒。」

「姜志原籍是冀州哪裏？」

「常山元氏縣槐陽鄉。」

「常山？那裏遠離邊關，怎麼會被匈奴擄去？」

「姜老伯是在朔方，被一個匈奴百騎長所俘。」

「那個百騎長捉到沒有？」

「捉到了，當時姜志還曾重重鞭打過那匈奴一頓。」

「姜志離開前可有什麼異常？」

「嗯……好像沒有。或許有，不過屬下沒有覺察。」

「他離開前兩天，附近有沒有出現古怪可疑的人物？」

「嗯……似乎沒有。」

「比如幾個身穿繡衣的人？」

「繡衣人？對了，記起來了！是有三個繡衣人！」蔡黎忽然道：「應該正是姜志離開前一兩日，傍晚我正要回營，迎面看見三匹馬走過來，馬上三人都穿著蒼色繡衣，各掛著一柄長斧。神色十分古怪，不住向營裏張望，像是在搜尋什麼。這邊塞之地，除了平民、兵卒，只有往來客商，那三人服飾樣貌態度格外惹眼，所以我才記得清。」

*****

杜周正在查看案簿，忽見劉敢急急趕來稟報。

「汗血馬被送回來了！」

「哦？」杜周頭猛地抬起。

「今早西安門門吏剛開城門，看到一匹馬被拴在護城河邊的柳樹下，四周卻不見人影。門吏見那馬身形不一般，跑過去看，見馬頸韁繩上掛著一條白絹，上面寫著一行字——就是這條——」劉敢取出一條白絹，雙手呈給杜周。

杜周接過一看，上面寫著：

汗血馬奉回，執金吾安枕。

杜周心裏既喜且怒，喜的是汗血馬終於歸還，怒的是絹上文字語氣輕佻，顯然是在嘲弄奚落他。不過，他面上毫不流露，只抬頭問道：「馬呢？」

「卑職已經牽了回來，現在府裏馬廄中。」

「好。」

劉敢接著道：「那門吏發現汗血馬後，報給了門值，門值立即將馬牽到門樓下，藏了起來，同時遣人急報給卑職。卑職聞訊立即趕到西安門，見果然是汗血馬。卑職當即就想，汗血馬雖然是盜馬賊自己送回，但畢竟是由於大人一路嚴控急追，逼得他走投無路，為保性命，才送了回來。此事若讓旁人知道，一旦傳到天子耳中，天子雖不會怎樣，但多少會抹殺大人功勞。幸好當時天色早，沒人進出城，只有司值和幾個門吏知道此事，卑職已經告誡了他們，此事不得向外透露半句。而後，卑職才調了十幾匹馬，將汗血馬混在中間，牽到府裏來了。」

「不錯。」杜周嘴角微扯出些笑意。

這件事如同一團油抹布，一直塞在他心裏，今天才終於一把掏了出來，心底頓時清爽。

＊＊＊＊＊

司馬遷日夜苦思兒寬、延廣所留帛書上的後四句話。

「九河」、「九江」他一直認為是大江大河，但天下江河如此之多，究竟是哪九條江、哪九條河？他不斷挑選、拼湊，拼出無數種「九江」和「九河」，每一種地域都太寬闊，且毫無意味，根本理不出頭緒，更莫説關涉到《論語》。

誰知卻被任安送來的棗花糕無意中點醒！

河間地處冀州，因有徒駭河、大史河、馬頰河、覆釜河、胡蘇河、簡河、絜河、鉤盤河、鬲津河等九條河環繞，故而名叫河間。日華宮則是由河間獻王劉德[82]所築，幾十年前，曾是儒者雲集之所。

劉德是景帝二子，當今天子之兄，五十多年前被封河間王。

其他諸侯王或驕、或奢、或貪、或佞，唯有劉德性情誠樸、崇儒好古。

他精通典籍，尤愛搜藏古籍秘本。為求先秦古書，遍訪天下，凡聞有善本，必定親自前往，重金求購，並抄寫副本贈與書主。若書主不願出讓，則好言求之，絲毫不敢強橫。因此賢名遠揚，懷書者紛紛前往，主動獻書。數年之後，藏書滿樓，數量堪與宮中國庫相比。而且，書品之精，猶有勝之。

為整理古籍，他築造日華宮，設客館二十餘區，廣招天下名儒，雲集上百學士。校對編輯，夜以繼日；講誦之聲，數里可聞。他為人清儉，奉行仁義，日用飲食從不超過賓客。

山東諸儒，聞名而至，如水之就海，源源不絕，河間因此成為一時儒學中心。

劉德又曾多次車載典籍，獻書宮中，天子十分歡悅，每次均要特設迎書之儀，並親自把盞賜酒，獎賞金帛。

---

[82] 參見《史記・五宗世家・劉德》及《漢書・景十三王傳・劉德》。

三十年多前，劉德最後一次來長安朝拜，天子詔問治國之策三十餘事，劉德對答如流，天子卻怫然不悅，對劉德道：「湯以七十里，文王百里，王其勉之。」[83]

劉德聽了此言，又驚又懼，回到河間後，遣散了諸儒，不敢再講學論文，日夜縱酒聽樂，不久便鬱鬱而終。死後天子賜謚為「獻」。

柳夫人疑惑道：「天子那句話是在勉勵河間獻王，他為什麼怕呢？」

司馬遷道：「天子這句話聽似溫和，實則嚴厲無比。他是認定劉德施行仁義，是在收聚人心，日後必將有篡逆之心。正如商湯和周文王，商湯封地最初只有七十里地，周文王也只有百里，最終卻覆滅桀、紂，建立商、周。」

「劉德在對策中究竟說了些什麼，竟讓天子這樣惱怒、說出這種狠話？」

「我也不知道，明日我去天祿閣查找當年記錄。不過延廣帛書所言『九河枯，日華熄』，說的定是河間獻王。這幾十年，自天子至庶人，舉世紛紛推崇儒學，誰能想到，劉德卻因儒學而亡？世道錯亂荒唐，竟至於此！」司馬遷一陣憤慨，不小心一把捏碎了手中的棗花糕。

柳夫人邊取抹布收拾糕渣，邊歎道：「別人學儒，只是嘴上學學而已，用來謀些利祿。劉德卻是心裏真信，要以此安身立命。這就像金子的成色，起初都是真金，後來你加些銅，我加些銅，到最後遍天下都是鍍金的銅塊，他卻偏要執意用真金，別人豈能容他？」

---

[83] 參見《史記集解》（裴駰）。

司馬遷歎口氣道：「劉德如此酷好古籍，當年孔壁發現古文《論語》等古書，他自然不會不知，知道之後，定然渴慕之極。孔安國當年將那批古書上交宮中，劉德得不到原本，我猜也必定會抄寫一份副本。」

「不是說好不再管這事？你怎麼就是不聽勸告呢？」

司馬遷指著棗花糕，笑道：「這次可不能怨我，都是這棗花糕招致的。」

柳夫人也被逗笑，但隨即望著丈夫歎息道：「你這性子恐怕到死都改不了，我也不必勸你了，只盼你能在惹火燒身之前，完成你的史記，這樣至少不算枉費你一身才學。唉……」

司馬遷溫聲安慰道：「你放心，我自會小心。我本也要丟開此事不再去管，但又一想，我寫史記，不但記古，更要述今；不但要寫世人所知，更要寫世人所不知。延廣所留帛書，前兩句已經應驗，現在第三句又已猜出。看來此事不只事關《論語》，背後牽連極大。兒寬留書於延廣，延廣又寄望於我，我若置之不理，後世將永難得知其中隱情。我寫史何用？史之為史，不但要記以往之事，更要通古今之變，善者繼之，惡者戒之。以古為鑒，方能免於重蹈覆轍。就如路上有陷阱，你已被陷過，便該樹一警示，以免後人再陷。史之所貴，正在於此。」

柳夫人歎道：「我何嘗不知道這道理？但——你之心全在史記，而我為你之妻，我之心……卻只能在你。」

司馬遷望著妻子，心底暖意潮水般湧起，一時間感慨萬千。

妻子眼角已現皺紋，鬢邊已經泛白，一雙眼也早已不復當年的明麗清澈，但目光如陳釀的秋醴，溫醇綿厚，令人沉醉。

他伸臂將妻子攬在懷中，一句話都說不出。

國家圖書館出版品預行編目資料

人皮論語／冶文彪著. -- 一版. -- 臺北市：
大地, 2011. 07
冊：　公分. --（History：41-42）
ISBN 978-986-6451-29-4（上冊；平裝）, --
ISBN 978-986-6451-30-0（下冊；平裝）

857.7　　　　100012245

人皮論語（上）

HISTORY 041

作　者	冶文彪
發行人	吳錫清
創辦人	姚宜瑛
主　編	陳玟玟
出版者	大地出版社有限公司
社　址	114台北市內湖區瑞光路358巷38弄36號4樓之2
劃撥帳號	50031946（戶名：大地出版社有限公司）
電　話	02-26277749
傳　真	02-26270895
E-mail	vastplai@ms45.hinet.net
網　址	www.vastplain.com.tw
美術設計	華藝數位股份有限公司
印刷者	普林特斯資訊股份有限公司
一版一刷	2011年7月

大地

定　價：250元

九十九年度數位出版產業創新應用典範體系計畫補助出版